어느 날, 내 죽음에 네가 들어왔다

어느 날, 내 죽음에 네가 들어왔다

세이카 료겐 지음
김윤경 옮김

차
례

어떤 소녀의 자살을 방해하고 있다.
그 소녀는 자살하고 싶어 한다.
그 소녀는 언제나 혼자다.
그 소녀는 어딘가 나와 닮아 있다.
분명 나처럼 살아 있는 것 자체가 고통일 것이다.
방해하지 않는 게 그녀를 위한 일일지도 모른다.
하지만 나는 그녀가 자살을 포기할 때까지 계속 방해할 것이다.
자살을 방해하는 건 별로 어렵지 않다.
자살 현장에 먼저 가 있다가 소녀가 오면
데리고 놀러 가기만 하면 된다.

제1장

죽고 싶어 하는 소녀

1

그날은 너무나 화창했다. 하늘이 놀랄 만큼 푸르렀다. 만약 스스로 죽을 날을 정할 수 있다면 나는 이런 날을 선택하겠다.

4월의 어느 날, 나는 아침부터 역 플랫폼에서 누군가를 기다리고 있다. 상행선 전철의 뒤쪽 방향 벤치에 앉아 하품을 하며 스마트폰을 들여다보고 있다. 신주쿠역에서 서쪽으로 한 시간가량 떨어진 역이라 도내라고는 해도 꽤 외진 곳이다. 상행열차와 하행열차를 같은 곳에서 타는 섬식 플랫폼 하나에 개찰구도 한 군데뿐인 역이다. 급행열차는 정차하지 않고 통과하며 타고 내릴 때는 직접 버튼을 눌러야 문이 열린다.

이런 자그마한 역이지만 출퇴근 시간대에는 도심행 전

철을 타려는 회사원과 학생들로 꽤 북적거린다. 눈앞에 있는 중학생 무리가 시끄럽게 굴어 신경에 거슬린다. 그 옆에 선 몹시 화려하고 짙게 화장한 여고생들이 귀가 따가울 만큼 큰 소리로 떠들어대고 있다. 게다가 고등학생 커플이 풋풋함을 과시하듯 청춘을 마음껏 즐기고 있다. 나는 그들에게서 시선을 거둬 고개를 숙이고 가만히 한숨을 내쉬었다.

눈앞에 깔린 인생의 레일을 순조롭게 걷고 있는 그들이 눈부셔 보였다. 젊음이 눈부시다는 의미가 아니다. 그들에게 질투가 나서 못 견디겠다는 말이, 더 정확하다.

'고등학교 시절의 나'와 '눈앞에 있는 그들'은 하늘과 땅만큼 다르다. 나의 학창 시절은 비참했다. 여자친구는커녕 친구라고 부를 만한 존재조차 없었다. 딱히 좋아서 혼자 다녔던 건 아니다. 다만 누군가와 친해질 마음이 도통 들지 않았다. 이런 청춘 콤플렉스가 굳이 만들어낸 정도라면 어떻게든 구원의 여지가 있었을지 모른다. 하지만 회사원들을 봐도 한숨이 나오기는 마찬가지였다.

전철을 기다리고 있는 회사원들은 모두 깔끔하고 단정한 머리에 주름 하나 없이 반듯한 네이비 정장을 매끈하게 차려입었다. 그들의 등에서는 사회인 특유의 기품이 느껴졌다. 그에 비해 나는 어떤가. 마구 자라 부스스한 머리, 꾸깃꾸깃한 검은 셔츠에 무릎 언저리가 허옇게 바랜 감색 청

바지, 고등학교 입학 때 산 낡아빠진 검정 운동화. 고등학교를 졸업했지만 대학에 가지 않았고 취직도 못 했다. 올해로 스무 살이 된 나의 인생은 레일에서 완전히 탈선해 있었다.

— 어떻게 하면 저 사람들처럼 살 수 있을까?

학생 시절부터 수없이 생각했고, 의아했다. 하지만 고개를 갸웃해본들 언제나 똑같은 결론에 이르렀다.

'그런 인생을 살 가능성은 애초부터 눈곱만큼도 없었어.'

선택을 잘못한 게 아니라 세상에 태어날 때부터 인생의 레일이 틀어져 있었던 것이 분명하다. 선택을 잘하면 해피엔딩을 맞는다는 건 게임에서나 가능한 이야기다. 어떤 선택을 하든 비극으로 끝나는 인생도 있고 아예 선택지 자체가 없는 인생도 있다. 나는 그런 인생을 뽑은 것이다. 아무리 애써도 눈앞에 있는 학생들이나 회사원들처럼 될 수 없었다. 게다가 새삼 이런 일로 고민해봐야 이미 늦었다.

상황이 이렇다 보니 몇 번이나 되풀이해도 그녀의 자살을 막을 방법을 모르겠다. 소녀가 사람들이 서 있는 줄에서 벗어나 다른 쪽으로 걸어가는 것을 발견했다.

— 어떻게 해야 자살을 포기할까.

플랫폼을 걸어가는 한 소녀를 눈으로 좇으며 생각한다.

왜 저런 곳을 걸어가는 걸까. 그 이유를 나는 알고 있다.

그녀가 멈춰 선 곳은 플랫폼 맨 끝, 상행열차가 들어오는 방향이다. 선로로 뛰어들어 자살하기에 가장 적당한 위치라고 할 수 있다. 아무리 그렇다 해도 이제 곧 그녀가 열차가 들어오는 선로로 뛰어들 거라고 예상하는 사람은 없을 것이다.

하지만 나는 알고 있다. 내 시선 끝에 담긴 소녀는 자살하려고 그곳에 서 있다.

그녀의 이름은 이치노세 쓰키미. 내가 항상 자살을 방해하고 있는, 죽고 싶어 하는 소녀. 중학교 3학년생인 그녀는 윤기 나는 검은 머리카락을 등까지 늘어뜨리고 있고, 또래 여학생들에 비해 키가 크다. 하지만 가냘픈 몸매와 투명해 보이는 하얀 피부는 손대면 부서질 듯 위태로움이 느껴진다. 반듯한 얼굴은 언뜻 어른스러워 보이지만 군데군데 아이 같은 모습이 남아 있다. 외모만 보자면 그림을 그린 듯이 예쁜 소녀로 반에서도 인기가 많을 것 같다. 한마디로 '자살과 전혀 어울리지 않는 아이'다. 그렇게 자살과는 거리가 멀어 보이는 그녀가 오늘 이 자리에서 자살한다. 그리고 나는 그녀를 방해하기 위해 아침부터 이곳에 와 있다. 이치노세는 언제나 사복 차림이다. 교복 입은 모습을 본 적이 없다. 흰색 카디건에 민소매 티셔츠와 옅은 핑크빛 롱스커트. 마음에 드는 옷차림인지 자살할 때 늘 비슷한 옷을 입고 있다. 덕분에 그녀를 찾아내기가 무척 쉽다.

　이치노세를 지켜보고 있는데 곧 급행열차가 통과한다는 안내 방송이 나온다.

　7시 15분. 이거다. 그녀는 이제 들어오는 열차 앞으로 뛰어들어 자살한다.

　역 내 전광판에 "열차가 통과합니다. 주의하십시오"라는 안내 문구가 뜨는 걸 보고 벤치에서 일어섰다. 이치노세에게 들키지 않도록 조심하며 등 뒤로 다가갔다. 그녀는 역으로 들어오는 열차를 바라보느라 내가 다가가는 기척을 알아차리지 못한 모양이다.

　나와 이치노세를 제외하고 플랫폼 위에 있는 모든 사람에게는 아무런 변화가 없다. 조금 전 흘러나온 안내 방송을 귀 기울여 들은 사람은 우리뿐일지도 모른다.

　열차가 플랫폼 안으로 들어오는 소리가 점점 커진다. 선로 쪽으로 걸어가는 그녀의 뒤를 쫓아갔다. 기회는 단 한 번, 실패는 용납되지 않는다. 걸음을 재촉해 그녀와의 거리를 좁혀갔다. 열차가 홈으로 들어오기 직전, 이치노세가 노란색 선을 넘었다.

　그 순간 커다란 경적 소리가 울렸다. 반사적으로 귀를 막고 싶었다. 경적 소리에 사람들의 대화가 끊기며 전철 외에는 시간이 멈춘 듯했다. 전철이 굉음을 울리며 맹렬한 속도로 눈앞을 지나갔다. 그 바람의 힘에 이치노세의 긴 머리카락이 허공으로 흩날렸다. 눈 깜짝할 사이에 열차가 지나가고 굉음 또한 멀어져 갔다.

이치노세는 천천히 뒤돌아 자신의 팔을 잡고 있는 손을 더듬더니 나를 쳐다보았다. 내 얼굴을 확인한 이치노세의 표정이 무척 못마땅해 보였다. 굉음이 멀어져 가자 시간이 다시 움직이기 시작한 듯 플랫폼 위에서 사람들의 대화가 살아났다.

"나 너무 놀랐어", "뭘 그리 쫄고 그러냐?" 웅성거리는 중학생 무리, "뭐야? 뭐야? 자살?"이라며 호들갑스럽게 떠드는 여고생들의 대화가 여기저기서 들려왔다.

나는 그들의 목소리와 시선을 무시하고 "진짜 위험했어"라고 나무라듯 말했다. 내게 팔을 잡힌 채로 이치노세가 입을 열었다.

"곧 죽을 수 있었는데."

이치노세는 팔을 붙잡힌 채 삐친 듯이 말했다. 아니, 분명 삐쳐 있다. 그녀가 또렷하고 커다란 눈동자로 노려보았지만 무섭기는커녕, 나를 올려다보는 눈이 오히려 귀엽기만 하다.

"이제 그만 자살을 포기할 생각은 안 드나?"

내 말에 이치노세는 질린다는 표정이다. 외모는 어른스럽지만 양 볼을 볼록하게 부풀리거나 아이처럼 토라지기도 잘한다. 나처럼 대화에 서툰 사람이 아니어도 상대하기 꽤나 버거울 듯하다.

그녀가 자살을 시도한 건 이번이 열두 번째다. 최근 4개월 동안 열두 번이나 자살을 시도했고 그때마다 내가 방해했다. 하지만 그녀는 여전히 자살을 포기하지 않았고 이렇게 나를 애먹이고 있다.

"이걸로 널 구한 횟수가 열두 번이야. 계속해봐야 소용없다는 걸 알 만도 한데."

"구한 횟수가 아니라 방해한 횟수죠."

이치노세는 고개를 돌리며 작은 목소리로 "구해주지 않아도 된다는데 그러네"라고 덧붙였다.

매번 이런 식이다. 기껏 아침 일찍 일어나 서둘러 왔는데 그녀는 자살을 방해받았다고만 생각한다. 무엇보다 나 자신조차 방해하고 있다는 느낌이 드는 데다, 그 덕에 방해할 때마다 미움을 사고 있다.

"아무리 방해해도 소용없어요."

이치노세는 힘주어 말하고는 잡고 있는 내 손을 뿌리치더니 도망치듯 걸어가기 시작했다.

"이봐, 기다려!" 외치며 쫓아갔지만 그녀는 걸음을 멈추지 않았다. 또 한 번 팔을 붙잡아 멈춰 세울까도 생각했으나 자칫 거칠게 다뤘다가는 그녀의 가느다란 팔이 부러질 것만 같다. 뻗으려던 손을 거두고 지금까지처럼 무의미한 설득을 계속했다.

"자살을 그만두겠다고 할 때까지 계속 방해할 거니까."

"이제 대놓고 방해하려고요?"

"어, 단념할 때까지 몇 번이고 방해해줄게."

한숨에 가까운 그녀의 반응에 웃으며 대답했지만 싸한 분위기는 풀리지 않았다.

"언제까지 계속할 순 없을걸요. 오늘만 해도 방해하는 타이밍이 늦었잖아요."

"딱히 아슬아슬했던 건 아냐. 전철이 들어오기 전부터 보고 있었는걸."

평소에는 이치노세를 발견하자마자 바로 말을 걸었지만 오늘은 마지막 순간까지 아는 척하지 않았다. 눈앞을 통과하는 열차를 보고 마음을 바꿔주지 않을까 기대했지만 결과는 신통찮았다. 게다가 아무리 그녀의 행동을 파악하고 있다 해도 이렇게 심장이 쪼그라드는 일은 두 번 다시 하고 싶지 않다.

"보고 있었다면 더 빨리 말을 걸지."

"혹시 내가 오길 기다리고 있었나?"

농담을 섞어 말하자 이치노세는 고개를 떨구며 시선을 돌렸다. 틀림없이 '그럴 리가요!' 하고 발끈할 줄 알았는데 약간 의외였다. 반발하는 것도 우습다고 생각한 걸까.

"그보다도, 대체 내 행동을 어떻게 알고 있는 거죠?"

화제를 돌리듯이 화난 표정으로 물었다. 지금까지 몇 번이나 같은 질문을 받았다. 그녀가 항상 정해진 시각, 같은 장소에서 자살을 시도한 게 아니다. 오늘만 해도 예전과 다른 시간대에 자살을 감행하려 했다. 그런데도 자살하려 할 때마다 내가 앞질러 와 있으니 그녀로서는 의아할 만하다.

"또 그 질문이군. 하긴 이제는 알려줘야겠지?"

손을 턱에 대고 진지한 시선을 보내자, 눈을 맞추려고도 하지 않던 그녀가 멈춰 서서 나를 바라보았다. 지금까지 "자살을 포기하면 알려줄게"라면서 제대로 말해주지 않았기 때문인지 이번 대답은 예상 밖이었던 모양이다.

나는 거드름을 피우며 "그건 말이지" 하고 입을 열었다. 그녀는 '그건?' 하고 솔깃한 표정으로 뚫어져라 쳐다봤다. 평소에는 쌀쌀맞게 굴던 이치노세가 이렇게까지 관심을 보이는 일은 흔치 않다. 그녀의 동그란 눈동자에서 순수하면서도 측은한 느낌이 전해져 왔지만 내 대답은 오늘도 같았다.

"역시 자살을 포기하면 그때 알려주지."

이 말을 내뱉은 순간, 그녀의 눈동자에서 느껴지던 순수함은 온데간데없이 사라졌다. 싸늘한 표정으로 "아, 이제 됐어요. 갈게요" 하고 내뱉더니 다시 도망치듯이 걸어갔다. 조금은 갈등하는 척이라도 해줘. 나는 한숨을 내쉬며 그녀의 뒤를 쫓아갔다.

"그러니까, 자살을 그만두면 말해준다잖아."

계속 설득해도 걸음만 빨라질 뿐 아무 대답이 없다. 그녀를 놓치지 않으려고 바짝 뒤쫓아가며 주머니에서 은빛 회중시계를 꺼내 시간을 확인했다.

"그건 그렇고, 가고 싶은 곳은 생각해봤어?"

그녀의 등 뒤에 대고 묻자 "그런 데가 있을 리 없잖아요?" 하는 대답이 돌아왔다.

"이번에 만날 때는 가고 싶은 곳을 생각해 오겠다고 약속했잖아."

"약속한 적 없고요, 이제 곧 죽을 사람이 가고 싶은 데가 있겠냐고요!"

"무슨. 어딘가 있을 거 아냐. 적어도 마지막으로 가보고 싶은 곳이라든가."

새침하게 쏘아붙이는 그녀의 태도에 어이없어하는데, 오히려 "가고 싶은 곳이 있으면 어떡할 건데요?"라는 대답이 돌아왔다.

"지금 데려가 주려고."

기분 전환은 될 거라고 예전부터 제안했지만 그녀가 대

답한 적은 한 번도 없다.

이치노세가 내 쪽을 바라보더니 말했다.

"저세상으로 가고 싶은데요. 데리고 가주시죠."

미소가 섞인 의기양양한 표정이다. 그러자 그녀가 제 나이에 걸맞은 천진한 여자아이로 보였다. 하지만 허를 찔려 아무 말도 못 하고 있는 내게 "가고 싶은 곳을 말했으니까 뭐라고 좀 해봐요"라고 투덜거리며 여느 때의 언짢은 표정으로 되돌아갔다.

그녀는 비겁하게 가끔 이런 표정을 지어 보인다. 누구는 시행착오를 겪어가며 자살을 방해하고 있는데도 그걸 무시하고 단념하지 않겠다고 고집을 부린다. 그럴 때마다 내가 무의미한 일을 하고 있는 것 같다는 회의가 든다. 하지만 이런 천진한 표정을 지어 보일 때면 언젠가 자살을 포기해주지 않을까, 하고 또 희망을 품고 만다.

"나를 살인범으로 만들 생각이야?"

"저세상으로 갈 수 없다면 이만 가볼게요."

쌩한 태도로 과장스럽게 토라지는 모습이 역시 아이 같다.

하지만 이대로 혼자 가게 내버려 둘 수는 없다. 그녀에겐 비밀로 하고 있지만, 행여 지금 바로 다시 자살을 시도하면 내가 대처할 수가 없다. 그래서 한번 자살을 방해하고 나면 어딘가 데리고 놀러 가야 한다.

"두 시간은 나와 같이 있어 줘야겠어. 안 그럼 곤란하거든."

"저기요, 무슨 말을 하는 건지 통 모르겠거든요."

이치노세가 의아해하는 것도 이해가 가지만 그녀에게 사정을 이야기해봐야 더 혼란스러워할 게 분명하다. 나는 그녀의 말을 못 들은 척 말을 이어나갔다.

"어차피 너 집에 가고 싶지도 않잖아?"

정곡을 찔렸는지 이치노세는 고개를 숙인 채 아무 말이 없다. 그녀가 집에 들어가고 싶어 하지 않는다는 건 지금까지 그녀의 행동을 보고 알아차렸다.

이치노세와 처음 만났을 때는 워낙 경계가 심해서 내 말을 들어보려고도 하지 않았다. 그래서 마냥 뒤를 따라갔는데 그녀는 집에 돌아가려 하지 않고, 공원 그네에 앉아 있거나 강을 바라보며 무료한 듯 시간을 보냈다. 돈도 거의 없는 것 같았다. 자동판매기 앞에 서서 동전을 세는 모습을 몇 번인가 목격했다. 공원 수도꼭지에서 물을 마시고 있는 그녀를 그냥 두고 볼 수 없어서 캔 주스를 사주었다. 이 일을 계기로 조금씩 이야기를 나누게 되었다. 그 후 패밀리 레스토랑에도 가끔 가게 되면서 지금은 자살을 방해한 후 어딘가 데리고 가곤 한다. 다만 자살을 방해받은 직후에는 그녀의 기분이 좋지 않아서 매번 설득하느라 애를 먹어야 했다.

"오늘은 어디 가고 싶어?"

"······가고 싶은 데, 그런 거 없다니까요."

지르퉁한 말투였지만 나쁘지 않은 반응이다. 정말 가고 싶지 않으면 단호하게 거절하거나 무시하기 일쑤였으니까. 그건 지금까지의 실랑이를 통해 이미 다 파악했다. 순순히 내 말에 따른 적은 한 번도 없지만 나를 따라오면 뭔가를 먹을 수 있어 진짜로 싫어하는 것 같지는 않았다.

"아침은 먹었어?"

"안 먹었어요."

"그럼 뭐 좀 먹으러 갈까."

말만 해서는 따라오지 않을 게 분명해서 여전히 고개를 떨구고 있는 그녀의 손을 아프지 않게 가만히 잡았다. 나와 비교하면 작고 여린 손이지만 무척 따뜻하다. 만약 아까 자살을 방해하지 못했더라면 이 손은 지금쯤 어떻게 되었을까.

"자, 가자고."

그렇게 말하고 그녀의 손을 이끌자 고개를 끄덕이며 내 뒤를 따라왔다.

이런 식으로 나는 언제나 이치노세의 자살을 방해하고 있다. 하지만 아무리 방해해도 그녀는 자살을 포기하지 않는다. 몇 주 후, 빠를 때는 며칠 후에 다시 자살을 시도했다.

그녀가 자살을 그만둘 때까지 몇 번이든 계속 방해할 생각이지만 한 가지 문제가 있다. 내 수명이 얼마 남지 않았다는 것이다.

그렇다고 불치병에 걸린 건 아니다. 어떤 시계를 손에 넣는 대가로, 나는 수명을 포기했다.

믿기 어렵겠지만, 진짜다.

나는 수명과 교환하는 조건으로 시간을 되돌릴 수 있는 시계를 손에 넣었다.

🦋 / 2

"아이바 준 씨. 당신의 수명을 제게 넘겨주시겠어요?"

처음 보는 여자에게 수명을 넘겨달라는 말을 들은 것은 재작년 12월 25일, 고등학교 시절의 마지막 크리스마스날이었다. 얼어붙을 듯이 추운 날씨였음에도 나는 동네에 있는 다리 위에서 주변 풍경을 바라보고 있었다. 강을 사이에 두고 마을과 마을을 이어주는 다리였다. 사람의 왕래가 드물고 차도 별로 다니지 않는 곳이었다. 덕분에 흐르는 강물 소리가 잘 들리고 물고기가 뛰어오르는 소리며 새 울음소리를 놓치는 일도 없다.

혼자 있는 시간이 좋았다. 그렇다고 고독을 원한 건 아니다. 주변 사람들을 좋아하지 못해서 고독해진 것뿐이다. 반 친구들도, 길을 걷는 사람들도 너무나 행복해 보였다. 내겐 행복해 보이는 일이 그들에게는 당연했고, 내게 하찮은 일은 그들에게 큰 고민거리인 것 같았다. 가치관의 차이다. 그 차이로 생기는 마찰을 나는 견디기 힘들었다. 고독은 쓸쓸하지만, 사람들 사이에 있어 봤자 비참한 생각만 들 뿐이니까. 그래서 그들과 거리를 두고 혼자만의 시간을 만들었다. 그리고 그 시간이 어느 사이엔가 내 생활에 아주 중요해졌다. 그런 내게 이 다리는 몇 안 되는 휴식처였다. 그래서 고등학교 시절에는 이곳에 자주 왔다.

크리스마스인데 혼자 다리에 와 있다니 외로운 녀석이라고 여길지 모르지만 실제로 외로운 놈이니 어쩔 수 없다. 크리스마스의 혼잡한 거리를 걸어 다니고 싶지도 않았고 집에서 보내는 것도 왠지 내키지 않았다. 이런 날이니까 더더욱 이곳에 있고 싶었다.

정오가 지난 뒤부터 저녁 무렵까지 줄곧 다리 위에 있었다. 자동차가 몇 대 지나다닐 뿐, 인적은 보이지 않았다. 주위가 차츰 어두워졌고 추위도 점점 심해졌다.

다리에 늘어선 가로등에 오렌지색 불빛이 들어왔지만 난간에서 바로 아래를 내려다보면 어두워서 밑이 보이지 않는다. 물소리가 들리지 않았다면 강이 흐르고 있다는 사실조차 알 수 없을 정도로 캄캄해서 끝없이 떨어져 내릴 것만 같은 기분이 들었다.

다리 위를 둘러봐도 아무도 없다. 어렴풋이 불빛을 밝힌 가로등만이 일정한 간격으로 나란히 서 있는 광경. 나 외의 인간이 모두 사라진 세계와도 같은 이 공간이 마음 편하고 좋다. 하지만 멀리서 달리는 자동차의 불빛이 시야에 들어와 금세 현실로 이끌려 왔다. 겨울인데도 별 하나 보이지 않는 밤하늘을 올려다보면서 무겁게 하얀 한숨을 내쉬었다.

낯선 여자가 말을 걸어온 것은 바로 그때였다.

"아이바 준 씨. 당신의 수명을 제게 넘겨주시겠어요?"

온몸에 검은 옷을 걸친 께름칙한 여자였다. 키가 크고 놀랄 정도로 말랐다. 긴 은발 머리는 이 세상 사람의 것이 아닌 듯 아름다웠으나 그 감동을 다 덮어버릴 만큼 섬뜩한 미소를 짓고 있었다.

크리스마스와 핼러윈을 착각한 듯한 차림새를 한 사람이 말을 걸어와 무척 놀라고 당황했던 것을 기억한다. '이 여자는 나를 놀리고 있거나, 단순히 머리가 이상하거나 둘 중 하나다. 어쨌든 정상이 아닌 건 분명해'라고 머릿속에서 생각을 정리하며 일단 침착해지려고 노력했다. 하지만 이 여자가 내 이름을 또렷이 불렀다는 데 생각이 미치자 애써

진정시켰던 가슴이 다시 방망이질하기 시작했다.

　과거에 만났던 사람들을 차례차례 떠올려 보았지만 그 누구와도 일치하지 않는다. 그렇다면 누군가가 꾸민 몰래카메라라고 의심할 수밖에 없지만 친구도 연인도 지인도 없는 내게 그런 일을 꾸밀 사람은 한 명도 없었다. 애초에 나를 놀라게 하려는 별종이 있다고는 도저히 생각할 수 없다.

　"생각해봐야 시간 낭비입니다. 당신과 나는 지금 처음 만난 거니까요."

　여자는 내 마음속을 훤히 꿰뚫어 보며 비웃듯 말했다. 사람을 조롱하는 듯한 태도가 불쾌했지만 어떻게 내 이름을 알고 있는지부터 물었다. 정확하게는 누구에게서 내 이름을 알아냈는지 물어볼 심산이었다. 하지만 예상외의 대답이 돌아왔다.

　"이름만이 아닙니다. 나는 당신의 모든 것을 알고 있어요."

　게다가 "쉽게 설명하자면, 사람의 마음을 읽을 수 있거든요"라고 말하며 의기양양한 미소를 띠었다.

　그 말을 듣자 무심코 "뭐?"라는 소리가 튀어나왔다. 이 여자는 대체 무슨 말을 하는 건가.

　"호호호, 그런 표정 짓지 마세요."

　"어떻게 안 그러겠어!"

　"하긴 믿지 못하는 것도 당연합니다. 그렇지요?"

나는 입꼬리를 치켜올리며 미소 짓는 여자를 계속 노려봤다. 그런 내 태도에 조금도 찔끔하는 기색 없이 "그럼 이건 어떠신가요?"라고 다시 물었다.

여자는 어떤 남자의 성장 과정을 찬찬히 이야기하기 시작했다. 따뜻하고 아름다운 미래를 꿈꾸던 소년이 현실을 알아가면서 주변 사람들을 질투하다 고독해져 가는 이야기를, 나는 떨리는 손을 꽉 붙잡고 들어야 했다. 누구 이야기인지 금세 알 수 있었다. 그건 다름 아닌 내가 살아온 삶이었다. 여자가 하는 이야기는 내 인생과 똑같았고 남들이 결코 알 수 없는 일까지도 전부 알아맞혔다. 남의 입으로 들으니 내가 얼마나 무의미한 인생을 살아왔는지가 새삼 뼈저리게 느껴졌다. 귀를 틀어막고 싶었으나 그랬다가는 더 비참해질 것만 같았다. 상처에 앉은 딱지를 거칠게 잡아 뜯기는 듯한 통증이 끊임없이 느껴졌다.

"얼굴이 새파래졌어요. 괜찮으신가요?"

번뜩 정신을 차리고 보니 섬뜩한 얼굴이 바로 코앞에서 내 얼굴을 들여다보고 있었다. 나는 놀라서 몇 발짝 뒷걸음질 쳤다.

"대체, 누구야……?"

당황하며 묻자 여자는 몇 초 생각하더니 이렇게 대답했다.

"글쎄요. 사신死神, 이라고 해둘까요?"

사신. 빤히 들여다보이는 거짓말이라고 생각했지만, 그러고 보니 사신 같은 모습이기는 했다. 얼굴 생김새가 험악하지는 않았으나 야윈 몸집에 은발, 피부는 피가 제대로 돌고 있는지 걱정스러울 정도로 창백하다. 게다가 머리부터 발끝까지 검은색 옷차림을 하고 있어 가냘픈 체형과 아파보일 정도로 새하얀 피부가 더욱 두드러져 보였다.

사신은 마음을 읽고 있다는 것을 강조하려는지 "정확히 알고 있지요?" 하고 미소를 지었다. 그렇게까지 알아맞히니 달리 부정할 말이 떠오르지 않았다.

쏘아보던 눈빛이 한풀 수그러진 나를 보면서 사신은 한층 더 기분 나쁘게 웃었다.

"아이바 씨. 나는 당신에게 힘이 되어주고 싶어서 제안하는 겁니다."

"힘? 수명을 넘겨달라면서?"

"그렇게 경계하지 마세요. 나는 당신 편입니다. 이렇게 어처구니없는 인생을 걸어온 아이바 씨를 걱정해주는 사람은 이 세상에 없어요. 당신을 이해하는 건 나뿐입니다."

사신은 입이 찢어질 듯이 미소 지으며 그 새하얀 손으로 내 뺨을 어루만졌다. 온몸에 소름이 돋아 반사적으로 사신의 손을 뿌리쳤다.

"사실은 당신도 원하고 있지요?"

"무슨 말이 하고 싶은 거야?"라고 되묻자 사신은 씨익 웃었다.

"당신, 죽고 싶어 하잖아요."

등줄기가 얼어붙었다. 사신의 미소가 섬뜩하리만치 자신감 넘쳤기 때문이다. 심장을 덥석 움켜잡힌 듯한 긴장감이 감돌았다. 내가 부정할 것이란 가능성은 전혀 생각하지 않는 사신의 표정에 압도당할 것만 같다. 그것도 당연하다, 사신이 한 말이 다 맞으니까.

— 이런 무의미한 인생, 빨리 끝내고 싶었다.

어릴 적 기억을 되짚어봐도 즐거웠던 일은 고작 한 손으로 꼽을 수 있을 정도다. 오히려 떠올리고 싶지 않은 기억이 훨씬 많다. 그래도 언젠가 좋은 날이 올 거라며 견디는 날들의 연속이었다. 하지만 상황은 꼬이고 악화될 뿐이었다.

그러다가 고1 여름, 나는 어떤 일을 계기로 자살을 생각했다. 다리에 갈 때마다 아래를 내려다보면서 몇 번이나 나 자신에게 '뛰어내려!'라고 외쳤다. 하지만 마지막 한 발을 내딛지 못한 채 2년이 지났고, 고등학교 생활도 끝나갔다. 대학에 진학할 마음도, 일할 의욕도 없다. 봄이 되면 더 비참한 기분이 들 게 뻔하다. 그래서 새해가 밝아오기 전에 뛰어내려 편해지고 싶었다. 이 발을 한 발짝만 내디뎠더라면 사신을 자청하는 여자가 말을 걸어오는 일도 없었을 텐데.

"그동안 쭉 괴로웠지요?"

바싹 야윈 얼굴로 싱긋 웃는 사신은 전혀 나를 동정하는
것처럼 보이지 않았다.

"내가 단번에 해결해줄게요."

"해결?"

"네. 수명을 내게 넘겨주는 겁니다."

물론 공짜로 달라고는 하지 않겠어요, 하고 덧붙이더니
옷소매에서 회중시계를 꺼내 들었다.

"우로보로스Uroborus(자신의 꼬리를 물어 원 모양을 한 뱀이나
용을 가리키며 무한대, 영원, 불멸을 상징한다) 은시계라고 해요."

뚜껑이 달린 평범한 모양의 은색 회중시계였다. 굳이 특
징을 꼽는다면 뚜껑에 용으로 보이는 생물이 새겨져 있는
정도였다.

"이 우로보로스 은시계는 보통 시계와 달라요. 이 시계
는" 하고 사신이 말을 이었다.

"시간을 되돌릴 수 있답니다."

분명히 사신이 그렇게 말했다.

"시간을 되돌린다고?"

잘못 들었나 싶어서 다시 한번 묻자 "네, 말 그대로예요"
라고 대답하고는 내게 은시계를 내밀었다. 그리고 은시계
사용법을 설명하기 시작했다. 정리하면 이러했다.

- 수명을 대가로 지불한 소유자만이 이 우로보로스 은시계를 사용할 수 있다.
- 사용법은 간단하다. 우로보로스 은시계를 손에 들고 되돌아가고 싶은 시각을 간절히 떠올리기만 하면 된다.
- 최대 24시간 전까지 되돌릴 수 있다.
- 한 번 시간을 되돌리면 36시간 동안은 시계를 사용할 수 없다.
- 시간을 되돌리기 전의 기억은 소유주만 이어갈 수 있다.
- 시간을 되돌릴 때 소유주의 피부에 닿아 있던 사람도 예외적으로 기억을 이어갈 수 있다.

무조건 원하는 만큼 시간을 되돌릴 수 있는 게 아니라 세세한 규칙이 존재했다.

"3년 이후 당신의 수명과 이 우로보로스 은시계를 맞바꾸시겠어요?"

사신은 이렇게 제시한 뒤 마침 생각났다는 듯 "정확하게는 내일부터 3년 이후의 수명을 넘겨받을 거니까, 시간도 내일부터 되돌릴 수 있습니다" 하고 덧붙였다.

3년의 시한부 인생을 사는 대신 시간을 되돌릴 수 있는 시계가 손에 들어온다.

믿기 어려운 제안이었지만 내가 살아온 과정을 전부 맞

혔으니 사신의 말이 사실일지도 모른다는 생각이 들었다. 시간을 되돌린다고 해도 한 번 사용하면 그때부터 36시간이 지나야 또 사용할 수 있다. 다시 말해, 24시간을 되돌려도 12시간은 미래로 흘러가므로 시간을 계속 되돌려 연명할 수는 없다.

당시의 나는 이런 점까지 모두 이해하고 수명과 시계의 교환을 수락했다. 지금까지 자살하지 못했던 내가 어째서 서슴지 않고 사신의 제안을 받아들였을까. 이렇다 할 이유는 없다. 다리에서 뛰어내리는 것보다 편하게 죽을 수 있겠다는 생각이 결정적이었을지 모른다. 그날은 감상에 젖어 파멸을 바라는 마음이 강하게 나를 사로잡았을 수도 있다. 어쩌면 사신의 말이 사실인지 아닌지를 시험해보고 싶었기 때문인지도 모른다. 이유가 어떻든 쌓아 올린 책이 조금씩 기울다 한순간에 쓰러지듯이, 그동안 축적되어온 여러 요인이 내 안의 균형을 무너뜨린 것이리라.

"고맙습니다. 그럼 바로 시작하지요."

사신이 뼈가 앙상하게 드러난 손을 내 가슴에 갖다 댔다. 아까부터 추위에 체온을 빼앗긴 상태였지만 옷 위로도 확실히 느껴질 만큼 사신의 손은 차가웠다.

"그럼 이제 수명을 넘겨받겠습니다."

그 순간 오한이 온몸을 쫙 훑고 지나갔다. 무언가가 빨려

나가는 듯한, 지금까지 경험해본 적 없는 불쾌한 한기였다. 그다음에는 머리가 멍해지면서 하마터면 의식을 잃을 뻔했다. 단 몇 초 사이에 일어난 일 같았지만 무릎이 꺾이지 않도록 의식을 붙잡으려고 죽을힘을 다했다.

"끝났습니다. 이제 당신의 소망이 이루어질 겁니다."

사신의 목소리에 퍼뜩 의식이 돌아왔다. 다리가 휘청거려 뒤로 쓰러질 뻔했으나 아슬아슬하게 균형을 잡았다. 오한은 이미 사라졌고 마음에 구멍이 뻥 뚫린 느낌이었다. 뭔가 중요한 것을 잃은 느낌이랄까, 애매해서 말로 표현할 수는 없었지만 확실히 뭔가가 달라졌다.

"오늘부터 이 시계는 당신 거예요."

오싹하리만치 야윈 손이 우로보로스 은시계를 건네주었다. 차가운 은시계는 보기보다 묵직했다. 초침 움직이는 소리가 커서 뚜껑을 닫아도 또렷이 들려왔다.

"당신은 3년 후 12월 26일 밤 12시에 숨을 거둘 겁니다."

사신은 머리를 약간 숙이고 "남은 3년 동안 즐겁게 보내십시오"라고 말하며 미소를 보였다.

그 말을 듣고 '3년은 길다'고 생각했다. 어차피 죽을 거라면 더 빨라도 좋은데, 하고.

그런 생각을 하고 있었기에 헤어질 때 사신이 덧붙인 충고를 별로 신경 쓰지 않았다.

"수명을 내놓은 걸 절대 후회하지 마십시오."

사신은 헤어질 때 그렇게 충고했다.

🦋 / 3

다음 날, 우로보로스 은시계를 시험해보았다. 결론부터 말하면, 시간을 되돌린다는 이야기는 사실이었다. 순식간이다. 은시계를 손에 들고 돌아가고 싶은 시각을 머리에 떠올리자 의식이 끊어졌다. 정신을 차렸을 때는 과거로 시간이 되돌아가 있었다. 텔레비전 채널을 바꾸는 것과 비슷했다.

처음에는 마법진이 나타나거나 시계가 무수히 늘어선 세계로 튕겨 들어가는, 그런 만화 같은 일이 일어나진 않을까 하고 단단히 대비했다가 너무 싱겁게 끝나서 오히려 맥이 빠졌다.

한 번 시간을 되돌리면 36시간이 지날 때까지는 사용할수 없다. 시간을 되돌리지 못할 뿐 아니라 마치 건전지가 다닳은 것처럼 초침이 멈춰 보통 시계로서의 기능도 잃는다. 36시간이 지나면 초침이 다시 움직이기 시작하면서 자동으로 그때의 시각에 맞춰진다. 결국 초침이 움직이는 동안에만 시간을 되돌릴 수 있다.

　실제로 시간을 되돌려보기 전까지는 사신의 이야기를 온전히 믿은 건 아니었다. 만약 시간이 되돌아가지 않고 사신이 '몰래카메라'라고 쓴 플래카드를 들고 나타난다면 은시계를 내동댕이치려고 했다. 반신반의했던 건 은시계뿐만이 아니다. 수명 이야기도 마찬가지였다. 내가 3년 후에 죽는다는 사실도 시간을 되돌려보고 난 뒤에야 실감할 수 있었다.

　'수명을 내놓은 걸 절대 후회하지 마십시오……, 라니!'

　마지막에 사신이 해준 충고를 떠올리고 나는 뿌듯한 미소를 지었다.

　후회하지 않았다. 상쾌할 정도로.

　―3년 후에 죽는다.

　그렇게 소리 내어 말하는 것만으로도 속이 후련했다. 나에게 남은 시간이 3년이라고 생각하자 매일매일 '오늘은 뭘 하며 지낼까?'를 고심하게 되었다. 자살만 생각하던 이전과 비교하면 몹시 긍정적이었다.

　당시에는 이런 심경의 변화에 놀랐다. 하지만 지금 생각해보면 그다지 이상한 이야기도 아니다. 자살을 생각하기 시작할 무렵, 안락사에 관해 조사한 적이 있다. 안락사를 인정하는 국가가 몇몇 있지만 기본적으로는 말기 암처럼 살 가망이 희박한 병을 앓는 환자에게만 허용된다. 국가에 따라 진통제가 전혀 듣지 않을 만큼 견디기 어려운 통증이 아닌 한 허가를 내리지 않는 등 차이가 있으나 대부분의 국가는 안락사를 고통에서의 해방을 명목으로 한 최후 수단으로 취급했다.

예전에 "말기 암 환자 가운데는 안락사 덕에 임종 때까지 살아갈 의욕을 유지한 사람도 있다"는 기사를 읽은 적이 있다. 안락사 제도의 장점을 소개하는 기사였는데 "통증을 가라앉히지 못하고 고통스러운 죽음을 맞이할 바에는 '고통스럽지 않을 때 죽고 싶다'고 생각하는 환자도 있다. 그런 환자 입장에서는 자신의 의지로 마지막을 결정할 수 있는 안락사야말로 마음 든든한 존재다"라고 쓰여 있었다.

안락사를 미화했다는 인상이 강했지만 기사 내용에는 수긍이 갔다. 고통스러울 게 뻔한 미래를 기다리는 건 두려운 일이다. 눈앞에 어렴풋이 종말이라는 이름의 낭떠러지가 보이는데도 계속해서 걸어갈 사람은 없다.

나 또한 그렇다. 타인을 좋아하지 못하는 내가 계속 살아간다 한들 바늘 위를 걷는 것과 다름없다. 해피엔딩이 기다리고 있다고는 도저히 생각할 수 없고, 고생고생해서 목표 지점까지 다다를 자신도 없다. 그래서 더 이상 괴롭지 않으려고, 나를 지키기 위해 자살을 생각했다.

3년이라는 목표 지점이 보인다는 사실이 내게는 마음 든

든했다. 죽고 싶어져도 '어차피 3년 후에는 죽을 텐데'라고 스스로 다독일 수 있고, 꿈도 목표도 없이 되는 대로 살 때보다 훨씬 편안했다. 당연히 우로보로스 은시계도 엄청 큰 영향을 미쳤다. '모처럼 신기한 시계를 손에 넣었으니 죽을 때까지 신나게 써주겠어' 마음먹고 시간을 되돌려 많은 일을 했다.

처음에는 누구나 사용할 법한 방법을 생각했다. 원하는 만큼 돈을 펑펑 쓰고 지갑 속에 있는 돈이 다 떨어지면 또 시간을 되돌리는 거다. 게임 센터에서 몇 시간을 놀든, 영화관에서 아침부터 밤까지 영화를 보든, 좋아하는 음식을 질릴 때까지 먹든, 시간을 되돌리면 돈이 줄어들지 않는다.

원래 나에게 게임 센터나 영화관은 기분 전환을 할 수 있는 최고의 장소였다. 하지만 고등학생의 주머니 사정으로는 매일 다닐 수 없었다. 돈 걱정 없이 마음껏 기분 전환을 할 수 있다는 건 솔직히 나쁘지 않았다. 그러나 결국은 돈이 다 떨어지기 전에 시간을 되돌리게 된다. 기분 전환은 할 수 있지만 시간 때우기는 되지 않았던 것이다. 좋아하는 음식을 실컷 먹는다 해도 배는 다시 고파질 뿐이고, 쇼핑을 해도 물건이 수중에 남아 있지 않았으며, 매번 비슷비슷한 게임을 하고 영화를 보니 싫증이 났다. 자극적인 일을 추구하며 더욱 큰돈을 쓰고 싶었지만 고등학생이 갖고 있는 금액이라야 뻔해서 한 번에 쓸 수 있는 돈이 얼마 되지 않았다.

그래서 이번에는 돈을 불리기로 했다. 24시간 전으로 시간을 되돌리면 하루 뒤의 미래를 나만 알게 된다. 그렇다면 도박으로 얼마든지 큰돈을 벌 수 있겠다고 생각했다.

맨 먼저 복권 당첨 번호를 외운 뒤 시간을 되돌려 당첨 번호가 같은지 시험했다. 이것이 가장 손쉽고 빠르게 돈을 벌 수 있는 방법일 거라 기대했지만 결과는 예상과 달랐다. 시간을 되돌리기 전과 당첨 번호가 달라졌다. 경마도 시험 해봤다. 마찬가지로 시간을 되돌리기 전과 순위가 바뀌어서 돈을 벌 수 있을 만큼 항상 이기기는 어려웠다.

이런 시행착오를 거쳐 '시간을 되돌려도 같은 미래는 오지 않는다'는 것을 알았다. 과거의 그 시간을 다시 지나올 뿐이다. 주사위를 여러 번 던져도 같은 눈이 나오지 않는 이치와 같다. 복권은 재추첨이고 경마는 레이스를 다시 펼칠 뿐이지 시간을 되돌리기 전과 같은 결과가 나오는 건 아니었다.

유일하게 결과가 별반 달라지지 않는 분야가 주식이었다. 주식도 결과가 여러 번 바뀌긴 하지만 완전히 랜덤인 복권과 달리 사람의 사고가 관여하는 만큼, 다른 분야처럼 아예 뒤집히지는 않았다. 초심자지만 수차례 시뮬레이션한 끝에 항상 이익을 얻을 수 있겠다고 판단해 주식을 대신 구입해줄 협력자를 찾았다. 내가 직접 사고 싶었으나 미성년자는 친권자의 동의가 필요했다. 부모님과는 사이가 좋지 않아서, 동의를 얻을 수 있느냐 없느냐를 따지기 전에 부탁 자체를 하고 싶지 않았다.

우선 몇 번이나 시간을 되돌려 미래의 주식 변동 상황을 인터넷 게시판에 계속 올렸다. '이 사람의 예측은 항상 적중한다'는 말이 사람들 입에 오르내리게 만들어 주목을 끈 후 미래의 변동 예측을 더 이상 게재하지 않았다. 그러고 나서 '주식을 대신 구입해주면 그 대가로 배당금을 나눠주겠다'는 조건을 내걸고 협력자를 모집하자 금세 찾을 수 있었다. 협력자와 메일을 주고받으며 꾸준히 예측을 적중시켰고, 이익금은 점점 불어났다. 착실히 일하는 게 어리석게 느껴질 정도로 큰 금액이 매주 계좌로 들어왔다. 3년 동안 다 쓰지도 못할 만큼 돈이 모이자 불리기를 멈추고 앞으로 돈을 어디에 쓸지 궁리했다.

그렇게 번 돈으로 먼저 아파트를 한 채 빌렸다. 이때만은 부모님께 보증인이 되어달라고 부탁했다. 혼자 힘으로 생활비를 충당할 수 있는지, 그런 큰돈이 어디서 났는지 같은, 이런저런 귀찮은 질문을 많이 받았지만 결국은 보증금 명목으로 돈을 건네주고 가까스로 설득하는 데 성공했다.

마침 비어 있던 8층짜리 아파트의 최상층 호실을 선택했다. 발코니가 있고 방 세 개에 거실과 부엌, 식당이 있는 구조로 혼자 살기에는 넓었지만 오가는 사람들의 목소리나 차량 소음이 닿지 않는 높은 층이라는 게 무척 매력적이었다. 고급 타워맨션은 아니더라도, 사이가 좋지 않은 부모님에게서 한시라도 빨리 독립하고 싶었던 내게는 충분히 만족스러운 조건이었다.

사실 부모님과의 관계는 단순히 '사이가 좋지 않다'고 표현하긴 어려웠다. 두 분이 양부모라는 데 원인이 있는데, 입양되었을 때부터 정을 붙이지 못한 채 줄곧 거리를 두고 살아온 결과, 서로 특별한 이유 없이 싫어하게 되었다. 내 어설픈 설득에도 보증인이 되어준 까닭은 나를 빨리 집에서 내보내고 싶어서일지 모른다. 가족다운 추억 같은 건 하나도 없었으며 항상 타인이라고 생각하며 지내왔다. 싫어하는 사람과 한집에 사는 건 역시 마음이 편치 않다. 내가 독립한 것은 매우 큰 변화였다.

3월에 고등학교를 졸업한 뒤로는 공공연히 자유의 몸이 되었다. 어차피 3년 후에 죽을 거, 굳이 학교를 졸업할 필요도 없었지만 양부모님이 보증인이 되어줄 테니 고등학교를 반드시 졸업하라는 조건을 달기에 쓸데없는 갈등을 피하고자 졸업할 때까지 참았다.

드디어 이룬 혼자만의 독립생활은 정말이지 이상적이었

다. 일하지 않아도 원하는 물건을 살 수 있고 좋아하는 음식을 먹을 수 있다. 어딘가 돌아다니며 시간을 때우지 않아도 혼자 있을 수 있다. 아무도 만나지 않고 살 수 있다. 이 시기만큼은 수명을 넘긴 걸 후회하고 더 살고 싶은 마음이 들지 않을까 불안해질 정도로 들떠 있었다.

하지만 이렇게 들뜬 기분도 처음 몇 개월뿐이었다. 아무리 이상적인 생활이라 해도 똑같은 날이 되풀이되자 어느새 매너리즘에 빠졌다. 게임은 싫증 나 오래 계속하지 못했고, 하루가 멀다 하고 시켜 먹던 피자와 생선 초밥도 이제 질렸다. 기분 전환 삼아 밖에 나가도 사람을 싫어하는 습성이 쉽게 고쳐질 리 없어 금세 집으로 돌아오곤 했다. 새로운 관심거리를 찾았지만 그 어떤 일에도 흥미가 일지 않았다. 꿈같던 생활이 따분하기 이를 데 없는 생활로 바뀌기까지 채 반년도 걸리지 않았다.

수명을 내놓지 않고 평범한 인생을 살았다면 어땠을지 상상해보았다. 몇십 년을 일한들 지금 같은 안락한 생활을 누릴 수는 없을 것이다. 안락한 생활은커녕 이미 자살했을 수도 있다. 만약 기적처럼 지금과 같은 생활에 이르렀다 해도, 이 모양이다. 분명 내게는 지금 이 생활이 최선의 삶이다. 수명을 포기한 걸 후회하고 말고 할 형편이 아니다. 어떻게 이 상황에서 후회를 한단 말인가. 후회할 수 있다면 알려달라고 말하고 싶을 정도다.

— 수명을 팔아넘긴 건 정말 잘한 일이다.

나는 그렇게 확신했다.

그렇다 해도 변함없이 지루한 나날이 계속되었다. 그저 시간이 흐르기만을 기다릴 수밖에 없는 날들이 괴로웠다. 하지만 사신과 거래하고 1년 후의 크리스마스. 지루한 일상을 단박에 뒤바꾼 바로 그 일이 일어났다.

그해도 혼자 크리스마스를 보내고 있었다. 여느 해와 다른 점은 다리 위가 아니라 내 집에 있다는 사실이었다. 날짜가 바뀔 때쯤, 문득 늦은 오후부터 내리기 시작한 눈이 언제 그칠지 궁금해져 일기예보를 보려고 텔레비전을 켰다. 일기예보가 시작될 때까지 한밤중 뉴스를 시청했다. 다음 날이면 남은 수명이 2년 이내로 접어드는 내게는 아무래도 상관없는 정보들뿐이었다. 그 가운데 딱 한 가지 신경 쓰이는 뉴스가 있었다.

'중학생 소녀가 다리 밑에서 사망한 채로 발견되었다'는 보도였다. 시체가 발견된 시각은 그날 저녁이었다. 사건과 자살이라는 두 가지 측면에 가능성을 두고 수사한다는 내용이었지만 단연 '투신자살이 틀림없을 것'이라고 말하고 싶어 하는 뉴스였다.

아무리 살날이 얼마 남지 않고 세상사에 무관심하다고는 하지만, 자살이라는 단어는 귀에 머물기 마련이다. 게다가 신경이 쓰인 점은 따로 있었다.

소녀가 떨어진 다리는 바로 내가 사신과 거래했던 그 다리다. 내가 자주 가던 그 다리가 텔레비전 화면에 비치고 있었다. 같은 다리에서 자살을 꾀한 인간이 나 말고도 또 있으며, 진짜로 행동에 옮겼다. 그렇게 해석한 순간, 놀랍게도 내 내면에서는 환희에 가까운 감정이 복받쳤다. 타인의 자살을 기뻐하다니 말도 안 되는 일이라는 건 나도 잘 안다. 그래도 나와 같은 부류의 인간이 있다는 사실을 안 순간 억누를 수 없이 가슴이 뛰었다.

자살한 소녀는 어떤 사람일까. 어떤 마음으로 뛰어내렸을까. 일기예보를 보려 했다는 사실도 까맣게 잊은 채 머리에서 계속 그 기사가 맴돌았다.

다음 날에도 온종일 그 기사가 머릿속에서 떠나지 않아, 나는 기분 전환도 할 겸 다리에 가보았다. 한밤중까지 계속해서 내린 눈이 그대로 쌓여 있어 다리에 도착하는 데 생각보다 시간이 오래 걸렸다. 다리에 온 건 몇 개월 만이다. 혼자 있고 싶은 날에만 찾아갔던 곳이기에 독립한 뒤로는 굳이 가지 않았다.

오랜만에 찾아간 다리는 기억 속 풍경보다 을씨년스러웠다. 소녀는 다리 한가운데쯤에서 뛰어내린 듯했다. 다리 바로 밑의 모래톱에 접근 금지 테이프가 둘러쳐져 있었다. 다리 위에 서서 노란 테이프가 표시해주는 낙하지점을 내려다보았다. 바닥에는 울퉁불퉁한 바위와 돌이 무수히 깔려 있다. 밤에는 칠흑같이 캄캄해서 내려다보면 끝이 없는 구멍처럼 보이지만 실제로는 머리부터 떨어지지 않는 한 즉사하기 어려운 미묘한 높이다. 뛰어내린 뒤 한동안 의식이 남아 있었다고 상상하면 간담이 서늘하다.

이곳에서 나보다 어린 여자아이가 뛰어내렸다. 내가 뛰어내리지 못한 이 다리에서.

한참을 내려다보고 있는데 반대쪽에서 중학생으로 보이는 소녀 네 명이 걸어왔다. 처음에는 자살한 소녀의 반 친구들이 추도하러 온 것이라 생각했다. 그런데 네 소녀는 몹시 즐거운 얼굴로 스마트폰을 손에 들고 자살 현장을 찍기 시작했다. "드디어 사라져줬네", "이제 두 번 다시 걔 얼굴 안 봐도 되겠어"라고 떠들며 소녀의 자살을 기뻐하는 그들의 대화를 가만히 듣고 있었다.

나는 난간을 쥔 손에 점점 더 힘을 주면서 그 애들이 하는 말을 들었다.

자살한 원인을 어렴풋이 짐작하고는 있었지만 일부러

자살 현장까지 가해자들이 찾아올 거라고는 예상하지 못했다. 네 사람이 나누는 대화를 옆에서 듣는 동안 가슴속에서 분노가 세차게 솟구쳤다. 그러나 소녀의 자살 뉴스를 보고 나와 같은 부류를 발견했다는 사실에 기뻐하던 내 자신이 마음속으로 이들을 비난해봐야 죄책감밖에 남지 않는다. 네 사람은 자살 현장에서 한참 웃고 떠들더니 마치 유원지에서 놀다 가는 사람처럼 만족스러운 표정으로 돌아갔다.

혼자 남은 다리 위에는 전과 다름없이 정적이 흘렀다. 들려오는 것은 강물 소리와 바람 소리뿐. 자살 현장을 내려다보니 접근 금지 테이프가 바람에 흔들리면서 사각사각 소리를 내고 있었지만 흐르는 강물 소리를 삼킬 정도는 아니었다.

내가 자주 오던 때와 변함없는 공간, 나 외에 모든 사람이 사라진 세계.

자살한 소녀를 생각하니 정말 나 혼자만 세상에 덩그러니 남겨진 기분이 들었다. 상실감에 가까웠다. 좀처럼 남의 일에 상관하지 않는 나도 과거에 여러 번 상실감에 괴로워한 적이 있다. 그와 비슷한 심경이었다. 가족도 친구도 없는 나에게 타인이란 '있어도 그만 없어도 그만인 사람' 아니면 '나를 불쾌하게 하는 존재' 둘 중 하나였다.

한 번도 만난 적 없지만, 얼굴을 몰라도 이 다리를 스스로 목숨을 버릴 장소로 선택했다는 것만으로 친근감을 느끼기에 충분했다. 그래서 더더욱 가깝게 느껴졌고, '시간을 되돌려 소녀의 자살을 방해하겠어!'라는 뜬금없는 생각이 불쑥 떠올랐다.

❋ / 4

정말로 자살을 막을 생각은 아니었다.

자살을 막는 것만으로는 해피엔딩이 되지 않는다. 마치 게임 오버 상태에서 계속하기 버튼을 눌러 게임을 이어가듯이 그녀는 집단 괴롭힘이라는 이름의 무대로 되돌아갈 뿐이다. 쓰레기 게임에서 빠져나오고 싶어 자살한 그녀에게는 달갑지 않은 오지랖으로 느껴질 수 있다. 애초에 자살의 원인이 학교에서의 집단 괴롭힘에만 있는지도 의문이다.

원래 사람 사귀는 데 서툴다거나 외모에 콤플렉스가 있어서 그런 요소가 자살의 원인으로 작용했을 수도 있다. 나처럼 더는 상처받고 싶지 않아 자살을 선택했다면 자살을 방해하는 게 오히려 그녀를 더 괴롭히는 일이 될지 모른다.

　그럼에도 이 일을 깨끗이 잊긴 어렵다. 그 네 명이 떠드는 소리를 들은 것이 무엇보다 큰 원인이다. 내 마음속에는 자살한 소녀가 '괴롭힘으로 자살한 가엾은 여자아이'로 강하게 남아 있다. 내 멋대로 한 해석이라는 건 잘 안다. 하지만 이대로 아무것도 하지 않는다면 따돌림을 보고도 못 본 척하는 것과 다름없다. 시간을 되돌릴 수 있는 사람은 나밖에 없다. 뒷맛이 개운치 않고 죄책감이 솟구쳤다. 죽을 때까지 이런 감정이 수없이 떠오를 게 분명하다. 남은 2년을 줄곧 죄책감에 사로잡힌 채 보내는 것만은 어떻게 해서든 피하고 싶었다.

　─그래서다.

　자살을 방해하는 이유는 변명 만들기다. 이대로 모른 척하면 반드시 후회할 거야.

　딱 한 번만 소녀의 자살을 막는 거다. 그녀가 자살을 포기해준다면 더 이상 바랄 게 없고, 그래도 자살을 감행한다면 나로선 '어쩔 수 없는' 일이니 깨끗이 단념할 수 있다.

　나는 '할 수 있는 일은 다 했다'는 변명만 만들면 된다. 그녀가 자살하느냐 하지 않느냐보다 나 자신이 죄책감에 사로잡히느냐 사로잡히지 않느냐가 중요했다. 소녀를 구하기 위해서가 아니라 나 자신을 위해서.

　자살을 막는 게 아니라 방해한다는 말이 맞는다.

우로보로스 은시계를 사용해 24시간 전으로 되돌아가 곧장 다리를 향해 뛰었다. 시각은 오후 3시를 지나 있었고 눈은 아직 내리기 전이었다. 달려가면서 소녀가 뛰어내리지 않았기를 빌었다. 앞으로 다시 시간을 되돌리려면 36시간이 지나야 한다. 만약 소녀가 이미 뛰어내린 뒤라면 손쓸 수가 없다.

차가운 공기에 살갗이 아리고, 귀가 찢겨나가는 듯한 통증을 참으며 달리고 또 달렸다. 다리가 시야에 들어오자 맨 먼저 모래톱을 확인하려 했지만 바위가 가리고 있어 멀리서는 잘 보이지 않았다. 시력이 별로 좋은 편이 아니라 다리 위에서 아래를 내려다보고 확인하는 수밖에 없었다. 시간을 되돌리기 전의 기억에 의지해 소녀가 뛰어내린 모래톱 바로 위 다리에 다다랐다. 몹시 숨이 차고 시야도 다리도 흔들거려 차가운 난간에 양손을 짚었다. 거칠어진 호흡을 억지로 가다듬었다. 다리 밑에 소녀가 쓰러져 있지 않기를 간절히 빌며 아래쪽을 내려다보았다. 순간 피투성이가 되어 쓰러져 있는 소녀를 상상했다. 그러나 바닥에는 바위와 돌이 깔려 있을 뿐이었다. 안심이 되자 온몸에서 힘이 쭉 빠져나갔다. 그 바람에 난간에 기대며 주저앉았다.

"왜 이리 필사적인 거냐."

맑고 파란 하늘을 올려다보며 중얼거렸다. 이미 죽었다

면 체념할 수 있다. 변명거리를 만들러 왔을 뿐이니 그래도 상관없다고 생각했는데.

잠시 주저앉아 쉬다가 강을 바라보며 소녀가 오기를 기다렸다. 난간에 허리를 기대고 스마트폰을 만지작거렸다. 추위를 견디기 어려워 스마트폰을 닫고 주머니에 손을 집어넣었다. 오른쪽 주머니에 들어 있는 우로보로스 은시계가 얼음처럼 차갑다.

사람도 자동차도 지나다니지 않았다. 그렇게 오후 5시가 지나자 훌훌 눈이 날리기 시작했다. 하늘에는 어스레히 땅거미가 내려앉고 오렌지빛 가로등이 다리를 밝혔다. 우산을 가져오지 않았다는 사실을 깨달은 것은 눈이 내리기 시작한 후였다. 다행히 그리 많이 내리지는 않아서 곤란할 정도는 아니었다.

손바닥에 하얀 입김을 부는데 반대쪽에서 누군가 걸어오는 것이 보였다. 눈을 가늘게 뜨고 자세히 보니 소녀였다. 이런 시간에 혼자 오다니 이상하다. 중학생치고는 키가 컸지만 입고 있는 흰색 코트에서 어린 티가 났다. 자살한 소녀가 틀림없다는 확신이 들었다.

걸어오는 소녀도 우산을 쓰지 않아서 주위가 어두워도 얼굴을 확인할 수 있었는데…….

— 아주 예쁘장한 여자아이였다.

길고 검은 머리와 대조를 이룬 하얀 피부에, 멀리서 봐도 알 수 있을 정도로 이목구비가 반듯하다. 중학생치고는 어른스러운 표정을 짓고 있어 어딘가 불행한 분위기가 묻어났다. 하지만 그마저도 장점으로 바뀌어버릴 만큼 몽환적인 아름다움을 지니고 있었다.

저런 아이가 자살하다니.

내가 있는 쪽으로 걸어오는 소녀에게서 눈을 떼지 못한 채 그런 생각을 했다.

자살한 소녀가 어떤 모습일지는 한눈에 알 수 있을 거라고 제멋대로 추측했었다. 표정이 어둡거나 외모에 콤플렉스를 갖고 있어서 겉모습에 드러날 거라고.

하지만 걸어오는 소녀에게선 그런 부정적인 요소가 전혀 보이지 않았다. 머리에 내려앉은 눈을 손으로 터는 몸짓에도 기품이 감돌았다. 부유한 가정에서 애지중지 사랑받으며 자랐을 것 같은 그녀가 자살한다고는 도저히 생각할 수 없었다.

— 자살과는 거리가 멀어 보이는 아이.

이것이 그녀의 첫인상이었다.

소녀는 내게서 약간 떨어진 자리에 멈춰 섰다. 잠시 경치를 바라보더니 걸어왔던 쪽으로 되돌아갔다. 눈이 내리는 풍경 속에서 길고 검은 머리카락을 찰랑거리며 걷는 그녀의 뒷모습은 마치 그림 같았다. 그 뒤로 사람이 몇 명 더 지나갔지만 그녀 외에 자살한 소녀로 보이는 사람은 없었다. 오후 8시가 지나자 눈발이 거세져 추위를 견디는 데도 한계에 다다랐다. 손발의 감각이 없어지고 여러 겹 껴입은 옷이 다 젖어 더는 방한복의 역할을 해내지 못했다. 이대로 얼어죽을 수도 있을 듯했다. 내가 아무리 자살하고 싶어 한다지만 남의 자살을 막으려다 얼어 죽다니, 이렇게 어처구니없게 죽고 싶지는 않았다.

게다가 머릿속은 자살과 전혀 관계없어 보이는 그 소녀 생각으로 가득 차 있었다. 다리 위에 서서 경치를 바라볼 때 그녀는 울고 있는 듯했다. 뺨에 내려앉은 눈이 녹아내려 눈물로 보였을 수도 있지만, 그녀의 옆얼굴에서는 쓸쓸함이 느껴졌다.

만약 아까 그녀가 자살한 소녀라면 더는 기다려도 의미가 없다. 다리 아래를 내려다봤지만 암흑이라 아무것도 보이지 않는다. 지나가던 사람이 소녀의 시체를 발견한다는 건 이제 기적에 가깝다. 이 뒤로 소녀가 자살하고, 지나던 사람이 발견해 몇 시간 후 뉴스에서 보도되기는 어렵다고 봐야 한다. 자살한 소녀가 그녀가 아니라고 해도 미래는 분명히 바뀌었다.

복권 당첨 번호가 바뀌었듯, 소녀가 자살하지 않는 미래로 바뀐 것이다.

실제로 그 예상은 적중했다. 추위를 더는 견딜 수 없어 집으로 돌아간 뒤 확인해보니 뉴스의 방송 내용이 시간을 되돌리기 전과 달라져 있었다. 자살 보도는 나오지 않았고 바로 일기예보가 시작하더니 그대로 방송이 끝났다. 무엇이 원인인지는 몰라도 미래가 바뀐 것만은 틀림없다.

다음 날 정말로 소녀가 자살하지 않았는지 알아봤다. 그 다리에서 자살하지 않았을 뿐, 다른 곳에서 자살을 실행했을 가능성도 있기 때문이다. 뉴스와 인터넷을 꼼꼼히 찾아봤지만 결국 소녀에 관한 보도는 발견하지 못했다. 원인이 무엇이든 미래가 달라졌다는 사실에 안도했다. 하지만 그후로도 소녀가 자살하지 않았는지를 샅샅이 검색하는 나날이 계속되었다.

자살한 소녀는 평범한 중학생이다. 연예인이면 몰라도 일반인의 자살은 기본적으로 보도되지 않는다. 소녀의 자살이 보도된 이유는 아마도 사건과 사고, 양쪽 다 가능성이 있었기 때문일 것이다.

사생활 보호라는 문제도 있지만 애초에 연간 2만 명 이상이 스스로 목숨을 끊는 나라에서 모든 자살을 일일이 보도할 순 없다. '중학생이 집단 괴롭힘에 시달리다 자살한 것으로 판명되었습니다'라고 나중에 보도되는 경우도 있으나 그것도 극히 일부에 지나지 않겠지. 그 소녀도 어딘가 다른 장소에서 자살했고, 아직 보도되지 않았을 뿐이며 얼마 후 뉴스에 나오는 건 아닐까 하고 불안했다. 그 밖에도 조사를 계속한 이유가 있다.

'그 소녀는 또다시 자살을 시도할 것이다.'

이렇게 예상하기 때문이다. 의지가 강하면 미래는 바뀌지 않는다.

예를 들면, 나는 옷차림에 그다지 신경 쓰지 않는다. 외출할 때면 언제나 가장 먼저 눈에 들어온 옷을 입고 나간다. 딱히 '이 옷을 입고 가야지'라는 생각도 계획도 없이 그저 '우연히' 손에 잡힌 옷을 입기 때문에 시간을 되돌린 뒤에도 같은 옷을 선택할 거라는 보장은 없다. 이것은 복권 당첨 번호가 달라지는 것처럼 재추첨과 같다.

반대로 만약 내가 옷을 까다롭게 고르는 성향이 있어 다음 날 입고 나갈 옷을 전날 미리 생각해두는 타입이라면 시간을 되돌린 후에도 같은 옷을 고를 것이다. 당연한 일이다.

시간을 되돌린 것이 원인이 되어 무언가가 달라지지 않는 이상, 직장인들은 회사에 출근하고 아이들은 학교에 갈 것이다. 미래가 바뀌는 건 우연이라는 운이 얽혔기 때문이다. 그렇다면 소녀가 자살하지 않은 것도 '우연'일지 모른다.

소녀가 평소에 자살할까 말까 고민했다고 가정해보자. 내가 몇 년 동안이나 자살하지 못했던 것처럼, 소녀 역시 언제 자살해도 이상하지 않을 상황이 지속되고 있었다. 그러다가 크리스마스에 '마음이 바뀌어' 자살했고 내가 시간을 되돌린 후에는 '마음이 바뀌어' 자살하지 않았을 가능성도 얼마든지 있다. 그렇다면 근본적인 문제가 해결되지 않는 한, 언젠가 또 '우연히' 자살하는 날이 올 것이다. 이대로 끝날 리 없다.

소녀를 만나게 된다면 말을 붙일 생각이었다. 단지 위로의 말 몇 마디가 아니라 집단 괴롭힘을 해결할 방책도 준비했다. 변명을 만들기 위해 최소한의 지원을 할 생각이었다.

하지만 만나지 못했다.

이번에는 다행히 죽지 않았을 뿐, 학교에서의 괴롭힘 문제는 여전하다. 소녀를 구원한 것도 아니고, 내가 할 수 있는 일은 다 했다고 우길 만한 결말도 아니다. 내게도, 자살한 소녀에게도 최악의 결말이다. 이대로 끝날 거였으면 시간을 되돌리지 않는 게 더 나았다. 자살을 막는 것이 아니라 '방해'하지 않으면 의미가 없다. 나는 오기가 나서 그 뒤로도 계속 관련 기사를 조사했다.

그러다가 새해가 시작된 지 일주일 만에 내 예상이 적중했다. 다시 자살 뉴스가 보도된 것이다. '다리에서', '중학생 소녀가', '추락해서 사망'이라는 단어가 사용된 것으로 보아 동일 인물일 확률이 높았다. 이번에는 정보를 수집한 뒤 시간을 되돌리기로 했다. 가까운 파출소에 가서 '전날 다리 근처에서 중학생 정도 되는 여자아이를 본 것 같다. 몇 시였는지는 정확히 기억나지 않지만 옷차림이나 특징을 알면 무언가가 떠오를지도 모른다'고 목격자를 가장해 시체가 발견된 시각과 옷차림을 알아내는 데 성공했다.

그러고 나서 시간을 되돌려 정오가 조금 지난 무렵부터 다리 위에서 소녀가 오기를 기다렸다. 최초 발견자가 신고한 시각은 오후 5시경. 그때까지 소녀가 오느냐 마느냐로 미래가 바뀌었는지를 판단할 수 있다. 미리 정보를 수집했더니 지난번보다 한결 마음이 편했다.

오후 4시가 지났다. 주변이 어둑어둑해질 무렵, 한 소녀가 내 쪽으로 걸어왔다. 어두워서 멀리서는 얼굴을 확인하기 어려웠지만 파출소에서 알아낸 옷차림과 같다는 것을 알 수 있었다.

— 자살한 소녀가 틀림없다.

걸어온 사람은 크리스마스 때 보았던, 자살과는 거리가 멀어 보이는 바로 그 소녀였다. 소녀는 지난번처럼 내게서 약간 떨어진 곳에 멈춰 서서 경치를 바라보았다.

어쩌면 나는 그녀를 만나고 싶어서 며칠 동안 조사를 계속해온 건지도 모른다. 그때 본 소녀의 옆얼굴이 머리에서 떠나지 않았다. 그런 시간에 우산도 쓰지 않고 혼자 돌아다니다니 무슨 일이 있었는지도 모른다. 그녀가 자살한 소녀가 아니라 해도 말을 걸었어야 하는 게 아닌가 하고 후회했다.

경치를 바라보는 소녀의 옆얼굴을 보는데 의문이 떠올랐다.

— 왜 저런 아이가 자살하는 걸까.

또렷한 이목구비, 길고 아름다운 검은 머리, 하얀 피부, 날씬한 몸매, 외모에서는 단점으로 여길 만한 요소를 찾을 수 없었다. 그렇다면 성격이 나쁘다든가 하는 내면적인 문제를 생각할 수 있지만 차분하고 어른스러운 분위기로 봐서는 잘 상상이 가지 않았다.

하지만 아무리 인생이 순조롭고 행복해 보이는 사람도 고민이 있기 마련이다. 저런 용모이기에 시기를 받을 수도 있겠다고 생각하면 납득이 간다. 이런 아이가 같은 반에 있다면 조용히 지내도 눈에 띌 것이다. 틀림없이 두드러지고 남학생들에게도 인기가 있을 터였다. 다른 여학생들에게 질투의 대상이 될 만하다. 실제로 그녀의 죽음을 기뻐한 애들은 네 명으로 이루어진 저열한 패거리였다. 그녀 자신에게 문제가 없다면 아직 어떻게든 해결할 수 있을지 모른다. 더구나 학교에서 아이들에게 괴롭힘당하는 원인이 무엇이든 일단 그녀에게 말을 걸지 않으면 아무런 진전이 없다.

대화를 나눠보기 위해 나는 소녀 쪽으로 걸어갔다. 거리가 좁혀질수록, 멀리서는 확실히 알 수 없었던 그녀의 세세한 모습이 선명하게 보였다. 길게 기른 검은 생머리에 윤기가 흘러 빛을 반사하고 있다. 코트 소매 밖으로 보이는 손목은 가녀리고, 다리도 가늘고 길다. 깨끗하고 하얀 피부에 살짝 핑크빛이 도는 입술, 동그랗고 똘망똘망한 눈동자와 기다란 속눈썹. 가까이서 보니 그 나이에 걸맞은 아이의 모습이 엿보인다.

그녀가 나를 노려보는 것도 아닌데 몸이 굳어졌다. 원래 남과 대화하는 데 서툰 데다 혼자 살기 시작한 뒤로는 누구와도 이야기할 기회가 없었기 때문에 제대로 말을 걸 수 있을지 불안했다. 아니, 나보다 어린 여자아이한테 긴장하면 어쩌냐, 하고 주먹을 불끈 쥐었다. 용기 내 드디어 입을 열었다.

"표정이 우울해 보이는데 무슨 안 좋은 일이라도 있었나 봐?"

그렇게 말을 붙이자 소녀는 주변을 둘러본 뒤 자신을 손가락으로 가리켰다. 그녀도 낯선 사람이 갑자기 말을 걸어와 긴장한 모양이었다.

"너밖에 없잖아." 웃어 보이자 그제야 "괜찮아요" 하고 작은 목소리로 대답했다.

"아니, 괜찮다는 말이야말로 괜찮지 않다는 뜻인데."

"……."

소녀는 입을 다물고 겁먹은 듯 몇 발짝 뒤로 물러났다. 아무래도 경계하는 것 같다. 갑자기 자기보다 나이 많은 남자가 말을 걸어왔으니 당연한 반응이기는 하다.

"이렇게 추운 날 여길 오다니 흔치 않은 일이어서."

"……."

경계심을 풀어주려고 익숙지 않은 웃음을 지으며 이런 저런 말을 건네봤지만 소녀는 아무 말 없이 고개만 끄덕이고 대화가 이어지지 않았다. 그뿐만 아니라 조금씩 내게서 멀어지려 했다. 이대로는 안 되겠다 싶어 과감히 본론을 꺼냈다.

"좋았어. 지금부터 네 고민을 맞혀보지."

내 쪽은 쳐다보지도 않고 멀리 경치를 바라보고 있던 소녀의 몸이 약간 흔들리는 듯했다. 순간적으로 당황했다가 이내 태연한 척한 것일까.

"여기서 뛰어내릴까 말까 고민하고 있는 거 아냐?"

이 한마디에 드디어 소녀의 얼굴이 내 쪽을 향했다.

아무렇지 않은 척하던 모습은 이미 온데간데없다. 소녀의 얼굴에는 놀람과 당황, 의문, 곤혹 같은 다양한 감정이 뒤섞여 혼란스러워하는 표정이 역력히 드러났다.

"아닌가?" 하고 확인하자 소녀는 살짝 고개를 끄덕였다.

"자살을 생각하는 원인은 친구들의 괴롭힘. 이것도 맞지?"

그렇게 묻자 소녀는 당혹스러운 표정으로 입을 열었다.

"어, 어떻게 아는 거죠?"

그 질문에 "그건 말 못 해"라고 얼버무렸다. 시간을 되돌렸다고 말해봐야 믿을 리 없고 괜히 머리가 어떻게 된 사람이라 여겨 더 경계하면 큰일이다.

오히려 내가 "누군가 상담할 상대는 없어? 부모님이라든지 선생님 말이야"라고 되물었더니 고개를 가로저었다.

"아무도……. 제 편이 되어줄 사람이 없어요……."

소녀는 난간을 잡고 울음이 터질 것만 같은 목소리로 말했다.

"그랬구나, 아무에게도 상담하지 못하고 혼자서 견뎌온 거네."

소녀의 경계심을 풀기 위해 던진 말이었을 뿐이다. 하지만 예상외로 효과가 있었다.

금세 소녀의 눈동자에서 눈물이 흘러내렸다. 커다란 눈

동자가 반짝반짝 빛나는 것을 보고 확신했다. 소녀는 누군
가의 도움을 간절히 원했던 게 아닐까.

그럼 안심이다. 그녀에게 도움을 받고 싶다는 마음이 있
다면 얼마든지 구해낼 수 있다. 나의 자기만족으로 끝나지
않고 원만하게 해결할 수 있겠다는 생각이 들었다. 이런 흐
름이라면 문제없겠다고 판단해 작전을 최종 단계로 옮겨
갔다.

"그렇다면 네게 조언을 해줄게."

생각한 대로 잘 되어간다. 그런데 순조롭다고 방심하다
그만 아무 생각 없이 악수를 둬 지뢰를 밟고 말았다.

"뭐 조언이라 해도, 네가 강해질 필요는 없어."

그렇게 말하고 소녀에게 두툼한 봉투를 내밀었다.

"이건……?"

소녀의 질문에 이렇게 대답했다.

"백만 엔이야."

"네……?"

어리둥절해하는 그녀에게 돈의 용도를 설명했다.

"잘 들어. 반에서 중심이 되는 애 있지? 그 애한테 이 돈
을 주고 친해지는 거야. 그러면 네가 괴롭힘당할 때 도와줄
지 몰라. 게다가 학급 분위기도 달라질걸. 하지만 너를 괴롭
히는 녀석들한테는 절대로 돈을 주면 안 돼. 결국 돈줄로 이

용하려 들 테니까."

돈을 뿌려 자기편을 늘린다. 더는 따돌림당하지 않으려면 이 방법밖에 없다고 진심으로 생각했다. 선생님이나 부모님이 야단친다 해서 그 네 명이 개과천선할 리 없다. 먼저 그들이 공격해오지 않을 상황을 만들어야 한다.

그런데 소녀는 고개를 떨구고 봉투를 받으려 하지 않았다.

"사양할 거 없어. 너는 받을 자격이 충분해. 그만큼 힘든 일을 겪어온 거야. 돈이 남으면 원하는 데 써도 좋아. 그리고 괴롭힘당했던 일은 싹 잊어버려. 언젠가 웃으며 이야기할……."

격려하려고 계속 말했다. 그것이 그녀의 지뢰를 밟는 것이라고는 짐작도 하지 못한 채.

"……없어요."

기어들어 가듯이 작은 목소리였다.

"응?"

알아듣지 못해 되묻자 소녀는 큰 소리로 외쳤다.

"필요 없어요!"

귀가 울릴 정도로 큰 목소리였다. 그녀의 모습을 보고 화가 단단히 났다는 것을 바로 알아차렸으나 당황하기만 했을 뿐 원인을 헤아리지 못했다. 그러고는 연달아 지뢰를 밟아댔다.

"필요 없는 게 아니라, 이 돈으로 반 아이들을⋯⋯."

나는 다시 봉투를 내밀었다. 봉투를 보는 소녀의 눈에서 눈물이 뚝뚝 떨어졌다.

"돈을 받는다고, 없었던 일이 되는 게 아니잖아요!"

소녀의 손이 봉투를 휙 뿌리쳤다. 그 충격으로 봉투에서 지폐가 뭉텅 쏟아져 나왔다. 바로 그때 바람이 불어와 지폐들이 공중으로 흩날렸다.

"야, 야아!"

공중으로 마구 흩어져 날아오르는 만 엔짜리 지폐를 잡으려고 쩔쩔매는 나를 내버려 둔 채 소녀는 손등으로 눈물을 훔치며 도망치듯 달려갔다. 나는 난간에서 몸을 앞으로 쑥 내밀고 지폐를 붙잡으려 애썼다. 그러나 바람이 멈추지 않아 엄청난 기세로 지폐가 봉투에서 사라져갔다.

내가 방해하지 않았으면 소녀가 뛰어내렸을 모래톱 위로 지폐가 나풀나풀 흩어져 떨어졌다. 나는 작아지는 소녀의 뒷모습을 바라보며 다리 위에서 중얼거렸다.

"아까워라⋯⋯."

결국 자살 보도는 나오지 않았다. 그 대신 "다리 위에서 수십만 엔이 날려 흩어졌다"는 짐작 가고도 남을 뉴스가 흘러나왔다. 무사히 소녀의 자살을 방해하는 데 성공했다.

이걸로 해피엔딩⋯⋯이 될 턱이 없다. 20년간 살아오면서 처음으로 여자를 울렸다. 그 사실이 이렇게까지 정신적으로 큰 충격을 줄 것이라고는 생각하지 못했다. 게다가 나보다 어린 여자아이를 울리다니 이 죄책감은 뭐란 말이냐.

지금 와 다시 생각해보면 그녀가 화를 낸 것도 당연하다. 그토록 심한 마음고생을 겪어온 그녀에게 돈으로 무마하라고 한 셈이다. 이제 겨우 누가 손을 내밀어주나 싶었을 텐데 어이없는 상황에 절망할 만도 하다.

그녀가 자살하면 내가 결정적인 원인을 제공한 것이나 다름없지 않은가.

제발 그것만은 봐주라. 시간을 되돌리기 전보다도, 첫 번째 자살을 방해했을 때보다도 상황이 악화되었다. 그녀가 자살하면 곤란하다. 정말이지 곤란하다. 남은 2년 동안 평온하게 지내려면 어떻게 해서든 이 죄책감을 깨끗이 떨쳐내야 한다. 그러기 위해서라도 그녀가 살아 있어야 한다.

'그녀가 포기할 때까지 계속 자살을 방해할 수밖에 없다.'

이렇게 해서 죽고 싶어 하는 소녀, 이치노세 쓰키미의 자살을 방해하는 나날이 시작되었다.

제2장

비눗방울처럼

🦋 / 1

"내가 쏘는 거야. 먹고 싶은 거 다 시켜."

나는 패밀리 레스토랑의 메뉴판을 보며 말했다.

"필요 없어요. 이대로 굶어 죽을 거예요."

이치노세는 부루퉁한 얼굴로 거절했다. 배에서 꼬르륵 소리를 내면서.

"안 고르면 어린이 세트로 주문하지 뭐."

"그러지 마요."

수명을 넘기고 두 번째 맞는 4월 23일. 목요일. 맑음.

이날 이치노세가 열다섯 번째 자살을 감행했다.

계속 역 플랫폼에서 선로로 뛰어들어 자살했던 이치노세가 처음으로 철로와 도로가 교차하는 건널목으로 뛰어들었다. 나쁜 의미에서 기념해야 할 날이다. 이게 처음이자 마지막이길.

시간을 되돌려 건널목 앞에 있던 이치노세를 찾아냈다. 이런저런 말로 설득했으나 "싫어요. 여기서 자살할 거예요. 잘 가요"라고 말하며 내 말을 들으려고도 하지 않았다. 할 수 없이 그녀의 팔을 붙잡아 건널목에서 떼어놓으려 했다. 그녀는 마치 동물병원에 가지 않으려고 버티는 강아지처럼 건널목을 떠나려 하지 않았다. 당연히 힘으로 잡아끌면 이치노세를 건널목에서 떼어놓는 것쯤은 일도 아니다. 하지만 사탕 공예품처럼 금세 부서질 듯한 그녀의 가느다란 팔을 잡아당기고 싶지는 않았다. 할 수 없이 마지막 수단으로 이치노세를 두 팔로 번쩍 안아 올리고는 온 힘을 다해 달렸다. 달리는 동안 이치노세는 "내려줘요!"라고 스물여덟 번 정도 애원했다. 내려주는 순간 다시 선로로 되돌아갈 것 같아서 나는 그 말을 무시했다.

그녀는 생각보다 가벼웠다. 그리고 예상외로 격렬하게 손발을 버둥거리며 저항했다. 그녀가 휘젓는 손이 자꾸 내 얼굴을 쳐서 은근히 힘들었다.

건널목에서 꽤 멀리 떨어진 곳까지 오자 하교하던 초등학생들이 손가락으로 우리를 가리키며 웃었다. 이치노세는 얼굴을 붉히면서 "오늘은 자살하지 않을게요. 정말이니

까 내려주세요” 하고 체념했다. 나는 그제야 그녀를 내려주
었다.

그리고 눈앞에 있던 패밀리 레스토랑으로 들어와 구석
자리에 앉은 참이다.

“있잖아요, 아이바 씨. 자살을 방해하는 건 좋아요. 아니,
좋지 않지만 오늘 같은 행동은 두 번 다시 하지 말아주세요.”

그녀로서는 드물게 필사적인 말투였다. 나는 웃으며 “사
람들이 다 쳐다보던걸” 하고 놀렸다.

“웃을 일이 아니라고요! 얼마나 창피했는 줄 알아요!”

“귀중한 경험도 해보고 얼마나 좋아. 초등학생들이 깜짝
놀라던데.”

“그러니까요. 애들이 다 쳐다보고……. 아, 잊으려고 했
는데.”

빨개진 얼굴을 감추려는 듯 테이블에 엎드렸다. 귀까지
빨개져 있었다.

“나도 창피했거든. 피차 마찬가지야.”

“창피했다고요? 날 내려놓을 때 웃고 있었잖아요!”

평일 대낮에 여중생을 안아 올린 채 달렸다. 웃지 않을
수 없다.

정말 어쩌다 이렇게 됐지?

“어쨌든 또 공주님처럼 안기기 싫으면 자살을 포기하

라고."

엎드린 채 얼굴을 묻고 있는 그녀에게서 "포기 안 해요" 하고 가냘픈 목소리가 들려왔다.

이치노세와 만난 지 약 4개월이 지났다. 처음보다 대화는 늘었지만 자살을 포기할 생각은 아직 없어 보였다. 나는 그저 자살을 방해하고 있을 뿐, 달리 손쓸 수가 없는 상황이다. 뭐, 이렇게 대화가 늘어난 것만으로도 성과는 있는 셈이다. 그녀와 처음 만났을 무렵에는 말을 꺼내도 "돈 같은 거필요 없어요", 이 한마디로 대화가 끝나곤 했다. 어떻게든 그녀에게 신뢰를 얻으려고 여러모로 궁리하고 시도해봤지만 그때마다 역효과를 냈던 기억이 씁쓸하게 남아 있다.

한 가지 예로, 그녀는 자살할 때 같은 옷을 입는 경우가 많았다. 오늘도 흰색 민소매 티 위에 흰색 카디건을 걸치고 옅은 핑크빛 스커트를 입고 있다. 만난 지 얼마 안 됐을 무렵에는 날씨가 추워서 여기에 흰 코트를 입고 있었다. 아마도 흰색을 기본으로 한 옷차림을 좋아하는 듯했다. 실제로 그녀의 길고 아름다운 흑발을 두드러져 보이게 했고, 무척 잘 어울렸다.

이치노세는 마음에 드는 옷을 입고 자살한다. 옷차림에 별다른 기준이나 관심이 없는 내 눈에는 역시 소녀 같은 느낌이 들지만 스스로 수의를 고르듯 죽을 때 입는 옷에 신경 쓸 정도로 취향이 독특하다. 그런데 나는 그런 것도 알아차리지 못하고 "옷 좀 사줄까? 맨날 같은 옷만 입으면 질리잖아. 가끔은 다른 옷을 입는 것도 좋지 않겠어?"라고 말해서 그녀의 기분을 상하게 했다. 백만 엔을 주려 했던 일도 마찬가지고, 그런 부분은 신중해야겠다고 무척 반성했다.

그 무렵과 비교하면 함께 패밀리 레스토랑에 오게 된 것만으로도 대단한 발전이다. 큰 성과라고, 내 앞에서 풀 죽어 있는 그녀를 보며 속으로 되뇌었다.

레스토랑에 들어온 지 10분이 지났다. '이제 주문해야 하니 빨리 결정하라'고 재촉했지만 이치노세는 배에서 꼬르륵 소리가 들려오는데도 "아무것도 필요 없어요"라며 여전히 고집을 부렸다. 내 것만이라도 먼저 주문하려고 점원을 부르자 그녀는 당황해서 얼른 얼굴을 들었다. 메뉴판으로 얼굴을 가리고 있는 이상한 모습을 점원에게 보이고 싶지 않은 모양이다. 하이라이스를 주문한 뒤 "아직 못 정했어?"라고 묻자 멋쩍은 표정으로 "아직요" 하고 대답했다. 주문을 기다리는 점원 앞에서 "아무것도 안 먹을 거예요"라고 투정 부리는 어린애처럼 말할 순 없겠지. 젊은 여자 점원이 "천천히 고르셔도 됩니다"라고 말하며 미소를 보이자 "같은 걸로 주세요" 하고 마지못해 주문했다.

점원이 멀어져 가자 그녀는 부루퉁한 표정으로 말했다.

"이게 마지막 식사니까 그런 줄 아세요."

나는 "알았어, 알았어" 하고 메뉴판을 접으며 그녀의 말을 흘려듣는다.

함께하는 시간이 늘어나면서 그녀가 주변의 시선에 상당히 신경 쓴다는 것을 알았다. 남의 눈을 의식하는 데도 여러 가지 감정 유형이 있는데, 그녀의 경우는 공포심과 경계심이다. 눈앞에 그녀 또래의 아이들이 걸어가면 내 뒤로 숨을 때가 많았다. 반 친구들이나 자신을 괴롭히는 무리와 마주칠까 봐 겁내는 것 같다. 평일 아침부터 거리를 돌아다닌다는 사실 또한 신경 쓰이는지 경찰이나 점원 등 어른의 시선에도 예민하게 반응했다.

주위를 경계하며 걷는 그녀의 모습은 치열한 자연계에서 살아가는 동물과 같아서, 인간으로 살기에는 괴로워 보였다. 무엇보다 남들의 시선을 끄는 외모를 지닌 그녀는 눈에 띄는 동물만 연상되었고, 그게 어느 동물이든 살아가기 힘들 것 같았다.

최근에는 남들의 시선에 움찔움찔하는 이치노세가 너무 안쓰러워서 그녀의 생명을 연장하고 있는 이 상황에 새로운 죄책감이 솟구쳤다. 위한다는 게 오히려 독이 되는 건 아닐까. 어떤 선택을 해도 죄책감에서 벗어날 수 없을지 모른다. 어떻게 하면 그녀를 구할 수 있을까.

창밖을 내다보고 있는 이치노세를 가만히 바라보며 생각에 잠겼다. 창으로 들어오는 햇살이 그녀의 하얀 피부에 반사되어 약간 눈이 부셨다. 잠시 지나자 그녀가 내 시선을 눈치챘다.

"내 얼굴에 뭐 묻었어요?"

"어떻게 해야 네가 자살을 포기할까, 그 생각하고 있었어."

"내가 말했죠? 자살은 포기하지 않는다고."

이치노세는 한숨을 쉬더니 또 똑같은 대답을 한다.

"만약 너를 괴롭히는 애들이 더는 괴롭히지 않거나 사과하면 자살을 그만둘 거야?"

이치노세는 망설임 없이 고개를 가로저었다.

"이제 와서 사과해봐야 난감하기만 하죠."

자살 희망자답게 이미 달관한 말투였다.

"그 애들이 사과할 거라고는 생각하지도 않지만, 만약 '미안해' 이 한마디로 지금까지의 일을 없던 걸로 만들려 한다면 차라리 사과받지 않는 게 나아요. 이대로 피해자로 있는 게 마음 편하고, 걔들이랑 만나는 것도, 얼굴을 떠올리는 것도 싫어요."

나는 잠자코 있었다. 집단 괴롭힘이 해결되어 그녀가 자살을 그만둬주기만 한다면야 괴롭히는 애들에게 돈을 줘서라도 사과하게 한다거나 모든 수단을 동원해 억지로 사과

시키는 방법도 있었다. 하지만 이치노세 본인이 괴롭힘 문제가 해결되길 바라지 않는다.

그럴 만도 하다.

사과받는다 해도 달라질 건 없다. '미안해' 한마디로 해결될 단계는 지나도 한참 지났다. 이미 늦었다고밖에 할 수 없다. 원만히 해결할 방법이 없다면 사과를 받기보다는 얼굴을 마주하고 싶지 않은 마음이 더 강한 게 당연하다.

"주문하신 음식 나왔습니다."

테이블에 하이라이스 두 접시가 놓였다. 이치노세가 접시를 흘깃 바라본다. 내가 먼저 먹으며 "빨리 안 먹으면 식어" 하고 권하자 그녀도 숟가락을 들고 먹기 시작했다.

생각보다 뜨거웠는지 눈물을 찔끔 보이며 물을 한 모금 삼키더니 두 숟가락째부터는 여러 번 후후 불어 식혀가며 먹었다. 아마도 뜨거운 음식을 잘 못 먹나 보다.

"뭔가 하고 싶은데 아직 못 해본 일은 없어?"

하이라이스를 먹으며 물었다.

"하고 싶은 일이 남아 있지 않으면 자살을 인정해주려고요?"

"왜 얘기가 그렇게 되냐. 하고 싶었던 일을 하다 보면 마음이 바뀌지 않을까 기대하는 거지. 뭔가 없어?"

"있을 리 없잖아요?"

태연히 내뱉는 소녀. 최소한 생각하는 척이라도 해주면 좋을 텐데.

"아이바 씨야말로 왜 나를 방해하는 거예요?"

숟가락을 후후 불면서 못마땅한 표정으로 쳐다본다.

"그야 자살하려는 걸 아는데 그냥 내버려 둘 수는 없지."

"내가 죽고 싶어 하는 거니까 상관없잖아요!"

불만스러운 얼굴로 쏘아붙이더니 "대개는 누가 자살할지 그런 거 알지도 못하고요" 하고 덧붙였다.

"어떻게 상관이 없어! 게다가 자살하려는지 아닌지 얼굴 보면 다 알아."

나는 우리 테이블 근처에 앉아 이야기꽃을 피우고 있는 아주머니들을 가리키며 "저 아줌마들은 자살하지 않을 거야" 하고 적당히 둘러댔다.

"그런 건 나도 알아요." 그녀는 어이없다는 표정으로 대꾸했다.

"그건 그렇고 주변에 네가 자살하고 싶어 한다는 걸 알아차린 사람은 없는 거야?"

"그런 사람 없어요. 가족들도 농담이라고 생각하는걸요."

"농담으로 생각한다고?"라고 묻자 이치노세는 당황해하면서 "지금 이 말은 못 들은 걸로 해주세요" 하고 손을 살짝 내저으며 얼버무리려 한다.

"가족에게 자살하고 싶다는 말을 털어놓은 적이 있구나?"

그녀의 말에 개의치 않고 파고들자 그제야 살짝 고개를 끄덕였다.

"털어놓았다기보다는 그저 '죽고 싶다'고 중얼거린 것뿐이지만요."

"그랬더니 가족들이 뭐래?"

이치노세는 고개를 떨구고는 좌우로 흔들었다.

"저, 식구들한테 미움받고 있어요."

"미움받는다고?"

이치노세는 힘겹게 가족 이야기를 이어나갔다. 그녀의 말에 따르면 중학교에 입학하고 얼마 안 되어 아버지가 암으로 돌아가셨고 그로부터 1년 후에 어머니가 재혼했다. 현재는 어머니와 재혼 상대 그리고 그 상대가 데려온 언니 두 명과 함께 다섯 식구가 살고 있다. 가족은 모두 이치노세가 학교에서 괴롭힘당하고 있다는 사실을 안다. 그럼에도 무척 엄한 의붓아버지가 무슨 일이 있어도 학교는 다녀야 한다고 강요했다. 당연히 학교에 가기 싫어하는 이치노세와 매일 언쟁을 하게 되었다. 폭언은 말할 것도 없고 머리를 때리고 물건을 던지는 등 폭력을 일삼으며 강제로 학교에 데려가려는 의붓아버지에게서 도망치려고 이른 아침부터 집을 나와 저녁때까지 밖에서 시간을 보내는 생활을 하고 있다. 의붓아버지에게 반항적인 태도를 보이는 이치노세를 못마땅해하는 언니들은 비아냥거리기 일쑤였고 심할 때는 폭력까지 휘두른다. 처음에는 딸을 감싸주던 어머니도 차츰 의붓아버지 편을 드는 바람에 지금은 혼자만 소외되었다.

이런 상황에서 심신이 피폐해진 이치노세가 무심코 내뱉은 말이 "죽고 싶어"였다. 하지만 아무도 동정하지 않았다. 의붓아버지는 "그런 소리 할 거면 지금 당장 죽어버려!"라고 고함쳤고 언니들은 "비련의 여주인공 납셨네!"라며 욕을 퍼부었다. 어머니는 보고도 모르는 척했다.

식구들과의 관계를 다 털어놓은 뒤 고개를 푹 숙이고 있는 이치노세에게 물었다.

"자살하려고 한 건 식구들에게 '자살할 용기가 있다'는 걸 보여주기 위해선가? 만약 그렇다면 그런 사람들 때문에 자살하는 건 너무 아까운데."

이치노세는 "그런 이유도 있을지 모르겠지만"이라고 운을 떼더니 이어 말했다.

"이젠 너무 지쳤어요. 학교에는 친구도 없고, 집에서는 의붓아버지의 노여움만 사고 언니들한테는 무시당해요. 엄마는 나 같은 건 어떻게 되든 상관도 안 하고요. 학교에 가도 집에 있어도 괴로운 일뿐인걸요. 이런 인생 빨리 끝내고 싶어요."

그러고 나서 그녀는 "그러니까 아이바 씨!" 하고 말을 덧붙였다.

"제가 죽으면 좋아할 사람은 있어도 슬퍼할 사람은 없다고요. 저 자신도 죽기를 원해요. 제가 죽어도 곤란해할 사람은 한 명도 없으니까, 이제 그만 끝내도 되잖아요."

해줄 말이 아무것도 떠오르지 않았다. 무슨 말을 해도 위로가 되지 않을 것이다.

자살하고 싶어 하는 그녀의 마음을 되돌릴 만한 말이 나오지 않는 게 당연하다. 나야말로 수명을 포기한 사람이니까. 그렇다고 해도 이치노세의 자살을 인정할 수는 없다.

"안 돼."

단 두 글자. 자살하고 싶어 하는 그녀의 마음에 맞서기에는 너무 빈약하다. 이치노세에게는 들리든 들리지 않든 마찬가지겠지. 스스로 생각해도 한심하다. 보통 사람들은 이럴 때 어떤 말을 해줄까.

— 애초에 나는 왜 그녀에게 이렇게 집착하고 있는가.

지금까지 몇 번이고 자문자답을 되풀이했다. 죄책감이 생겼다지만 과연 이렇게까지 할 필요가 있는 걸까. 어차피 2년 후에는 죽는다. 이제 와 남의 일에 신경 쓰다니 아무래도 정상이 아니다.

그렇지만 자꾸 상상하게 된다. 만약 그녀의 자살을 방해하지 않았다면, 하고.

그녀를 두 팔로 안아 올려 여기까지 데려오지 않았다면, 지금 눈앞에 있는 소녀는 어떻게 되었을까. 열차에 부딪힌 충격으로 흰 피부는 벗겨지고 숟가락을 쥐고 있는 저 손은 바퀴에 깔리면서 무참히 파열되어 마음에 들어 하던 옷을 새빨갛게 물들였겠지. 그 순간을 두 눈으로 보며 그녀는 고통 속에서 죽어갔을 것이다.

교통사고를 언급할 때 '즉사'라는 말을 많이 사용하지만 실제로는 한순간에 죽지 않는다. 어디까지나 단시간에 죽는 것을 '즉사'라고 한다. 열차가 들어올 때 선로로 뛰어들어 자살하는 경우도 마찬가지다. 열차에 치인다고 해서 다 한순간에 죽거나 기절하지 않는다. 자신의 몸이 열차 바퀴에 잘려나가는 광경을 지켜보며 죽어갈 수도 있다.

자살을 방해하지 않는다는 건 이런 사실을 모르는 척하는 일이다. 이렇게 생각하면 '남의 일에 신경 꺼'라고 말하긴 어렵다. 더구나 이치노세와 이야기를 나누게 된 이 시점에서 어중간하게 모르는 척할 수는 없다. 그녀에게 투신자살을 시도해도 바로 목숨이 끊어지지 않는다는 사실을 알려주면 혹시 생각을 바꿀지 모른다. 하지만 그런 협박과 다름없는 방법으로 자살을 막은들 아무런 의미가 없다. 결국 그녀의 자살을 막을 방법을 계속 궁리하는 수밖에 없다.

내가 생각에 잠겨 있는 동안 이치노세는 여느 때처럼 불만스러운 표정으로 입을 다물고 있다가 눈이 마주칠 때마다 볼을 볼록하게 내밀었다. 식사를 마칠 때까지 둘 다 아무 말도 하지 않았다. 음식값을 계산하려고 카운터 앞에서 지갑을 꺼내다가 문득 생각이 났다.

"아, 참. 이거."

강아지가 그려진 전화카드를 건넸다. 예전에 이치노세에게 내 전화번호를 적은 종이를 건네준 적이 있다. 그녀는 좀처럼 받으려 하지 않았다. 처음에는 그냥 거부하더니 두 번째 건넸을 때는 종이를 받아 찢어버렸다. 세 번째가 되어서야 겨우 받아들었다.

"죽고 싶은 마음이 들거나 무슨 일이 생기면 전화해" 하고 일러두었지만 그녀는 스마트폰이 없다. 동전도 얼마 갖고 있지 않았다.

언제든지 공중전화로 연락할 수 있게 전화카드를 주려고 며칠 전부터 지갑에 넣어두었다.

"귀여워……가 아니라, 뭐예요, 이거?"

전화카드에 그려진 강아지를 말끄러미 쳐다보면서 묻는다.

"혹시 전화카드 모르나?"

고개를 끄덕끄덕하는 이치노세에게 세대 차이를 느낀다.

"역 같은 데 공중전화가 있잖아? 이걸 넣으면 전화를 걸 수 있으니까 무슨 일 있을 때 전에 알려준 번호로 전화해."

"그 종이라면 버렸는데요. 전화할 방법이 없어서."

"너 정말⋯⋯." 어이없어하며 영수증 뒷면에 전화번호를 적어 내밀었다.

"이른 아침이든 밤늦게든 아무 때나 괜찮아. 죽고 싶어진 다거나 곤란한 일이 생기면 걸어."

"전화 걸기 전에 죽을 건데요."

"알았으니까 받아둬."

받지 않으려는 그녀에게 억지로 영수증을 쥐여주고서 그날은 헤어졌다.

"안녕히 가세요. 다시 만날 일은 없겠지만요."

"또 보자. 조심해서 가고."

"조심하지 않고 돌아가겠어요."

작아지는 그녀의 뒷모습을 바라보고 있자니 불안한 마음이 들었다. 학교 내에서의 괴롭힘을 해결해도 의미가 없다. 가정에서도 문제가 있다. 뭘 어떻게 해야 좋을지 모르겠다. 깨끗이 해결할 방법이란 게 있을까. 인생에서 도망쳐 나온 내가 생각해봐야 아무런 실마리도 찾을 수 없었다.

하지만 전혀 진전이 없는 건 아니다. 이치노세가 가족 이야기를 전부 털어놓은 것은 의외였다. 처음 만났을 무렵의 그녀를 떠올리면 생각할 수도 없었던 일이다. 조금씩이지 만 그녀가 마음을 열고 있다. 이대로 계속 방해한다면 더 진 전이 있을지도 모른다.

🐝 / 2

수명을 넘기고 두 번째 맞는 5월 5일. 화요일. 맑음.

이날 이치노세가 열여섯 번째 자살을 실행했다. 이번에 는 '여느 때의 다리'에서 투신했다. 여느 때의 다리란 내가 고등학생 때 늘 찾아가던 다리로 사신과 만난 장소이자 그 녀가 처음으로 자살한, 바로 그 다리다. 꽤 큰 다리인데 이름 이 없어서 '여느 때의 다리'라고밖에 달리 부를 방법이 없다.

이치노세는 여느 때의 그 다리에서 뛰어내리든지 전철 이 달려올 때 선로에 뛰어들든지 둘 중 한 가지 방법으로 자 살한다. 횟수로는 다리에서 뛰어내린 적이 더 많아 그녀가 어느 쪽에서 올지는 이미 파악하고 있다. 다리 앞에서 기다 리고 있다가, 만나기로 약속이라도 한 듯 손을 흔들자 이치 노세가 노골적으로 싫은 기색을 드러내며 "안녕하세요"라 고 인사했다.

"오늘은 살아 있다는 게 얼마나 근사한 일인지 알려주지."

"아 그런가요? 안녕히 가세요."

"잠깐만, 기다려봐!"

달아나려는 이치노세의 가녀린 팔을 붙잡아 멈춰 세웠다.

"오늘도 집에 돌아가기 싫잖아."

"뭐, 그렇긴 하죠."

"그럼 시간 때우기라 생각하고 따라와. 만약 따라오지 않으면⋯⋯."

"또 번쩍 안아서 데리고 간다느니 그럴 거죠?"

이치노세는 체념한 듯 말했다. 이심전심이란 이런 걸까? 그렇진 않을 것이다.

우리는 다리에서 가장 가까운 역까지 걸어갔다. 이치노세는 나보다 약간 뒤처져 따라오고 있다. 내 걸음이 너무 빠른가 했지만 그저 뒤에 숨고 싶었을 뿐인 것 같다.

역에 도착해 전철을 타고 몇 정거장 뒤에 내렸다. 그 역 앞 버스 정류장에서 셔틀버스를 타고 약 30분쯤 가 대형 쇼핑몰에 도착했다. 쇼핑몰까지 수월하게 온 건 아니었다. 표를 사는 동안 이치노세가 도망치기도 하고 역 플랫폼에서 "선로에 뛰어내리지 않을 테니까 팔 좀 놔주세요"라며 화를 내기도 하는 등 여러 가지 해프닝이 있었다. 그 덕에 나는 이미 지친 상태였다.

건물로 들어가 안내도를 확인하고 목적지로 향했다. 이곳에는 몇 번 온 적이 있다. 넓은 주차장은 언제나 자동차로 가득 차 있고 시설 내부도 사람으로 혼잡하다.

이 부근은 내가 사는 지역보다 훨씬 시골이어서 다른 상업 시설이 없다. 다양한 상점이 들어와 있는 이 쇼핑몰이 지역 주민들에게는 생활의 중심지 역할을 하고 있다.

"다 왔어. 오늘은 여기야."

"다 왔다니요? 여기 영화관 아니에요?"

오늘은 쇼핑몰 안에 있는 영화관에서 시간을 보내기로 했다.

"사람이 죽는 영화를 보면, 살아 있는 게 얼마나 멋진 일인지 알게 될지도 몰라."

억지로 이유를 갖다 댔지만 항상 그렇듯이 입에서 나오는 대로 말했을 뿐이다.

중학교, 고등학교 때 줄곧 외톨이로 지낸 나에겐 대화를 나눌 만한 소재거리가 별로 없다. 쉽게 공통 화제를 만들 수 있는 영화관을 선택한 데는 그런 이유가 있었다.

"그럴까요? 절대 그럴 일 없어요."

대놓고 부정하는 그녀의 손을 붙잡고 영화관으로 들어갔다.

"돈 없어요."

"오늘도 내가 낼 테니까 걱정 마."

"이제 곧 죽을 사람한테 돈 써봐야 티켓값만 아까울 뿐이에요."

"이제 곧 죽을 사람이라면 사양할 필요도 없지."

영화관에 들어가자 어스레한 로비에 매표소, 굿즈 매장, 매점이 늘어서 있고 위쪽에 설치된 커다란 스크린에는 영화 예고편이 흐르고 있었다.

쇼핑몰 안에 자리 잡았다고는 해도 영화관 특유의 어둑어둑한 분위기가 살아 있다. 평소에는 영화를 볼 때 이곳이 아니라 집에서 더 가까운 큰 영화관에 가지만, 오늘은 이치노세를 데리고 왔다. 동네 영화관에서는 반 친구들과 마주칠 위험이 있다. 그녀에게는 내키지 않는 장소일 게 틀림없다. 그녀를 배려해서 오늘만큼은 동네에서 약간 떨어진 이 영화관을 선택했다. 그런데 웬일인지 가족 단위 관람객과 젊은 학생이 많다. 옆에서 걷는 이치노세도 주위에 무척 신경 쓰는 것 같았다.

"평일인데 왜 이렇게 학생이 많지?" 하고 당황했지만 바로 알아차렸다.

오늘은 어린이날이다. 은시계를 손에 넣고 나서 요일 감각만을 갖고 생활해온 탓에 골든위크(4월 말부터 5월 초까지 이어지는 일본의 연휴 기간)가 시작된 줄도 모르고 있었다.

이 쇼핑몰은 원래 지역 주민들의 집합소 역할을 하는 데다 골든위크까지 겹쳤으니 혼잡한 게 당연하다. 사람 많은 곳을 싫어하는 나와 또래 학생들의 시선을 신경 쓰는 이치노세에게는 달갑지 않은 상황이다.

그러나저러나 어린이날 자살하다니.

옆에 있는, 언뜻 순수해 보이는 이치노세를 바라보며 생각했다. 내 시선을 눈치챈 이치노세가 '왜요?' 하는 듯 고개를 갸우뚱한다. 이렇게 자기를 걱정하는 사람 마음에 전혀 아랑곳하지 않는 그녀를 보자니 한숨이 나왔다. 그러자 "하고 싶은 말 있으면 하세요!" 하고 그녀가 약간 화를 냈다.

꼭 말로 해야 아니.

"사람이 죽는 영화를 보자고 했지만 따로 보고 싶은 영화가 있으면 그걸 봐도 돼."

"어떤 영화가 상영되고 있는지 몰라요."

"자살 말고 다른 데도 관심을 좀 가지면 좋을 텐데" 하며 쓴웃음을 보이자 "생트집 잡지 말아요"라는 실망스러운 대답이 돌아왔다.

상영시간표가 적힌 포스터 앞에는 사람이 많이 모여 있었다. 포스터를 작게 만든 리플릿을 손에 들고 인파에서 도망치듯 빠져나와 일단 밖으로 나왔다. 이치노세에게 리플릿을 보고 원하는 영화를 고르게 했다.

처음에는 텔레비전에서 질릴 정도로 홍보하고 있는 로맨스 영화를 제안했다. 미남 배우가 주연한 영화로, 이치노세 같은 여자아이들은 연애물을 좋아할 거라는 가벼운 생각에서였다. 사람이 죽는 영화를 고집할 생각은 없었지만, 난치병을 소재로 한 영화라 줄거리를 읽어보니 사랑하는 사람이 죽을 게 뻔했다. 평도 좋기에 이 영화로 해야겠다고 생각했다. 그런데 이치노세의 반응이 미묘했다.

"음, 사랑이니 그런 건 잘 몰라서, 글쎄요."

제대로 학교에 다녔다면 얼마든지 남자친구가 있을 만한 이치노세가 그렇게 말하니 약간 의외이긴 했으나 그녀답다는 생각도 들었다.

그다음으로 제안한 영화는 사실적인 전쟁 영화였다. 죽음이 나오는 정도가 아니라 사람들이 마구 죽어가는 영화다. 이 영화를 보고 "우리는 전쟁이 없는 시대에 태어난 걸 감사해야겠어요. 자살은 포기할게요"라고 생각을 고쳐먹는 이치노세를 머릿속으로 상상해본다. 무리다, 도저히 상상이 안 된다.

그녀는 팔짱을 끼고 곤란해하는 표정으로 말한다.

"피가 흐르는 영화는 잘 못 봐요."

'계속 자살하는 사람이 할 소리냐!' 하고 한마디 하려다가 간신히 참았다.

세 번째로 제안한 것은 약간 특이한 영화였다. 자신을 키우는 주인과 크리스마스를 함께 보내고 싶어 하는 장수풍뎅이 이야기다. 여름 생물인 장수풍뎅이는 크리스마스까지 살아 있기 어렵다. 아무래도 생명의 허무함을 주제로 한 영화인 듯하다. 그렇다면 조금 더 생각을……

"벌레를 싫어해서 이런 영화는 못 봐요. 다른 걸로 골라 주세요."

장수풍뎅이 영화는 단칼에 거절당했다. 허무해.

이번에는 유령이 나오는 호러 영화는 어떠냐고 물어봤다. 사람이 죽는다기보다 이미 죽어 있는 영화다. 단순히 이치노세가 놀라는 모습을 보고 싶었다는 건 비밀이다.

"왠지 무서울 것 같은데요."

"유령 싫어?"

"만들어낸 이야기라는 걸 알면 무섭지 않아서 괜찮지만."

"괜찮으면 된 거 아냐?"

"만약 진짜 유령이 비치기라도 하면 구분하기가……"

"그런 건 괜찮다고 말하지 않아. 중증이군."

그 뒤로도 어린아이가 볼 법한 마법 소녀 애니메이션을 제안하면 "아이 취급하지 마세요" 하고 화를 내지를 않나, 어떤 영화를 골라줘도 전부 다 썩 내켜 하지 않았다.

결국은 맨 처음에 제안했던 난치병 소재의 로맨스 영화를 보기로 했다. 이게 가장 무난할 것 같다. 티켓 두 장을 구입해 로비 중앙에서 기다리고 있는 이치노세에게 돌아가는데 고등학생쯤으로 보이는 남자애들이 이치노세를 손가락으로 가리키며 "쟤 예쁘지 않냐?", "네가 말 걸어봐"라고 이야기하는 소리가 들렸다. 정작 장본인은 영화 예고편이 나오는 스크린을 보고 있어 눈치채지 못한 모양이다.

영화가 시작될 때까지 기다리고 있는데 매점 쪽에서 달콤한 냄새가 풍겨왔다. 캐러멜 팝콘 향인가. 이치노세도 냄새를 맡았는지 같은 방향으로 시선을 돌렸다.

"뭐 먹고 싶은 거 없어?"라고 묻자 이치노세는 사양하는 듯 "괜찮아요"라고 대답했다. 하지만 어린아이가 들고 있는 추로스를 부러운 눈길로 바라보길래 매점 앞에 줄을 섰다. 추로스와 팝콘을 사서 그녀에게 건넸다. 처음에는 "필요 없어요"라며 고집을 부렸지만 "회원이라 받았을 뿐인데 나는 필요 없어"라고 거짓말을 했더니 "그럼 할 수 없네요" 하고 기쁜 듯이 받아들었다.

양손에 추로스를 들고 먹고 있는 이치노세는 다람쥐 같은 작은 동물을 연상시킨다. 본인에게 말하면 화를 낼 게 뻔해서 말하지는 않았지만.

추로스를 다 먹었을 즈음, 입장 시간이 되어 상영관 안으로 들어가 좌석에 앉았다. 다른 좌석도 거의 다 차서 떠드는 소리가 여기저기서 들려왔다.

조명이 꺼지고 예고편이 시작되자 맨 먼저 호러 영화 예고가 흘러나왔다. 옆자리에 앉아 있는 이치노세를 옆눈으로 슬쩍 봤더니 필사적으로 눈을 감고 있다. 전혀 괜찮지 않네.

난치병을 소재로 한 영화는 틀에 박힌 전형적인 연애물이었다. 여고생이 주인공으로, 어릴 적부터 친하게 지내온 남자친구가 수명이 반년밖에 남지 않았다는 시한부 선고를 받는다. 하지만 두 사람은 수많은 우여곡절을 겪으며 함께 난관을 극복해간다. 주인공이 다른 남자에게 고백을 받기도 하고, 수명이 얼마 남지 않은 남자친구가 여자친구를 힘들게 하지 않으려고 이별을 고하기도 하지만 결국 주인공은 남자친구를 선택하고 곁에서 간호한다. 그리고 혼자 남은 주인공이 그의 몫까지 살아가겠다고 당차게 결심하며 영화가 끝난다.

솔직히 처음부터 끝까지 예상대로 전개되어서 눈물은 나오지 않았다. 영화보다 팝콘의 짭조름한 맛과 캐러멜 맛을 번갈아 먹을 때의 상승효과에 감동했을 정도다.

하지만 영화가 중반을 지날 무렵부터 훌쩍대는 소리가 들려오는 걸 보니 다른 관객들은 재밌게 보는 것 같았다. 젊은 여성이 많은 그 자리에 내가 어울리지 않는 듯했다.

실제로 사랑 같은 거 잘 모르느니 어쩌니 하던 이치노세도 마지막에는 눈물을 뚝뚝 흘렸다. 사실 그녀는 키스 장면이 나올 때 어쩔 줄 몰라 하며 손으로 얼굴을 가렸다.

"살아 있다는 건 멋진 일이라는 생각이 들어?"

영화가 끝나고 여전히 콧물을 훌쩍이고 있는 이치노세에게 물었다.

"조금은."

손수건으로 눈물을 닦으며 대답했다.

"그거 다행이네. 그러면 이제 자살하는 건……."

"그만두지 않아요."

바로 대답한다.

"영화를 보고도 그래?"

"당연하죠."

"영화처럼, 이라고는 말하지 않겠지만 조금 더 생에 애착을 가졌으면 좋겠네."

안타까워서 말하자 이치노세는 "현실과 영화는 달라요. 아까 그 영화는 거기서 끝났으니까 아름다운 거라고요"라며 토라졌다.

틀림없이 "그럴 일 없어요"라며 가볍게 대꾸할 거라고 생각했기에 말의 의도를 바로 알아차리지 못했다.

"제가 살기를 바라며 응원해주는 사람도 없고요."

"아니, 눈앞에 있잖아. 난 네가 살아주길 바라. 죽으면 슬플 거야."

이치노세는 당황해하며 "대답하기 곤란한 말 좀 그만해요"라고 말했다.

나는 "곤란할 게 뭐 있어. 그냥 기뻐하면 되지"라고 대답했다.

"거짓으로 기뻐할 만큼 저는 순수하지 않아요."

"조금 전까지 눈물 흘리던 순수함은 어디로 사라졌지?"

그 후 돌아가는 버스와 전철에서 영화에 대한 감상을 서로 이야기했다. 내가 "다음에는 호러 영화를 볼까?"라고 제안했더니 그녀는 "진짜 싫어요"라고 단호하게 거절했다.

"조심해서 가."

"조심하지 않고 돌아갈게요."

전과 같은 대화를 주고받고 헤어진 뒤에야 이치노세가 한 말의 의도를 이해했다.

병으로 아버지를 잃은 자신과 남자친구를 잃은 주인공의 모습이 겹쳐서 떠올랐던 듯하다. 아버지를 여의고 어머니가 재혼하면서 마음 붙일 곳을 잃은 자신처럼 소중한 연인을 저세상으로 떠나보낸 주인공의 미래도 어두워질 거라고, 이치노세는 그것이 진짜 결말이라고 생각한 것이 틀림없다.

물론 주인공에게 밝은 미래가 기다리고 있다고는 생각할 수 없다. 어떤 사람을 그렇게나 일편단심으로 사랑했는데, 또다시 새로운 사랑을 찾을 수 있을까. 과연 세상을 떠난 연인 이상으로 소중한 사람이 생길까. 연인을 잃어본 적 없이 순조롭게 살고 있는 사람들을 보면 질투심이 치솟지 않을까. 괴로워하며 지내는 모습밖에 머리에 떠오르지 않는다.

사람들에게 사랑받고 싶어도 그러지 못하는 나와, 소중한 연인을 만날 수 없게 된 주인공. 과연 누가 불행할까.

내가 눈물이 나지 않은 것은 그들의 불행이 진짜 불행으로 보이지 않았기 때문이다. 만든 이야기여서가 아니다. 그들은 행복한 사람이었다. 주인공은 시한부 선고를 받은 남자친구를 저버리지 않고 죽는 순간까지 사랑했다. 다른 남자들이 다가와도 죽음을 앞둔 그를 선택했다. 그럴 만큼의 가치가 있는 사람과 만났던 것이다.

그 남자도 사랑하는 사람이 지켜보는 가운데 저세상으로 떠날 수 있었으니 행복한 사람이다. 이 세상에는 마지막 인사를 전하지 못한 채 죽는 사람도 있다. 소중한 사람과 만나기도 전에 죽는 사람도 있다.

최소한 나의 마지막 또한 비참할 것이다. 내 죽음을 아는 사람은 없을 테니까. 이에 비하면 그의 마지막은 행복한 거다. 나는 그들이 불행하다고는 생각하지 않았다. 크지 않은 불행을 자못 가치 있고 아름다운 것처럼 꾸며내려는 그들에게 화가 나기까지 했다.

소중한 사람이라고 말할 수 있는 존재가 없었던 나는, 소중한 사람을 잃는 슬픔을 완전히 이해할 수 없다. 누가 더 불행한지를 따지다니 우습다. 하지만 그것을 불행이라고 부르고 싶지는 않다. 그들보다 불행하지 않다면, 나는 수명을 포기했다는 변명조차 용서받지 못할 것이다. 하지만 이치노세의 고민은 그들과 통하는 면이 있다. 그 고민을 해결하지 않는 한, 자살을 막지 못할지도 모른다. 빨갛게 물든 저녁노을을 올려다보면서 깊이 한숨을 내쉬었다.

🦋 / 3

"오늘은 어디로 갈까?"

"저세상으로 가고 싶어요."

"응, 게임 센터에 가고 싶다고?"

"한 글자도 안 맞거든요."

수명을 넘기고 두 번째 맞는 5월 18일. 월요일. 맑음.

이날, 이치노세가 열일곱 번째 자살을 시도했다. 오늘도 여느 때의 그 다리에서 뛰어내렸다. 지난번에도 이번에도 그녀는 전화를 걸어오지 않았다. 일전에 건네준 전화카드는 관상용이 된 모양이다. 평소처럼 다리 앞에서 이치노세를 붙잡아 그녀의 의사를 내 나름대로 해석하고는 게임 센터에 가기로 했다.

"게임 센터에 가도 할 줄 아는 게임이 하나도 없어요."

산들바람이 불어와 이치노세의 검고 긴 머리카락이 싱 그럽게 흔들렸다.

"평소에 게임 센터 같은 데 안 가?"

"초등학생 때는 몇 번 간 적 있지만 안 간 지 벌써 몇 년 이나 됐는걸요."

시간 보내기에 가장 좋은 장소인데, 라고 말하려다가 말 았다. 돈이 없는 이치노세에게 말해봐야 아무런 도움이 되 지 않겠지.

아무래도 그녀가 부모님에게 용돈을 받고 있을 것 같지 는 않다. 언제였던가. 역 플랫폼에서 자살을 방해한 후 조금 떨어진 동네로 놀러 가자고 했더니 "돈이 없어서 거기까지 못 가요. 그러니까 자살할래요"라고 대답하기에 "전철 요금 이 모자라 자살하는 사람이 있어서야 되겠어?"라며 설득하고 대신 요금을 내주었다.

돈이 없으면 행동할 수 있는 범위도 한정되기 마련이다. 나 역시 집에 있기 싫어하던 사람이라 잘 안다. 학생의 주머니 사정으로는 시간 때우기도 여간 어려운 게 아니다.

지금은 봄이라 다행이지만 여름이나 겨울에는 지혜를 짜내야 한다. 그러고 보니 이치노세가 자살하기 시작한 때가 크리스마스였다. 겨울에는 어디서 시간을 보낸 걸까.

"집에 있기 싫을 땐 늘 어디에 있어?"

이치노세는 몇 초간 생각하더니 대답했다.

"공원이나 홈센터(주로 일용 잡화나 주택 설비에 관한 상품을 판매하는 매장)에 있어요."

"홈센터? 역 근처에 있는 거기?"

들어가 본 적은 없지만 집에서 가장 가까운 역 근처에 꽤 큰 홈센터가 있다. 그녀의 활동 가능 범위를 생각하면 그곳밖에 떠오르지 않았다.

"네. 그 홈센터에 열대어 매장이 들어와 있거든요."

"그렇군. 거기서 물고기를 보며 시간을 보내나 보네."

물고기를 좋아하는지 묻자 "네, 엄청 좋아해요"라고 웃으며 대답했다.

"물고기도 좋아하지만 정말 귀여운 우파루파가 있거든요."

"우파루파?"

내가 물어보자 기쁜 듯이 우파루파가 왜 좋은지를 늘어 놓기 시작했다.

무슨 생각을 하는지 알 수 없는 표정, 비쭉비쭉 곁으로 솟은 핑크색 아가미, 앞 발가락은 네 개지만 뒤 발가락은 다섯 개, 이쪽을 보고 헤엄쳐 오다가 수조 벽에 머리를 부딪치는 둔감함. 열심히 우파루파를 설명하는 이치노세는 뺨이 발그레해져서 약간 흥분해 있다. 좀처럼 없던 일이다.

"턱수염도마뱀도 있어요."

"우파루파 같은 이상한 생물을 좋아하는구나."

양서류나 파충류의 장점을 잘 모르는 나는 그렇게밖에 말하지 못했다.

이치노세는 "이상한 생물 아니거든요" 하고 뺨을 씰룩거리며 반론한다.

"아이바 씨도 뱀 좋아하지 않아요?"

"뱀? 뜬금없이 웬 뱀이야?"

"항상 갖고 다니는 회중시계 뚜껑에 새겨져 있는 게 뱀 아니에요?"

아아, 바로 이해했다. 평범한 뱀은 아니지만.

"그건 뱀이 아니라 우로보로스라고 그리스 신화에 나오는 생물이야."

이치노세는 "우로보로스?" 하고 고개를 갸웃한다.

사신에게 은시계를 받은 후 우로보로스에 관해 조사해 보았다. 우로보로스는 자신의 꼬리를 물어 원형을 만들고 있는 뱀 또는 용을 뜻한다. 은시계에는 한 마리밖에 새겨져 있지 않지만 자료를 찾아보다 두 마리가 서로의 꼬리를 물고 있는 그림도 발견했다.

우로보로스는 불로불사不老不死나 영원을 상징한다고 한다. 그렇다면 우로보로스 은시계는 그 이름을 따라가지 못하는 셈이다. 최대 24시간밖에 되돌리지 못하고 한 번 사용하면 36시간 동안은 쓸 수 없다. 어떻게든 12시간은 미래로 흘러간다. 이런 은시계가 영원의 상징인 우로보로스라는 이름을 내세우다니, 이름이 아깝다.

하긴, 만약 영원히 시간을 되돌릴 수 있다면 대부분의 사람이 수명과 맞바꿔 손에 넣으려 하겠지. 거래의 의미가 없어지니까 어쩔 수 없다.

이치노세에게는 우로보로스 얘기만 했는데 별로 흥미가 없어 보였다. 사실 자살을 방해한 뒤 이치노세를 데리고 놀러 가는 데는 시간을 번다는 목적이 있다. 가령 시간을 되돌린 뒤 10시간이 경과한 다음 자살을 방해했다고 하자. 그때부터 26시간이 지나야 다시 시간을 되돌릴 수 있다. 이 상황에서 두 시간 이내에 다시 자살을 시도한다면 어떻게 될까.

은시계의 초능력이 부활했을 때는 이미 자살한 지 24시간 이상이 되어 그녀가 자살한 시각 전으로 시간을 되돌릴 수 없다. 이 되돌릴 수 없는 시간대가 지나갈 때까지 나는 그녀를 감시해야만 한다. 그래서 데리고 놀러 가는 것이다.

전철로 조금 멀리 떨어져 있는 역까지 간 다음, 거기서부터는 걸어서 게임 센터로 향했다. 목적지 앞에 다다르자 이치노세가 멈춰 섰다. 왜 그러느냐고 물으니 "평일 아침부터 게임 센터에 있으면 뭐랄까, 이상하지 않아요?"라고 대답했다. 혹시라도 경찰이나 지도교사의 눈에 띄어 불량 청소년으로 보호조치 될까 봐 두려워하는 것 같다.

"태연하게 있으면 괜찮아. 움찔움찔 눈치 보면 더 수상하게 여길 거야."

"괜찮다고요? 아이바 씨는 학교 안 가고 이런 데 온 적 있어요?"

있지, 하고 대답하고는 게임 센터로 들어갔다. 이치노세는 "불량 학생이었군요"라고 어이없어하며 뒤를 따라 들어왔다.

예전부터 게임 센터나 영화관에 자주 다녔다. 특별히 하고 싶은 게임이나 보고 싶은 영화가 있었던 건 아니다. 시간을 때울 수 있고 그저 집중할 수 있는 장소라면 어디든 상관없었다. 한마디로 말하면 현실 도피라는 거다.

　무언가에 몰입해 현실에서 눈을 돌릴 수 있는 시간이 내게는 필요했다. 학교를 땡땡이치고 평일 아침부터 사람이 적은 게임 센터나 영화관에서 시간을 보냈다. 이치노세처럼 나도 부모님과 사이가 나빠서 용돈을 받지 못했다. 단지 애착이 없는 방임 상태였기 때문에 식사비는 받았다. 거기서 남은 돈을 모아 현실 도피에 썼다.

　현실에서 도피하는 날은 학생 시절의 내게 특별한 시간이자 유일한 즐거움이었다. 부담 없이 다닐 수 있게 된 건 우로보로스 은시계 덕분이다. 근사한 이름값은 못 해도 이 은시계 덕을 톡톡히 보았다.

　우리가 들어간 게임 센터는 3층 건물로 예전부터 그 자리에 있었다. 1층과 2층에는 뽑기 게임, 격투 게임, 메달 게임 등 다양한 오락기가 놓여 있다. 여기만 보면 평범한 게임 센터지만 3층이 배팅 센터로 꾸며져 있어 독특한 분위기가 난다. 평일 낮 시간이라 손님이 적어 우리가 놀기에는 아주 좋았다.

　"하고 싶은 거 있어?"

　"없어요."

　이렇게 될 줄 짐작하고 있었다. 이치노세는 게임 같은 거 하지 않을 것 같았고, 나와 스티커 사진을 찍어도 즐겁지 않겠지. 그렇지만 내가 안내할 수 있는 장소는 기껏해야 여기

나 영화관 정도뿐이다. 미리 생각해둔 작전으로 갈 수밖에
없다.

"인형 뽑기 같은 건 어때? 뭔가 갖고 싶은 인형이나 경품
이 있으면 뽑을 때까지……."

"필요 없어요."

즉답이다. 끝까지 좀 들어라.

"아직 보지도 않았잖아. 갖고 싶은 게 있을지도 모르고."

"갖고 싶은 게 있어도 어차피 버려질 테니까 괜찮아요."

"버려진다고? 무슨 말이야?"

이치노세는 다른 쪽을 본 채 별로 말하고 싶지 않다는 듯
입을 열었다.

"의붓아버지가 버릴 거예요. 장난감도 전부 버렸거든요."

그녀의 표정이 점점 어두워졌다. 아무래도 내가 또 말실
수한 모양이다. 의붓아버지를 싫어한다는 건 알고 있었지
만 거기까지 헤아리지는 못했다. 몇 년 전까지 타인이었던
인물이 함부로 내 물건을 처분하다니, 이치노세로서는 부
당하게 여길 수밖에 없다.

"뽑기는 관두고 게임 할까?"

나는 고개를 숙이고 있는 이치노세의 손을 잡아끌었다.
사실은 인형 뽑기를 하며 두 시간 정도 버틸 생각이었지만
이렇게 된 이상 어쩔 수 없다. 이치노세도 즐길 수 있고 둘

이서 같이 할 수 있는 게임을 찾아보았다. 건 슈팅 게임이 눈에 들어왔다. 공격해오는 좀비를 총으로 격퇴하는 정통 게임인데 둘이 함께 할 수 있었다.

"전 그냥 구경할래요"라고 말하며 거리를 두는 이치노세 앞에서 두 사람분의 동전을 집어넣었다. 오락기와 굵은 줄로 연결된 총을 두 자루 꺼내 "자, 얼른 도와" 하고 한 자루를 그녀 손에 억지로 쥐어줬다.

"해본 적 없는데……."

이치노세는 난처해하면서 받아든 총을 이리저리 살폈다.

그런 그녀와 상관없이 게임이 시작되었다.

"아! 아! 어떻게 해야 돼요?"

게임이 시작되었다는 것을 알고 당황해서 총을 겨누는 이치노세.

"처음 하는 거라 나도 몰라. 하면서 익히자구."

조언이라 할 수 없는 조언을 해주었다. 솔직히 나도 처음에 조작 방법이 나오겠지, 생각했다가 당황했다. 초반에는 좀비가 약해서 초심자인 우리도 쉽게 쓰러뜨릴 수 있었다. 차츰 두 사람 다 조작 방법을 파악해 어느 정도까지는 신나게 쏘아댔다. 내가 게임 오버가 될 때까지는.

"미안, 죽었어. 뒤를 부탁해."

"자, 잠깐만요! 혼자는 못 해요."

혼자서는 사용할 수 있는 공격 수단이 부족해 자꾸 더 많은 좀비가 몰려온다. 왼쪽 좀비를 쓰러뜨리고 오른쪽 좀비를 쏜다. 하지만 점점 거리가 가까워진다.

분주히 좀비에게 총구를 겨누는 이치노세를 보며 나는 옆에서 웃고 있었다.

"웃지만 말고 좀 도와줘요."

필사적인 목소리로 도움을 청하기에 다시 이어서 하려고 했지만 백 엔짜리 동전이 다 떨어졌다. 동전을 바꿔 오겠다고 말하고 자리를 떴다. 천 엔 지폐를 동전 교환기에 넣었을 때 "오지 마!" 하는 비명이 들려와, 이미 늦었음을 알았다.

"아이바 씨가 늦게 오는 바람에 다 죽었잖아요!"

동전을 바꿔 돌아오자 이치노세가 어깨를 툭툭 두드리며 원망했다. 꽤 분한 모양이다.

이번에는 많이 해봤던 다트 게임에 도전하기로 했다. 이치노세는 해본 적이 없는 것 같아서 우선 연습 삼아 던져보게 했다.

어색한 포즈로 "에잇!" 하고 힘주어 던진 화살이 과녁을 벗어나 벽에 부딪힌 뒤 희한하게 돌아 튕겨 나오더니 내 머리에 와서 맞았다. 어른스럽지 못하게 "아얏!" 하고 소리 지르는 바람에 이치노세가 당황해서는 "꽤, 괜찮아요?"라고 걱정스럽게 물었다.

이건 승부를 겨루고 말고 할 단계가 아닌데. 나도 걱정이 되었다.

대결 방법은 초심자도 알기 쉬운 점수 계산법을 선택했다. 규칙은 매우 간단하다. 다트 화살을 세 번씩 던지고 차례를 바꾸는 방법이다. 이렇게 8회 반복한 뒤 합계 점수가 높은 사람이 이기는 것이다. 단순히 점수가 높은 과녁을 노려 승부를 겨루기만 하면 된다. 내가 전력을 다하면 상대가 되지 않을 게 뻔해서 일부러 낮은 점수를 겨냥해 던졌다. 경험이 있기는 하지만 백발백중 겨냥한 곳을 맞힐 정도로 잘하지는 않는다. 다만 목표점을 겨냥하는 연습이 되어 이 방법도 재미있었다.

이치노세는 불스아이bull's-eye라고 불리는 과녁의 한가운데 부분을 노리는 듯했으나 여러 번 던져도 계속 다른 곳에 꽂혔다. 하지만 포인트가 세 배로 계산되는 트리플 존에만 맞혀 점수가 쑥쑥 올라갔다.

순식간에 역전당하고 말았다. 이대로라면 큰 점수 차로 지게 된다. 이제부터는 작정하고 던져서 이치노세를 따라 잡으려 했지만 마음이 조급해서 그런지 다트 핀이 오른쪽으로 치우쳤다. 내가 던진 다트 핀은 전부 낮은 점수대로 빨려 들어가듯 꽂혔고, 이치노세에게 찾아온 초심자의 운은 누그러질 기미가 보이지 않았다.

결국 이치노세의 점수를 따라잡지 못한 채 게임은 나의 완패로 끝났다. 이기려고 기를 쓰지 않았고 봐줄 생각도 없었다. 편하게 겨루었고 졌다. 그냥 분하다.

반면에 "이겼다!" 하고 양손을 들어 올리며 기뻐하는 이치노세는 어지간히도 신이 났는지 평소보다 무척 기분이 좋아 보였다. 어쩌면 이 모습이 진짜 그녀일지도 모른다. 기뻐하는 그녀를 보고 있자니 승패는 아무래도 상관없었다.

하지만 곧이어 그녀가 "저, 다트에 재능이 있나 봐요"라든지 "제대로 겨냥해서 던졌어요?"라고 신이 나서 떠들기에 "우쭐해하지 마!"라고 한마디 응수하고 말았다. 맞대결에서 지는 게 이렇게 분할 줄은 미처 몰랐다.

"이제 곧 죽을 거니까 지금은 마음껏 우쭐할래요."

이치노세는 손가락으로 브이 자를 그려 보이며 의기양양한 미소를 지었다. 누가 봐도 내 참패다. 설욕할 기력조차 없어서 배팅 센터가 있는 3층으로 올라갔다. 배팅에 자신이 있는 건 아니었다. 다만 다트 게임에서 진 울분을 풀고 싶었다.

이치노세에게도 권했으나 공이 날아드는 것이 무서운지 뒤에서 구경하겠다고 말했다. 등에 그녀의 시선이 느껴졌다. 나보다 어린 여자아이 앞에서 볼품없는 모습을 보이고 싶지 않다. 묘한 압박감이 느껴져 평소보다 배트를 힘껏 쥐었다.

날아오는 공을 배트로 쳐낸다. 오랜만에 하는 거라 약간 불안했지만, 그래도 헛스윙이 적고 공이 배트에 잘 맞아서 안도했다. 맞히기만 할 뿐 좀처럼 쭉쭉 뻗어 나가지 않아 멋진 모습을 보여주는 덴 실패했지만.

"정말 안 할래?"

"그렇게 빠른 공을 어떻게 쳐요? 앗, 저건 할 수 있을 거 같아요."

이치노세는 옆에 있는 스트럭 아웃 게임판을 가리켰다. 공을 던져서 1부터 9까지 숫자가 쓰인 보드를 하나씩 맞혀 넘어뜨리는 게임이다. 그러고 보니 그 게임이라면 이치노세도 할 수 있을 것 같다. 백 엔짜리 동전을 건네주고 이번에는 내가 구경했다.

이치노세의 작은 손이 던진 공은 보드까지 가기도 전에 바닥으로 떨어졌다. 여러 차례 던져도 보드 바로 앞에서 데굴데굴 굴러갔고 그때마다 부끄러워하며 나를 쳐다봤다. 구원을 청하기에 중간부터는 그녀 대신 내가 던졌다. 결국 한 줄을 쓰러뜨리는 데 성공해 배팅에서의 오명을 다소 만회할 수 있었다.

그다음에도 이치노세가 할 수 있을 만한 게임을 찾아서 놀았다. 에어하키 게임이나 레이싱 게임 같은, 둘이서 함께

할 수 있는 대결 게임도 신선했다. 이치노세가 해맑게 즐기고 있어 어느새 나도 열중했다. 대부분의 게임에서 졌지만.

한참을 놀고 나서 대결 게임에서 도망치듯 메달 게임기가 놓인 층으로 갔다. 좌우에 하나씩 설치된 투입구에 메달을 넣어서 기계 안의 메달을 떨어뜨리는, 어디에나 흔히 놓여 있는 게임기 앞에 앉았다. 떨어진 메달이 중앙 배출구로 나와 쌓이면 거기서 다시 메달을 집어 투입구에 넣고 떨어뜨리는 과정을 묵묵히 반복한다. 몇 번인가 이치노세가 메달을 집으려다 잘못해서 내 손을 잡았고, 그때마다 그녀는 얼른 손을 떼며 수줍은 듯 웃었다. 손에 든 메달이 점점 줄어들고, "떨어져라!" 하고 둘이서 주문을 외우는 사이에 시간이 흘러갔다. 메달이 몇 개 안 남은 상태에서 생각보다 오래 버텨서, 게임이 끝났을 때는 어느덧 어둑해져 있었다. 더 있다가는 정말로 경찰에게 주의를 들을지 몰라 이만 돌아가기로 했다.

역까지 걸어가는 길에 이치노세가 무언가를 쳐다보기에 시선을 따라가 보니 크레이프 가게가 있었다. 알록달록하고 귀여운 간판에 다양한 메뉴가 적혀 있다.

아무것도 먹지 않고 놀이에 열중하느라 허기져 있던 상태라 끌리듯 가게로 들어갔다. 하지만 평소에 크레이프 같은 건 거의 먹지 않는다. 뭘 주문해야 할지 몰라 고민하다가 이치노세에게 물어보려 했는데 그녀가 먼저 "뭘 먹으면 좋아요?" 하고 물어왔다.

우리가 망설이는 동안 화려하게 꾸민 여고생 한 무리가 들어오자 이치노세가 내 뒤로 숨었다. 여고생들이 먼저 딸기와 블루베리, 캐러멜, 타피오카 등 각자 좋아하는 메뉴를 주문했다.

고민 끝에 우리는 평범한 초코생크림을 주문했다. 왠지 아까 그 여학생들에 비해 이런 가게에 익숙지 않은 우리다운 선택이라고 생각했다. 가게 앞에는 여고생들과 커플들이 웃으며 이야기를 나누고 있었고 이치노세는 여전히 내 뒤에 숨어 있었다. 나도 그 자리가 편하지는 않아서 우리는 역까지 걸어가며 먹기로 했다.

"뭐가 제일 재밌었어?"

입안 가득 크레이프를 먹고 있는 이치노세에게 물었다.

"음, 다 재밌었어요."

"그건 네가 거의 다 이겼으니까 그렇지."

"아이바 씨가 너무 못한 거죠."

이치노세가 뽐내듯이 대답했다.

"반드시 복수전 할 거야. 기억해둬."

"그건 불가능해요. 전 죽을 거니까요."

입에 생크림을 묻힌, 죽고 싶어 하는 소녀는 오늘도 여느 날과 다름없었다.

"너한테 이길 때까지는 죽게 두지 않을 거야."

그러고는 입에 생크림이 묻었다고 알려주었다. 이치노세는 입을 닦으며 "그런 이유로 방해받는 건 싫어요" 하고 토라졌다.

"어떤 이유라면 좋겠냐."

"어떤 이유라도 싫어요."

이치노세는 장난스럽게 웃었다. 입술에는 아직 생크림이 묻어 있다.

이럴 때 보면 평범한 여자아이인데 말이지, 하고 안타까운 마음이 들었다.

"조심해서 돌아가."

"조심하지 않고 돌아갈게요."

다 먹은 크레이프 포장지를 휴지통에 버리고 이날은 헤어졌다.

오늘의 그녀는 평소보다 기분이 좋았고 많이 웃었다. 이런 감정 상태로 그녀가 자살 같은 거 생각하지 않고 그저 순수하게 웃는 날이 온다면 얼마나 좋을까.

그녀와 헤어진 뒤, 근처 서점에 들렀다가 집으로 돌아갔다. 서점에서 레저에 관한 가이드북을 한 권 구입했다. 다음에는 어디에 데려갈까, 어디로 가야 그녀가 좋아할까.

다음번 그녀와 만날 때를 대비해 계획을 세우면서 밤늦
도록 가이드북을 읽었다.

✿/4

"오늘은 다른 역으로 왔는데……."

팔을 붙잡히자 샐쭉 토라지는 이치노세.

"이제 웬만하면 전철 앞으로 뛰어드는 것 좀 그만두라니
까."

그녀의 팔을 잡으며 야단치는 나.

"그럼, 어떤 자살이면 괜찮나요?"

죽고 싶어 하는 소녀는 오늘도 반성하는 기색을 보이지
않는다.

"그러게, 80년쯤 지나서 편안히 죽으면 좋지."

"그건 자살이라고 하지 않아요."

수명을 넘기고 두 번째 맞는 6월 1일. 월요일. 맑음.

이날 이치노세가 열여덟 번째 자살을 결행했다.

이전에 뛰어내리던 역이 아닌, 다른 역에서 투신을 시도
했는데 여느 때처럼 붙잡았다.

"열차에 뛰어들려 하다니, 그 예쁜 얼굴이 망가진다고."

이치노세는 당황해서 "하나도 안 예쁘거든요" 하고 부정한다.

그런 그녀의 반응을 보고 "자살 같은 거 그만두고 아이돌이라도 해보면 어때?"라고 권했다가 "놀리지 마세요"라며 핀잔을 들었다.

"오늘은 멀리 나가볼까?"

평일 아침, 역 플랫폼, 붙잡힌 이치노세. 멀리까지 가볼 아주 좋은 기회다. 가이드북을 읽으며 행선지도 미리 찜해두었다.

"돈 없어요." "오늘도 내가 전부 낼게." "곧 죽을 인간에게 왜 그렇게까지 해주는 거죠?" "곧 죽을 인간이라면 신경 쓸 것 없잖아." 항상 똑같이 반복되는 대화를 주고받으며 도쿄 역으로 향하는 전철에 올랐다.

출근 시간대의 전철은 사람이 너무 많아 빈틈이 거의 없다. 손잡이는 직장인들이 전부 점령하고 있어 몸의 균형을 잡느라 안간힘을 써야 했다. 전철이 흔들릴 때마다 이치노세가 내 팔을 잡았다. 직장인들 속에서 그녀의 팔다리가 버틸 수 있을지 염려스러웠다.

전철이 역에 정차할 때마다 우리는 구석으로 밀려났다. 떠밀린 이치노세와 몸이 점점 가까워지자 달콤한 샴푸 향이 났다. 그녀의 머리카락에서 나는 게 틀림없다. 옆에 서 있는 우락부락한 직장인에게서 풍겨오는 향이라면 오히려 충격이다.

도쿄역에 도착했을 때는 둘 다 등산에서 돌아온 사람처럼 녹초가 됐다. 전철에서 내려 바로 벤치에 털썩 주저앉았다. 자동판매기에서 음료수를 뽑아 이치노세에게 건네자 냉큼 받아 마셨다. 평소 같으면 "어차피 죽을 거니까 필요 없어요"라면서 거절했을 그녀가 순순히 마신다는 건 그만큼 지쳤다는 뜻이겠지.

여기서 갈아탈 전철은 편하게 앉아 가고 싶다. 스마트폰으로 좌석지정권 구입법을 알아보고 있자니 이치노세가 "오늘은 어디에 가는 거예요?"라고 물었다. "비밀이야." 짓궂게 대답했다.

자동 발매기에서 좌석지정권을 구입해 조반센常磐線으로 갈아탔다. 우리가 탄 차량은 신칸센처럼 좌석이 앞을 향해 있었고 우리 말고 다른 사람은 아무도 없었다. 창 쪽 자리에 이치노세를 앉히고 나는 통로 쪽 자리에 앉았다. 좌석 등받이를 뒤로 젖히고 잠시 눈을 붙이려 했지만 좀처럼 잠이 오지 않는다. 옆에 앉은 이치노세는 줄곧 바깥 경치를 바라보고 있다. 창에 비친 그녀의 얼굴이 평소보다 어려 보였다.

"자는 거 아니었어요?"

시선을 알아차린 이치노세는 내가 경치를 보고 있다고 착각했는지 "자리 바꿔드려요?"라고 물었다.

"잠이 안 와서 그래. 깨어 있으면 멀미하거든."

"아이바 씨 멀미해요?"

"응, 어릴 때부터 계속 시달렸어."

어릴 때부터 자동차만 타면 금세 속이 울렁거렸다. 특히 신칸센이나 관광버스처럼 앞쪽을 향한 자리는 아주 고역이었다.

"의외네요. 고민 같은 거 없을 줄 알았는데."

약간 놀라는 이치노세에게 "없을 리가 있겠냐?"라고 반문했다.

"수학여행 버스도 끔찍했어. 계속 멀미하던 기억밖에 없다니까."

"아, 저희 반에도 그런 애 있었어요. 버스에서 멀미하던 애."

"그 바람에 제대로 구경도 못 했는데 선생님이 작문 숙제를 내주셔서 말이지, 어쩔 수 없이 멀미로 고생한 소감을 자세히 써서 냈지 뭐야."

쓴웃음을 지으며 말하자 다시 그 기억이 떠올라 토할 것 같았다.

이치노세는 "그 작문 읽어보고 싶네요" 하고 웃으며 아픈 곳을 찔렀다. "그런 흑역사는 버렸어"라고 말해주자 "아, 읽고 싶었는데" 하고 아쉬워했다.

버린 건 작문뿐이 아니다. 생활에 필요 없는 물건은 본가를 나올 때 죄다 버렸다. 방에도 꼭 필요한 물건밖에 두지 않는다. 내가 죽으면, 아이바 준이라는 인간이 살았던 흔적 따위 동창생의 졸업 앨범 속 정도밖에는 남아 있지 않을 것이다.

"속이 메슥거리면 참지 말고 말해줘요. 그사이에 자살하게."

"그것만은 진짜 하지 마."

한동안 대화를 나누다 보니 어느새 바깥 경치가 바뀌어 바다가 보였다. 이치노세는 "바다예요, 바다!" 하고 어린아이처럼 흥분했다. 그로부터 10여 분 후, 목적지 역에 내려 벽에 붙어 있는 포스터를 가리켰다.

"오늘은 여기에 갈 거야."

"아쿠아리움이요?"

돌고래 등 바다 생물들의 사진이 실려 있는 포스터는 이바라키현에 있는 유명한 아쿠아리움으로 가이드북에 소개되어 있다.

"물고기 좋아한다며? 아쿠아리움에 가고 싶을 것 같아서."

이치노세에게 열대어 가게는 작은 아쿠아리움일 것이다.

그렇다면 진짜 아쿠아리움에 데려가면 좋아하지 않을까, 하고 가이드북을 읽다가 생각했다.

역에서 버스를 타고 아쿠아리움으로 향했다. 아쿠아리움에 도착할 때까지 이치노세는 다리를 흔들흔들하며 창 너머로 펼쳐진 바다를 내다보았다.

태평양이 한눈에 바라다보이는 해안선을 따라 지어진 아쿠아리움은 사진으로 볼 때보다 훨씬 컸다. 건물 입구 부근에 놓인 돌고래 오브제 앞에서 사진을 찍는 사람도 있었다.

"아이바 씨, 빨리 가요."

버스에서 내리자 이치노세는 눈을 반짝이며 "빨리빨리" 하고 손짓했다. 내 뒤로 숨기 일쑤였던 그녀가 앞장서서 걷다니 신기하다. 아쿠아리움에 데리고 오길 정말 잘했다고, 벌써 실감했다.

관내에는 어린아이를 데리고 온 가족과 커플이 있었지만 평일인 덕분에 제법 한산했다. 티켓과 함께 구입한 스탬프랠리북(역이나 관광 명소 등에서 일정 시간 및 코스에 따라 찍어주는 기념 스탬프를 모으는 작은 책자)에 스탬프를 모으며 관내를 둘러보기로 했다.

처음 들어간 구역은 아쿠아리움 근처 바다에서 서식하는 물고기를 모아놓은 전시관이었다. 시야를 꽉 채운 거대한 수조에 푸른 바다 세계가 펼쳐져 있었다. 무수한 정어리 떼, 상어, 가오리, 거북이 등 다양한 바다 생물이 헤엄치고 있다.

이치노세는 수조에 양손을 대고 헤엄치는 물고기를 열심히 들여다봤다. 그 뒷모습을 보고 자살하고 싶어 하는 소녀라고 의심하는 사람은 없을 것이다.

"아이바 씨, 아이바 씨, 저기 좀 봐요. 등딱지 위에 물고기가 타고 있어요."

그녀가 바라보는 시선 끝에는 정말로 등에 물고기를 태우고 헤엄치는 거북이가 있었다. 우리 근처에 있던 아이도 그걸 보았는지 부모님에게 "거북이 위에 물고기가 있네"라고 말하며 즐거워한다.

이치노세가 얼굴을 들어 수조를 들여다보며 "너무 예뻐요"라고 탄성을 질렀다. 이번에는 위쪽을 헤엄치고 있는 정어리 떼를 보는 모양이다. 몇백, 아니 몇천 마리일까. 위에서 비추는 빛에 반사돼 은색으로 눈부시게 빛나는 정어리 떼는 그야말로 환상적인 광경을 보여주고 있었다.

"물고기 떼를 보고 있으니 초등학교 학예회 때가 생각나요"라고 위를 올려다본 채 이치노세가 말을 꺼냈다. "학예회?" 하고 물었다.

"학예회에서 물고기가 주인공인 연극을 했어요. 큰 물고기가 작은 물고기 떼를 잡아먹으려고 와요. 작은 물고기들은 서로 모여서 그 큰 물고기보다 더 큰 물고기인 척해서 쫓아내요. 아마 그런 이야기였을 거예요."

어릴 때 비슷한 이야기를 그림책에서 읽은 기억이 났다.

"있었어. 그런 그림책. 이치노세는 무슨 역을 했어?"

"작은 물고기 중 한 마리요. 대사가 적은 단역이었어요."

"단역이라도 귀여워서 눈에 띄었을 거야."

"괜히 맘에 없는 말 하지 마세요."

어마어마한 정어리 떼를 보며 문득 생각했다. 저렇게 많이 모여 있으면 따돌림당하는 정어리도 있지 않을까. 만약 질투도, 괴롭힘도 없다면 나도, 이치노세도 인간으로 사느니 차라리 정어리로 태어나는 게 더 행복했을지 모른다.

마침 수조 앞에서 여성 사육사가 어린이들의 질문에 대답을 해주고 있었지만 차마 '따돌림당하는 정어리가 있나요?' 같은 질문을 할 수는 없었다.

거대한 수조 옆에 놓인 테이블에서 스탬프를 찍고 다음 구역으로 이동했다. 안내도를 보니 이번에는 심해 생물을 소개하는 전시관이다.

어둑한 플로어에는 그로테스크한 심해어가 전시되어 있다. 뭐라고 표현해야 좋을지 모를 심해어가 많았는데, 이치노세와 다른 관람객들은 모두 신기한 듯이 바라보았다. 박

제된 산갈치가 놓인 전시대 앞에서는 "우아! 길다", "이런 물고기도 있네"라는 말소리가 드문드문 들려왔다.

어두운 탓에 수조에 얼굴을 바짝 들이댄 채 보고 있던 이치노세가 갑자기 "끼악!" 하고 작은 비명 소리를 내며 뒤로 물러났다. 바티노무스 기간테우스(거대 심해 등각류로 '심해 대왕쥐며느리'라고 불리기도 하는 청소동물)를 보고 놀란 것 같다. 벌레라면 질색인 그녀의 눈에는 거대한 쥐며느리로밖에 보이지 않을 것이다. 민망한 듯 달아나는 이치노세의 뒤를 쫓아갔다.

이 구역에서는 해파리가 둥실둥실 헤엄치고 있었다. 전구가 들어 있는 조형물이 아닌가 싶을 정도로 빛이 켜졌다 꺼졌다 하는 해파리도 있어 놀랐다.

이치노세는 해파리를 보며 "키우고 싶어"라고 중얼거렸다.

해파리는 사육하기가 무척 까다로워 자칫 죽기 쉽다는 말을 들은 적이 있다. 키우는 건 쉽지 않대, 라고 말하려는데 그녀가 한발 앞서 중얼거렸다.

"하지만 난 이제 곧 죽으니까 못 키워."

해파리보다 먼저 죽지 말라고.

심해 생물 구역을 한 바퀴 둘러보고 난 뒤 대형 물고기가 전시되어 있는 구역으로 들어갔다. 앞장서서 관내를 걷는 이치노세의 스커트가 평소보다 크게 나풀거렸다.

상어라고밖에 말할 수 없는 실루엣을 보이며 커다란 상어가 유유히 헤엄치고 있다. 원래 그런 종류인 건지, 사육하고 있어서인지 모르겠지만 통통하게 살이 쪘다.

"이 수조가 깨지면 엄청나겠는걸."

누구나 생각할 법한 말을 하자, 이치노세는 "상어에게 잡아먹히는 건 싫어요" 하고 웃었다. 상어에게 잡아먹히기 싫다면 다리에서 뛰어내리거나 전철 선로에 뛰어드는 것도 그만둬줘. 가까이 있는 수조에서 개복치를 발견한 이치노세가 흥미진진한 표정으로 바라보았다. 개복치를 귀여운 이미지로 생각하고 있었는데 자세히 들여다보니 꽤 섬뜩하다. 우파루파만 해도 그렇고 이치노세는 뭘 생각하는지 모르겠는 생물이 좋은 모양이다. 우리보다 나중에 온 관람객이 다음 수조로 옮겨간 뒤에도 이치노세는 개복치에게서 눈을 떼지 못했다.

세 번째 스탬프를 찍었을 무렵에는 한낮이 지나 있었다. 일단 푸드코트가 있는 입구 근처까지 되돌아가 점심을 먹기로 했다.

메뉴에는 가이센동(여러 종류의 생선회와 해산물을 올린 덮밥), 스시 등 해산물이 많았다. 나는 붉은 살과 지방 부위 참치회가 올려진 참치회덮밥과 게 된장국을, 이치노세는 전갱이와 이리가 올려진 덮밥 그리고 문어 모양의 다코야키를 시켰다. 실내에도 자리가 있었지만 사람이 적은 테라스 쪽에 가 앉았다. 테라스석에서는 태평양이 한눈에 바라다 보였고 잔파도 소리도 들려왔다. 이치노세는 바람에 날리는 머리칼을 몇 번이나 쓸어올렸다.

바다가 가까이 있어서 회가 무척 싱싱하다. 평소에 먹던 해물덮밥과는 비교할 수도 없을 만큼 맛있다.

"이렇게 맛있는 전갱이 처음 먹어봐요."

눈을 동그랗게 뜨고 놀라는 이치노세에게 "그야 당연하지. 수조에 전시되어 있는 물고기를 바로 잡아서 회 뜨니까"라고 거짓말을 했다. 내 거짓말을 듣고 그녀는 "전시관에 있던 물고기로군요……"라며 충격을 받았다.

그럴 리가 없지……, 아마도.

식사를 마치고 잠시 쉬는데 이치노세의 시선이 한 가족에게 머물렀다. 엄마, 아빠와 어린 여자아이 세 식구가 테라스석에서 식사를 하고 있다. 이치노세는 아무래도 여자아이가 들고 있는 돌고래 인형을 보는 것 같았다. 계속해서 바라보는 그녀에게 "인형 갖고 싶으면 사줄게"라고 농담 반 진담 반으로 말했다.

"어릴 때 아끼던 인형과 똑같이 생겨서 쳐다봤을 뿐이에요."

그렇게 말하며 그녀는 갖고 싶은 게 아니에요, 라는 듯 미소 지었다.

"이치노세도 인형을 소중히 여기는구나."

"아빠가 사준 인형이었으니까."

돌고래 인형을 쳐다보면서 이치노세가 말한다.

"유치원 다닐 때 엄마, 아빠랑 셋이서 아쿠아리움에 갔었어요. 돌아오는 길에 저 아이가 갖고 있는 저런 돌고래 인형을 아빠가 사주셨어요. 늘 갖고 다녔고 더 자란 뒤에도 방에 놓아두었죠."

인형 이야기를 하는 그녀는 아빠에게 선물받던 날을 떠올리는 듯했다.

"혹시 그 인형도 의붓아버지가 버린 건가?"

그렇게 묻자 그녀는 천천히 고개를 끄덕였다.

"학교에 가지 않는다는 이유로 의붓아버지가 버렸어요. 인형뿐 아니라 내 방에 있던 물건 전부요. 물론 돌려달라고 대들었지만 '학교에 다닐 때까지 네 물건은 모두 버리겠다'고 하면서 돌려주지 않았어요."

고개를 떨구고 자조하듯이 말하는 그녀에게 아무 말도 할 수 없었다.

여자아이의 웃음소리가 들려오자 이치노세는 다시 그 가족을 바라보았다. 아버지가 과장된 동작을 하고 여자아이가 웃는다. 이 두 사람을 보며 어머니도 미소를 띤다. 행복한 가정이란 이런 가족을 말하는 거겠지. 그들을 바라보는 이치노세의 모습이 옛날의 나를 보는 것 같았다.

나는 어릴 때 줄곧 보육원에 있었다. 태어나자마자 버림받았던 것이다. 버림받은 나는 친부모의 얼굴을 모른다. 동급생 집에 놀러 가거나 화목한 가족을 볼 때마다 부러웠다. 내가 아무리 원해도 손에 넣을 수 없는 것은, 보통은 무조건 가질 수 있는 것들이다. 특별히 바라지 않아도 손에 넣고 그것을 당연하게 여기는 그들을 보며 질투했다. 그 현실을 용서할 수 없었다.

저주 같은 거다. 모르는 가족을 보면서도 질투하고 열등감에 시달렸다.

이치노세도 마찬가지일 것이다. 눈앞에 있는 가족과 그녀의 가족은 천지 차이다. 자살을 포기한다고 해도 저주가 사라지지는 않는다. 적어도 저주를 누그러뜨릴 만큼 효력 있는 말을 할 수 있다면 좋을 텐데. 어떤 말을 해주면 좋을지 생각했지만 아무 말도 떠올리지 못하고 있는데, 이치노세가 먼저 말했다.

"벌써 시간이 이렇게 됐네요. 펭귄 보러 가요."

이치노세가 빈 그릇을 들고 일어섰다. 적당한 말을 떠올리지 못한 채, 관내도를 보며 걷는 그녀의 뒤를 따라갔다.

펭귄 앞에는 사람들이 잔뜩 모여 있었다. 땅 위를 뒤뚱뒤뚱 걷는 모습을 보고 있으면 마음이 푸근해진다. 이치노세도 "귀여워!" 하고 탄성을 지르며 좋아했다.

계단을 내려가자 안쪽을 들여다볼 수 있게 만들어진 수조 안에서 펭귄들이 휙휙 거침없이 헤엄쳐 다니는 모습이 보였다. 마치 물속을 날아다니는 것만 같다.

그 옆쪽에 있는 해달과 바다표범을 둘러보고 체험 구역에서 불가사리를 만져보기도 하며 스탬프를 채워가는 동안 관내를 거의 다 돌았다.

"더 보고 싶은 곳 있어?"

"돌고래랑 바다사자 쇼를 보고 싶은데, 안 갈래요?"

마침 쇼가 시작되는 시간이어서 우리는 서둘러 공연장으로 향했다. 이미 줄이 늘어서 있었기에 겨우 뒤쪽 자리에 앉았다. 공연장 내에 음악이 흐르고 쇼가 시작되었다.

주역인 돌고래가 등장해 스핀 점프를 하고, 조련사를 등에 태운 채 헤엄치면서 다양한 퍼포먼스를 선보였다. 다이내믹하게 점프를 하자 물보라가 일어나 앞쪽에서 "꺄아악!" 하는 즐거운 비명 소리가 들려왔다. 돌고래가 높이 뛰어올라 공을 쳐 내고, 바다사자가 공을 능수능란하게 얼굴에 올려놓는 등 묘기를 부릴 때마다 박수가 터져 나왔다.

"와아! 굉장해요."

이치노세는 내 옆에서 신나게 박수를 치고 있다. 평소에 보이지 않는 웃음을 마음껏 내보이는 이치노세에게 마음이 쓰여 나도 모르게 쇼보다 그녀 쪽을 쳐다보았다.

돌고래와 바다사자가 입을 맞추며 쇼가 끝나자 공연장은 뜨거운 박수 소리로 가득 찼다.

돌아가는 길에 스탬프를 다 채운 보상으로 돌고래 일러스트가 그려진 커다란 캔배지를 받아 이치노세에게 주었다. 이 크기라면 의붓아버지 눈에 띄지 않을 것이다.

아쿠아리움을 나온 후에는 버스 시각 전까지 해안선을 따라 산책하기로 했다.

"정어리 떼, 몇 마리나 될까?" "개복치 엄청 귀여웠어요." "빛을 내는 해파리 너무 예쁘죠?" "돌고래랑 바다사자 쇼는 감동이었어요." 해안을 걸으면서 쉬지 않고 떠드는 이치노세는 아직도 흥분이 가시지 않은 모양이었다. 덩달아 옆에 있는 나까지 즐거워졌다.

"사실은 아주 오래전부터 돌고래 쇼가 보고 싶었어요."

"어릴 때 왔다면서 그땐 안 봤어?"

"끝까지 다 못 봤거든요. 가까이서 보려고 앞자리에 앉았는데 그땐 아직 어려서 물보라가 튀자 너무 놀라는 바람에……."

이치노세가 부끄러워하면서도 즐거웠던 추억을 꺼내놓았다.

"큰 소리로 우는 바람에 주위 사람들에게 폐가 될까 봐도중에 공연장을 나왔어요. 그래서 쇼를 끝까지 다 보지 못한 절 위해 아빠가 돌고래 인형을 사준 거고요. 그때부터 쭉 언젠가 다시 보러 가고 싶었어요."

만약 그녀의 자살을 방해하지 않았더라면 이 '언젠가'는 영원히 찾아오지 않았을 것이다. 가고 싶은 곳이 있었으면 진작 말해주지.

"그랬구나. 멀리까지 온 보람이 있네."

내가 그렇게 말하자 이치노세는 활짝 웃었다.

"오늘 고마웠어요."

행복한 표정으로 웃는 그녀는 그 어느 때보다 빛나 보였다. 하얀 치아를 드러내며 천진하게 웃고 있는 그 나이 또래의 여자아이로밖에 보이지 않았다. 그 순간만큼은 그녀가 죽고 싶어 하는 소녀라는 사실을 잊었다. 다만 바로 뒤돌아서는 바람에 그 표정을 잠깐밖에 보지 못한 게 아쉬울 정도였다.

"즐거웠다니 다행이야."

나는 앞서 걸어가는 그녀가 눈치채지 못하게 혼자 씨익 웃었다.

돌아갈 때도 좌석지정권을 구입해 앉아서 갔다. 나는 우선 의자 등받이를 젖히고 누웠지만 이치노세는 구깃구깃해진 아쿠아리움 안내도와 스탬프랠리북을 읽기도 하고 돌고래 캔배지를 손에 들고 들여다보기도 했다. 잠시 그런 그녀를 바라보다가 어느 사이엔가 잠이 들고 말았다. 그녀도 피곤했는지 눈을 떴을 때는 옆에서 잠들어 있었다.

눈을 감은 그녀의 속눈썹에는 그림자가 어려 있었고, 자는 얼굴은 예쁘고 순수했으며 무방비 상태였다. 어떤 생물이든 잠잘 때는 무방비일 테지만 평소 주위의 시선에 신경 쓰는 그녀와는 완전히 다른 느낌이어서 신기하게도 언제까지나 바라볼 수 있을 것 같았다. 새근새근 자고 있는 그녀가 깨지 않도록 조심하며 입고 있던 카디건을 덮어줬다.

"조심해서 가."

"오늘만은 조심해서 돌아갈게요."

"오늘만이 아니라 앞으로도 조심해."

집과 가까운 역에서 헤어져 이치노세의 뒷모습을 지켜보다 집으로 돌아왔다. 다른 층에 사는 가족과 아파트 엘리베이터를 함께 타게 되었다. 아버지는 꽉 찬 장바구니를 들고 있고, 어머니는 생글생글 웃는 여자아이의 손을 잡고 있다.

평소 같았으면 행복해 보이는 가족에게 질투심을 느꼈을 터였다. 하지만 그 가족이 엘리베이터에서 내린 뒤에도 전혀 불쾌한 감정이 들지 않았다.

'오늘 고마웠어요'

여자아이의 웃는 얼굴을 보며 마지막에 이치노세가 보여준 미소가 떠올랐다.

누군가에게 고맙다는 말을 듣는 일은 이제 다시 없을 거라고 생각해왔다.

무의미하다고 생각했던 내 인생도 조금은 의미가 있을지 모른다.

/ 5

수명을 넘기고 두 번째 맞는 6월 25일. 목요일. 맑음.

이날, 이치노세가 열아홉 번째 자살을 감행했다. 지난번 자살한 날로부터 3주가 더 지났다. 이치노세가 이렇게 오랫동안 자살하지 않기는 처음이다. 조금 전이라면 자살 빈도가 줄었다고 긍정적으로 생각했을 것이다. 하지만 순수하게 기뻐할 수만은 없었다.

솔직히 말하면 충격이 더 컸다. 아쿠아리움에서 돌아오는 길에 그렇게 천진한 웃음을 보이며 기뻐하던 그녀가 또자살했다.

지금까지 아무것도 느끼지 못한 것은 아니다. 하지만 이번에는 예전보다 낙담이 컸다.

최근에는 이치노세와 많이 가까워지고 속 깊은 이야기도 나누게 되었다. 그런데 내게 도움을 청하지 않고 또 자살했다는 사실에, 더불어 나 자신의 무력함에 분노를 느꼈다.

게다가 피로도 쌓여 있었다. 이번 일주일 동안 거의 잠을 자지 못했다. 계속해서 뉴스와 인터넷을 조사하느라 수면 시간이 부족했다. 자살하지 않기를 기대하는 한편, 그 이치노세가 자살하지 않은 채 3주가 지나다니 있을 수 없는 일이라 생각했다. 평소에는 세 시간마다 인터넷 뉴스와 철도 정보를 조사한다. 부지런히 알아보는 까닭은 그녀가 자살한 사실을 1초라도 빨리 알아내 시간을 되돌려야 하기 때문이다.

그녀가 자살한 뒤 24시간 이내에 시간을 되돌리지 않으면 손을 쓸 수 없다. 내가 자살 현장으로 앞질러 가는 시간, 자살 현장에 관한 정보를 수집할 시간도 필요했지만, 무엇보다 여유 있게 시간을 되돌려야 이치노세를 감시하는 시간도 확보할 수 있다.

그래서 이치노세를 알게 된 후로 내 생활 리듬이 완전히 바뀌었다. 솔직히 이 생활은 꽤 힘들다. 아무리 꼼꼼히 확인해도 '혹시라도 놓친 건 아닐까'라는 의심에 끝없이 파게 된다. 세 시간마다 일어나야 하니 푹 잘 수도 없다.

더욱이 내가 아무리 신경 쓴다 해도 보도가 늦어지거나 행여 아예 보도되지 않기라도 하면 그땐 끝이다. 만약 이치노세가 집에서 자살한다면 뉴스에 나올까. 아마 보도되지 않겠지. 지금까지 기적적으로 잘 맞물렸을 뿐이다.

이치노세의 인생이 끝나는 날, 그날이 나도 모르는 사이에 지나가 버릴지 모른다. 그렇기에 특히 이번 긴 공백이 두려웠다. 아쿠아리움에 다녀온 지 2주가 지나도 자살 보도가 나오지 않자 혹시나 '내가 놓친 건 아닐까', '뉴스로 나오지 않았을 뿐 이미 자살한 건 아닐까'라는 불안이 엄습해왔다.

그리고 어느새 두 시간마다 뉴스를 검색하게 되었다. 무엇보다 잠이 오지 않았다. 침대에 누워도 '몇 분 후에 뉴스가 나올지 몰라', '알람을 잘 맞춰놨던가' 하고 조바심이 나서 한시도 스마트폰을 손에서 놓지 못했다. 그러고 나서 꾸벅꾸벅 졸다가 어느새 잠들곤 했지만 꿈속에서도 조사를 계속한 탓에 피로가 풀리지 않았다.

이런 생활을 일주일 이상 계속하다가 마침내 자살 보도가 흘러나왔다.

중학교 여학생이 역 플랫폼에서 전철 앞으로 투신자살. 항상 이치노세가 투신자살하던 그 역이었기에 이름이 나오지 않아도 그녀라는 것을 단박에 알았다.

자살 보도를 접했을 때, 시간을 되돌리면 아직 늦지 않는다는 데 안도했고 그녀가 자살했다는 사실에 낙담했다. 이번이 열아홉 번째인데 여전히 익숙해지기는커녕 오히려 그녀의 죽음이 더욱 두려워진다.

그녀의 자살을 방해하는 것은 변명을 만들고 죄책감을 떨쳐내기 위해서다. 할 수 있는 일은 다 했다. 그래도 안 된다면 어쩔 수 없는 것 아닌가. 어차피 그녀의 자살을 막는다 해도 내 인생은 아무것도 달라지지 않는다. 죄책감 같은 거 신경 쓰지 않으면 그만이다.

언제든지 그녀의 죽음을 받아들여야 한다고 스스로 일러왔다. 내가 죽기 전까지 이렇게 시간을 때우겠다는 생각도 있기에, 진심으로 그녀의 자살을 방해하고 있는 건 아니다.

따라서 그녀의 자살을 방해하지 못하더라도 나는 충격받지 않을 것이다.

ㅡ그래야 했다.

나는 시간을 되돌려 역으로 향했다. 플랫폼 벤치에 앉아 그녀를 기다렸다. 평소에는 스마트폰을 만지작거렸지만 오늘은 그럴 기분이 아니었다. 이치노세에게 어떤 표정으로 말을 걸어야 할지, 어떻게 대해야 좋을지 생각했다. 지금 이대로는 안 된다. 언젠가 반드시 한계가 올 것이다. 그 전에 뭔가 손을 써놓지 않으면 안 된다.

생각한다. 하지만 주변 사람들이 나누는 활기 띤 대화가 소음이 되어 사고를 어지럽힌다. 이제 곧 한 소녀가 투신자살할 거라고는 아무도 생각하지 못한다. 나 혼자 필사적으로 생각하고 있다는 사실이 한심하게 느껴졌다. 그러는 사이, 그녀가 뛰어들 것이라 짐작되는 열차가 전광판에 표시되었다. 하지만 이치노세의 모습이 보이지 않았다.

보통 때는 목격자를 가장해 그녀가 투신한 위치를 확인하고 시간을 되돌린다. 하지만 이번에는 너무나 피폐해진 탓에 그녀가 뛰어내린 위치를 알아보지도 않고 시간을 되돌렸다. 지금까지 줄곧 플랫폼의 가장 뒤쪽에서 뛰어내렸으니 이번에도 같을 것이라고 생각했다. 바로 앞 전철이 플랫폼을 빠져나간 뒤에도 이치노세는 나타나지 않았다. 주머니에서 스마트폰을 꺼내 시간을 확인한다. 여느 때 같으면 이미 왔어야 할 시간이다.

만에 하나 뛰어내린 위치가 플랫폼 뒤쪽이 아니라면, 빨리 찾아내야 한다.

핏기가 가시는 듯한 초조함이 몰려왔다. 나는 벤치에서 일어섰다. 엇갈려 지나치지 않도록 한 사람 한 사람 확인하며 플랫폼을 찾아다녔다. 내심 초조했지만 빠르면서도 침착하게 걸었다. 그러나 전광판에 "열차가 들어옵니다. 주의하십시오"라는 안내문이 표시된 것을 확인하자 보폭이 커졌다. 주위의 시선이 집중되었지만 나는 계속 달렸다. 어떻게든 열차가 플랫폼에 들어오기 전에 그녀를 찾아내야만 한다.

초조함이 절정에 달한 순간, 이치노세가 스쳐 지나갔다.

나는 바로 뒤를 돌아보고 그녀의 얼굴을 확인하자마자 팔을 붙잡았다.

"너……. 걱정시키고 말이야."

크게 한숨을 내쉬며 말하자 이치노세가 돌아보았다. 그녀의 얼굴을 본 나는 말을 잃었다.

이치노세가, 울고 있었다.

빨개진 눈과 젖어 있는 뺨. 입술을 떨면서 그녀는 내 손을 뿌리쳤다.

아무 말 없이 가버리려는 그녀의 팔을 다시 한번 붙잡았다.

"괜찮은 거야? 무슨 일이야?"

그녀는 얼굴을 감추려는 듯 고개를 떨구고 떨리는 목소리로 "괜찮아요"라고 대답했다.

그녀가 눈을 감자 눈물이 주르륵 흘러나왔다. 플랫폼으로 들어온 전철의 풍압 때문에 긴 머리칼이 나풀나풀 뒤쪽으로 너붓거리자 새빨간 귀가 드러났다.

"……놔주세요."

조금씩 손에 힘을 뺐더니 내 손에서 그녀의 팔이 스르륵 빠져나갔다.

그녀는 입술을 깨물고 아무 말 없이 걸었다. 나는 할 말을 찾지 못한 채, 가늘게 몸을 떠는 그녀의 뒤를 따라갔다. 개찰구를 나온 뒤에도 그녀는 이따금 뒤를 돌아보며 내가 따라오는지 확인하기만 할 뿐 아무 말도 하지 않았다. 나도 지켜보듯이 약간 거리를 두고 그녀 뒤를 따라 걷기만 했다. 이치노세가 향한 곳은 단지에 인접한 공원이었다.

가까이에 있는 또 하나의 공원에서 아이들이 축구를 하거나 놀이기구를 타면서 즐겁게 내지르는 소리가 이곳까지 들려왔다. 하지만 지금 우리가 있는 공원에는 아무도 없다.

마구 자란 잡초가 우거진 공원에는 칠이 벗겨진 미끄럼틀, 녹슨 그네가 덩그러니 쓸쓸하게 놓여 있었다. 외벽이 쥐색으로 변해버린 남녀 공용 화장실은 입구에서 보이는 위치에 소변기가 설치되어 있다.

일부러 이 공원을 이용하는 사람은 없을 것이다. 그래서 이치노세는 이곳을 고른 거겠지. 이치노세는 한 개밖에 없는 화장실로 들어가고 나는 떨어진 곳에서 그녀가 나오기를 기다렸다. 하지만 30분이 지나도 나오지 않았다.

걱정이 되어 화장실 앞까지 다가가자 그녀가 흐느끼는 소리가 들려왔다. 밖으로 나올 때까지 시간 좀 걸리겠네, 라고 잡초로 뒤덮인 벤치를 보며 생각했다. 화장실을 등지고 그녀가 서럽게 우는 소리를 계속 들었다. 맞은편 공원에서는 아이들의 활기찬 목소리가 들려온다. 이 불협화음에 마음이 심란해져 주머니에 들어 있는 유원지 티켓을 꽉 움켜쥐었다. 역 플랫폼에서 이치노세의 팔을 붙잡았을 때 팔에 멍이 들어 있는 것을 보았다. 아마도 가족과 싸우고 맞은 거겠지.

애 좀 가만히 내버려 둬! 라고 공원 한가운데서 소리치고 싶었다.

최근 이치노세는 예전보다 표정이 밝아졌다. 자살하는 빈도도 줄어들었다. 그런 그녀가 3주나 자살하지 않았다.

그런데 원래라면 든든한 아군이 되어줘야 할 존재인 가족 탓에 다시 자살을 결행했다.

용서할 수 없었다. 당신들이 그녀를 몰아세우면 어떡하냐고. 당신들이 제대로 그녀를 이해하고 의지가 되어주면 마음을 고쳐먹을지도 모르는데.

나쁜 건 이치노세를 괴롭히는 녀석들과 이해해주지 않는 가족이다. 그렇게 스스로에게 말했다. 하지만 이런 상황을 만든 데는 내게도 책임이 있다. 그녀의 자살을 방해하지 않았다면 폭력을 당하는 일도, 이렇게 구저분한 화장실에 들어가 우는 일도 없었을 것이다. 그녀를 몰아붙인 사람은 내가 아닌가.

공원 한구석을 어슬렁거리는 까마귀를 보며 어린 시절의 기억을 떠올렸다. 초등학교에 입학한 지 얼마 지나지 않았을 무렵, 하굣길에 갓 태어난 새끼 까마귀를 주운 적이 있다. 땅에 옹크리고 앉아 있던 새끼 까마귀를 보고 엄마를 잃어버렸다고 생각했다. 자동차와 자전거가 다니는 길가에 내버려 두기보다 집에 데려가는 게 안전하다고 판단한 나는 그 새끼 까마귀를 집으로 데려가 바구니에 넣어주었다.

다음 날 새끼 까마귀를 넣은 바구니를 마당에 놓고 학교에 갔다. 마당에 놓으면 언젠가는 어미 까마귀가 새끼를 찾다 발견할 거라고 생각했다. 학교에서 돌아오니 바구니가 뒤집혀 있었다. 새끼를 찾았지만 아무 데도 없었다. 당시 나는 뒤집힌 바구니를 보면서 혹시 어미 새가 발견해 둥지로 데리고 갔을지도 모른다고 생각했다. 하지만 이제 와 돌이켜보면 어미 새에게로 돌아갔을 것 같지는 않다.

까마귀는 생존할 가망이 없는 새끼를 버리는 습성이 있다. 요컨대 그 새끼 까마귀는 부모 새에게 버림받았을 가능성이 크다. 친부모에게 버림받은 나처럼.

게다가 인간의 냄새가 밴 새끼를 부모 새가 둥지로 데리고 갔을 리도 없다. 바구니가 뒤집혔던 걸 보면 다른 새나 도둑고양이가 덮쳐 잡아먹었을지 모른다.

그런데 당시 나는 새끼 까마귀를 부모에게로 돌려보냈

다고 믿고 기뻐했다. 내가 구해줬든 구해주지 않았든 결과
는 같았는데, 무의미한 짓을 하고는 혼자 기뻐했던 것이다.

지금 이치노세의 자살을 방해하는 것도 마찬가지다. 그
녀가 웃음을 보이자 조금은 힘이 된 게 아닐까 하고 자만했
다. 중요한 순간에 내게 도움을 청하지도 않는데 이 무슨 착
각이란 말인가. 계속 자살을 방해해도 결과는 달라지지 않
을지 모른다. 그렇다면 정신이 피폐해지면서까지 그녀를
방해하는 것이 과연 의미가 있을까. 자기만족을 위해 그녀
를 괴롭힐 뿐인 건 아닐까.

무섭다. 이치노세를 죽게 내버려 두기도, 내 선택에 책임
을 지기도. 그녀가 어떻게 되든 내 인생은 아무것도 달라지
지 않거늘.

그로부터 두 시간 정도 기다리자 뒤쪽에서 딸깍 문소리
가 났다.

"······아직 안 갔어요?"

이치노세는 퉁퉁 부은 눈을 감추려는지 시선을 돌렸다.

"배고프지? 뭐 좀 먹으러 갈까?"

아무렇지도 않은 듯 평소와 같은 말투로 물었다.

하지만 그녀는 고개를 크게 가로저으며 "오늘은 그냥 갈
래요" 하고 작은 목소리로 대답했다. 나도 "그래?"라고 짧게
말했다. 더 이상 말이 나오지 않았다.

다리 근처에서 그녀와 헤어진 후 혼자 가까운 패밀리 레스토랑에 들어갔다.

컵라면을 끓여 먹을 기운조차 없었다. 구석 자리에 있는 2인용 테이블에 앉아 하이라이스를 주문했다. 평소에는 단숨에 먹어치우던 하이라이스가 오늘은 유난히 많아 보였다. 다 먹고 나서 조금 쉬었다가 돌아가려고 컵에 담긴 물을 마실 때였다.

"오랜만입니다."

그렇게 말을 걸어온 사람을 보고는 기겁할 정도로 놀라, 사레가 들렸다.

눈앞에 사신이 서 있었다. 검정 일색의 복장, 아파 보이는 흰 피부 그리고 은발.

손에 커피를 들고 있다는 걸 빼면 외모도 복장도 처음 만났을 때와 완전히 똑같았다. 내가 사레가 들려 캑캑거리는 동안 사신이 내 맞은편 소파에 앉았다.

"당신을 또 만날 거라곤 상상도 못 했어."

은시계를 받은 그날 이후 사신과는 한 번도 만나지 못했다. 연락처를 주고받지도 않았고 두 번 다시 만날 일은 없을 거라 생각했기에 무척 놀랐다. 당연히, 놀랐을 뿐이지 만나고 싶었던 것은 아니다.

"오늘은 충고하러 왔습니다."

사신은 그렇게 말하더니 소리를 내며 커피를 마셨다.

충고라니 무슨 소리야, 라고 생각했다. 오늘은 사신과 거래한 뒤 두 번째 맞이한 6월 25일, 약속한 3년의 절반 지점이기도 하다. 일부러 수명이 이제 1년 반 남았다는 사실을 전하러 온 걸까. 그런 생각을 하고 있는데 사신이 "아닙니다"라고 부정했다. 멋대로 남의 마음을 읽지 말라고. 마음속에서 항의했다. 내 눈을 보며 사신은 말했다.

"당신, 이대로라면 후회하게 될 겁니다."

"후회? 무슨 의미지?"

"그 소녀, 이치노세 쓰키미와 이대로 계속 엮인다면 당신은 반드시 수명을 포기한 걸 후회할 겁니다. 그런 이야기지요."

확신하는 말투였다. 나를 자살하고 싶어 하는 사람이라고 꿰뚫어 보았을 때처럼.

이치노세의 자살을 계속 방해하면 수명을 내준 것을 후회할 거라고? 무슨 말을 하는 건지 모르겠다. 하지만 사신은 농담하는 표정이 아니었다. 마음을 읽으면 미래도 예측할 수 있는 걸까. 사람의 마음을 읽고, 시간을 되돌리는 시계를 건네줄 정도니 미래를 예지할 수 있다 해도 이상하지는 않겠네. 아니, 어느 쪽이든 잘 모르겠다.

수명을 내놓은 걸 후회하다니, 절대로 있을 수 없는 일이니까.

"치워도 될까요?"

점원이 다 먹은 접시를 정리하는 동안에도 나와 사신은 계속 시선을 주고받았다. 점원이 멀어지자마자 사신은 "이해하지 못하신 모양이군요"라며 부자연스럽게 한숨을 쉬고는 귀찮다는 듯이 설명했다.

"당신은 자살한 것이나 다름없지 않습니까. 그런 당신이 타인의 자살을 방해하다니 우스운 이야기 아닌가요? 죽는 것보다 사는 게 좋다고 말하는 것과 같아요. 당신은 고민한 끝에 자살을 선택했어요. 그 선택을 다시 문제 삼을 생각입니까?"

"이치노세를 계속 설득한다면 나도 살고 싶어져 결국 후회한다는 건가?"

사신은 "그렇죠" 하고 고개를 끄덕였고 나는 "말도 안돼"라고 말하며 코웃음을 쳤다.

"타인의 자살을 방해하는 게 우스운 일이라고 했는데, 우스울 거 하나 없어. 마음을 읽을 수 있다니 말 안 해도 알겠지만, 나처럼 죽기 전에 한 번쯤은 누군가에게 도움이 되고 싶은 사람도 많을 거라고."

은시계를 손에 넣기 전에, 기왕 죽는 거 의미 있게 죽고 싶다고 생각했다.

굴러가는 공을 주우려고 도로로 뛰어든 어린아이가 달려오는 차에 치일 뻔한 순간에 그 아이를 구하고 죽는다거나, 화재 현장에서 미처 빠져나오지 못한 아이를 구하러 뛰어들었다가 아이만 구한다거나, 만화나 드라마에 등장할 법한 죽음에 약간 동경을 품고 있었다.

자기희생이라고 하면 뭔가 멋있어 보일지 모르지만, 실제로는 그렇지 않다.

누군가를 위해 희생하면 그것만으로도 자신에게 가치가 생길 거라고 여겼다. 현실을 똑바로 마주하지 못하고, 자신의 내면을 갈고닦으려 하지 않던 나 같은 인간도 손쉽게 가치를 높이는 방법. 그것이 자기희생이라고 믿었다.

타인을 구하고 싶은 것이 아니라 마지막으로 자신의 인생을 멋있게 장식하고 죽고 싶었을 뿐이다. 이치노세의 자살을 방해하는 것과 마찬가지로 자기중심적인 위선이다. 이런 생각을 하는 인간이 얼마나 있는지는 모른다. 하지만 어차피 죽을 거라면 누군가에게 도움이 되고 싶다는 생각을 하는 사람은 많을 것이다. 죽은 후 장기를 제공하는 장기 기증 희망등록도 이런 사람들이 있기에 가능한 것 아닌가.

"그렇다면 아이바 씨" 하고 사신이 입을 열었다.

"당신은 왜 그렇게 이치노세 쓰키미에게 집착하는 겁니까?"

사신이 우쭐거리는 표정으로 말을 이어갔다.

"굳이 죽고 싶다는 사람을 구할 필요가 있나요? 이치노세 쓰키미가 아니라 불의의 사고로 죽은 사람을 구하면 되지요. 그 시계라면 많은 인간을 구할 수 있습니다."

"자살을 생각하는 사람도 얼마든지 다른 누군가를 구하고 싶은 마음이 들 수 있지. 이치노세의 자살을 방해하는 이유는 그뿐만이 아니야. 나는 그 어떤 감정도 찜찜하게 남지 않도록 깨끗이 없애고 싶어. 그러기에 그녀가 가장 적합했던 거고."

"그건 이치노세 쓰키미를 동정했다는 뜻이군요."

사신이 다 마신 커피잔을 내려놓고 내게 물었다.

"그렇다면 왜 그녀를 동정하는 겁니까?"

"그건⋯⋯."

말문이 막혔다.

"그녀가 자신과 닮아서겠지요?"

사신은 다 안다는 듯이 히죽 웃었다.

"자살의 원인은 달라도 당신들은 많이 닮았어요."

사실 이치노세와 예전의 내 모습이 겹쳐 떠오를 때가 여러 번 있었다. 항상 혼자 있는 거며, 다리에서 경치를 바라보거나 아쿠아리움에서 단란한 가족을 바라보는 모습까지도. 하지만 그게 어떻단 말인가.

"닮아서 어떻다는 거지? 그녀가 자살을 그만두면 나까지 생각을 바꿀 거라는 말인가?"

내 인생의 레일은 처음부터 망가져 있었다. 뭘 어떻게 해도 복구할 수 없다는 걸 아는데 살고 싶어 하는 마음이 생길 리 없다.

"글쎄요, 과연 어떨까요? 당신이 이치노세 쓰키미를 구원할 수 있다는 보장도 없고 말이죠."

이죽거리며 도발해오는 사신에게 화가 치밀었다.

"만약 정말로 후회한다 해도 그게 당신하고 무슨 관계가 있지?"

그렇게 받아치자 사신은 얼굴을 찌푸리더니 작게 중얼거렸다.

"시시하잖아요."

"시시하다고?"

사신은 우울한 표정을 지으며 손가락으로 탁자를 두드렸다.

"아이바 씨, 왜 내가 수명과 교환하는 조건으로 은시계를 줬는지 아십니까?"

"그걸 내가 어떻게 알아! 당신처럼 남의 마음을 읽을 수 있다면 모를까."

"그렇다면 은시계를 건넨 이유부터 알려드리지요."

왜 사신은 수명과 맞바꾸는 조건으로 은시계를 내게 준 것일까. 궁금하기는 했지만 지금까지 깊이 생각해본 적은 없었다.

"나는 어릴 때부터."

사신이 천천히 이야기를 시작했다.

"벌레 죽이길 굉장히 좋아했습니다."

"뭐?"

"일단 끝까지 들어보세요."

시답잖은 이야기겠지, 라고 생각했지만 잠자코 듣기로 했다.

"바로 죽이는 게 아니라 처음에 그 벌레가 갖고 있는 장점을 빼앗습니다. 나비나 잠자리라면 날개를 잡아떼고 메뚜기라면 다리는 비틀어 떼는 거죠. 그렇게 하면 모양도 움직임도 전혀 다른 생물이 되거든요. 날개 없는 나비를 보고 나비라고 알아채는 사람은 거의 없습니다. 그런 모습이 되어서도 도망치겠다고 필사적으로 버둥거리는 그들이 움직임을 멈출 때까지 관찰하는 게 너무 재미있어요."

'거봐, 시답잖은 이야기잖아'라고 생각했다.

사신은 새로운 장난감을 선물받은 아이 같은 얼굴로 이야기를 이어갔다.

"핵심은 조금이라도 더 오래 관찰하기 위해서 먹이를 주며 죽지 않게 도와주는 겁니다. 가끔 너무 심하게 도와줘서 도망치는 경우도 있지만요."

그런 사신에게 "악취미로군"이라고 말해줬다. 어차피 내 생각을 읽으면 다 들킬 테니까 말을 조심할 필요도 없다.

"악취미니까 당신 같은 사람에게 은시계를 주는 겁니다."

어쩐지 섬뜩한 웃음을 띠며 묻는다.

"아이바 씨, 인간의 장점이 뭐라고 생각하세요?"

"인간의 장점?"

"나는 커뮤니케이션이라고 생각합니다. 인간사회에서 살아가려면 반드시 필요하니까요. 자살하고 싶은 사람이라면 잘 알겠지만 자살 희망자들은 대부분 고립되어 있어요. 당신이 이치노세 쓰키미를 볼 때, 사는 게 버거워 보이는 것도 그녀에게 인간으로서의 장점이 결여되어 있기 때문이지요."

"그럼 당신에게는 우리가 날개 없는 나비로 보인다는 말인가."

사신은 태연히 "네, 그렇게 보입니다" 하고 수긍했다.

"나는 인간의 마음은 읽어도 벌레의 마음은 읽지 못합니다. 그래서 어느 날, 죽어가는 벌레를 관찰하다가 이런 생각이 든 겁니다. '지금 이 벌레는 대체 무슨 생각을 하고 있을까. 이게 인간이라면 알 수 있을 텐데'라고 말이죠. 그때부터 자살하고 싶어 하는 사람을 관찰하기 시작했어요."

사신은 창밖을 보며 말을 계속했다.

"하지만 다 죽어가는 인간을 관찰하는 건 재미가 없습니다. 생에 너무 집착이 없거든요. 벌레처럼 마지막까지 발버둥 치는 인간을 관찰하고 싶었는데 다들 싱겁게 목숨을 끊더군요."

"그래서" 하고 강조하듯이 사신은 말했다.

"미끼를 주기로 한 겁니다. 바로 죽지 않게끔."

내가 "그런 거였군"이라고 말하자 사신은 "네, 그렇습니다" 하고 미소를 지었다.

그 대답을 듣는 순간 "어처구니가 없군!"이라는 말이 튀어나왔다.

"지금까지 많은 사람이 후회하면서 죽어갔지요."

즐거운 듯이 말하는 사신에게 "나 말고도 수명을 넘겨준 사람이 있다고?"라고 물었더니 "네, 그렇습니다. 마음을 읽고 수명을 교환해줄 만한 사람에게만 교섭했으니까요"라는 대답이 돌아왔다. 그러고는 말을 계속 이어나갔다.

"당신은 끝이 보이는 편이 살아갈 의욕이 더 솟구친다고 생각하는 것 같군요. 맞습니다. 처음에는 모두 똑같아요. 남은 3년 동안 즐거운 추억을 만들려 하고 시간을 되돌려 뭔가를 이루려고 하면서 일시적으로 삶에 적극적이 되거든요. 그렇게 적극적으로 바뀌는 동안 자신의 본질을 깨닫습니다."

"본질?"

"네, 시간을 되돌리면 실패를 없었던 일로 할 수 있으니까요. 소심하고 소극적이었던 사람이 실패를 두려워하지 않게 되니까 그 기세로 무슨 일이든 잘해나갑니다. 자신감이 붙으니 주위 사람들도 이제까지와는 다르게 대해주고요. 그러면 깨닫는 겁니다. '조금만 달라져도 살아갈 수 있었겠구나' 하고 후회하면서 말이죠."

그런 사람도 얼마든지 있을 수 있겠지.

"무슨 소린지 모르겠네. 후회하기를 바란다면 충고할 필요도 없잖아."

"당신은 시계를 참 재미없게 사용하고 있어요."

"시계를 사용하는 데 재미있고 없고가 어딨어."

"사람마다 다르지요."

사신은 "잘 들으세요" 하고 타이르듯이 말했다.

"우로보로스 은시계를 손에 넣은 인간은 대부분 맨 먼저 돈을 늘려 호화로운 생활을 즐기지만 차츰 싫증을 냅니다. 당신도 여기까지는 똑같았지요. 하지만 보통은 죽고 싶어 하는 소녀의 자살을 방해하거나 하지 않아요. 자극을 추구하게 되거든요. 시간을 되돌릴 수 있다는 사실을 방패 삼아 범죄에 손을 대며 공격성을 드러내는 사람이 있는가 하면, 미래를 예지할 수 있다고 내세워 주목을 받으며 자기현시욕을 채우려는 사람도 있습니다. 시계를 사용하는 방법은 제각각이지만 대개 욕망을 채우는 데 시계의 능력을 사용하면서 하고 싶은 대로 하지요."

그러더니 "그런데……" 하고 사람을 깔보는 듯한 눈으로 나를 바라본다.

"당신이 시계를 다루는 방법을 보면 시시한 정도가 아니라 아주 후회하려고 작정을 했더군요."

"그렇지 않아. 나도 내가 하고 싶은 대로 사용하고 있다고."

"그렇다고 보기엔 꽤 피로가 쌓인 것 같은데요."

반론할 말이 없었다. 단지 나는 나 자신을 위해 은시계로 이치노세의 자살을 방해하고 있다고 생각한다. 사신이 뭐라 말하든, 그건 나 자신을 위해서다.

"좀 더 자신의 욕망을 채우는 데 사용하시지요. 그 시계에 의지하면 할수록 당신의 최후는 더욱 우스운 꼴이 될 테니까요."

사신은 그렇게 심한 말을 하더니 "저를 더 즐겁게 해주셔야죠"라고 덧붙였다.

나는 너 따위를 즐겁게 하려고 수명을 내놓은 게 아니다.

"당신의 연구 놀이에 장단 맞춰줄 생각은 눈곱만큼도 없어."

계산서를 들고 일어나면서 사신에게 단호히 못 박았다.

"나는 지금까지 해온 대로 그녀가 자살하는 걸 방해할 거고 후회할 마음도 없어."

앞으로 1년 반밖에 살지 못한다. 내가 원하는 일을, 나를 위해서 할 거다.

게다가 이 녀석에게 미래를 예지하는 능력은 없는 것 같다. 아까 말할 때 알아차렸다. 미래를 꿰뚫어 볼 수 있다면 은시계를 재미없는 방법으로 사용할 사람에게 건네주지 않았을 것이다. 후회할 거라고 말하지만 단지 예상에 불과하다. 마음을 읽을 뿐 뭐든 다 안다고 생각하면 큰 오산이다.

"아이바 씨."

자리에서 떠나려고 하는 순간, 사신이 부르는 소리에 발을 멈췄다.

"우로보로스 은시계를 얻고서 후회하지 않은 사람은 한 명도 없었습니다."

자리에 앉은 채 나를 쳐다보지도 않고 말한다.

"왜 그런 줄 아십니까?"

대답하지 않았다.

"후회할 인간에게만 주기 때문이에요."

사신은 뒤돌아 내 얼굴을 보며 미소를 띤다.

"마음을 읽으면 다 알 수 있거든요."

그 말을 듣고 나는 미소로 답했다.

잘됐네. 후회하지 않는 최초의 인간을 만났으니.

🦋 / 6

수명을 넘기고 두 번째 맞는 7월 1일. 수요일. 맑음.

이날 스마트폰 벨이 울렸다.

자다가 벨 소리에 눈을 떴는데 처음에는 알람 소리인 줄 알았다. 지금까지 인터넷 열람, 알람, 달력 용도로만 사용해 온 스마트폰이 비로소 본래의 역할을 하고 있다.

잠결에 전화를 받았더니 이치노세였다. 아니, 내 전화번호를 알고 있는 사람은 그녀밖에 없다. 까끌까끌하게 잠긴 목소리로 "무슨 일이야?"라고 물었다.

"죽고 싶어요."

대뜸 한마디를 건넨다.

어디 있는지를 물었지만 잠이 덜 깬 상태라 머리에 딱 들어오지 않았다. 그래서 늘 가던 다리에서 만나기로 하고 전화를 끊었다. 시각을 확인하려 했으나 시야가 흐릿해서 화면이 보이지 않는다. 의식과 몸이 따로따로인 채 세면대로

가 찬물을 힘껏 얼굴에 끼얹었다.

　서둘러 준비하고 다리로 향했다.

　시각은 아직 오전 10시. 잠이 덜 깬 몸을 억지로 움직여
달린다.

　항상 가는 그 다리에 다다르자 이치노세가 와 있었다.

　"전화를 다 걸다니……, 혹시 자살을 포기할 마음이……."

　"아니에요. 오늘은 가고 싶은 곳이 있어요."

　전화를 걸어와, 더군다나 이치노세가 먼저 가고 싶은 장
소가 있다고 말을 꺼냈다.

　이런 적은 처음이다. 꿈을 꾸고 있는 건가 싶어 볼을 꼬
집다가 이치노세에게 "뭐 하는 거예요?" 하고 싸늘한 눈길
만 받았다.

　손짓으로 부르는 이치노세에게 어디로 가는 건지 물었
지만 "비밀이에요"라며 알려주지 않는다. 평소와는 완전 반
대다. 그녀의 뒤를 따라가면서도 여전히 의아했다. 혹시나
해서 볼을 한 번 더 꼬집었지만 이치노세는 어이없어하는
눈길을 보낼 뿐이었다.

　"아이바 씨……, 오늘 좀 이상해요."

　이상한 건 너지, 하고 되받았다.

　"그렇게 물어도 가고 싶은 데 없다더니 갑자기 무슨 바람
이 불었어?"

"가끔은 좋잖아요?"라고 이치노세가 대답했다. 아무래도 뭔가 얼버무리는 느낌이 든다. 더 캐낼 생각은 없지만 오늘 그녀는 확실히 평소와 다르다.

다만 거의 아무 얘기도 나누지 못하고 헤어졌던 지난번보다는 밝아 보였다. 20분 정도 걸어 도착한 곳은 동네에 있는 국립공원이었다. 하루 만에 다 돌 수 없을 만큼 큰 공원으로, 멀리서 찾아오는 사람도 많다. 이 지역에 있는 유일한 관광 명소여서 나도 어릴 때 여러 번 와본 적이 있다.

입구에서 입장료를 내야 했는데 이치노세가 내 요금까지 내려 했다. 내가 말려봤지만 "오늘은 제가 낼게요"라면서 동전을 꽉 쥐고는 양보하려 들지 않았다. 그래도 그렇지 중학생에게 돈을 내게 할 수는 없다. 둘이 몇 분간 실랑이를 벌였다. 결국은 가위바위보를 해서 이긴 사람이 내기로 했고, 내가 이겼다.

공원 입구로 들어가자 강 같은 큰 수로가 시야의 끝까지 쭉 뻗어 있었다. 수로에서는 일정한 간격으로 물이 뿜어져 나오고 있었고 물방울이 튀어 오르는 소리가 들려왔다. 그 수로를 사이에 두고 양쪽으로 곧게 나 있는 가로수길을 걸었다. 우리 말고도 아이들을 데려온 가족들과 노부부가 가로수길을 걷고 있었다.

7월에 접어들면서 약간 더워진 탓에 물방울 소리가 시

원하게 들렸다. 바람이 불자 나뭇잎이 스치는 소리, 발밑에서 나뭇가지가 부러지는 소리가 났다. 마치 숲속에 있는 듯했다.

"전 이렇게 조용한 곳이 좋아요."

주변을 경계하며 걷는 평소와 달리, 이치노세는 평온한 표정이었다. 경치를 바라보는 눈빛도 부드러웠다. "뭔지 알 거 같아"라고 말하자 "다행이에요"라고 답하며 생긋 웃었다.

가로수길을 지나자 커다란 연못이 나타났다. 백조 보트와 노 젓는 보트가 여러 대 떠 있고 파란 하늘이 수면에 고스란히 비쳐 있다. 근처 매점에서 라무네 두 병을 사서 한 병을 이치노세에게 건넸다. 라무네 병을 보고 있으면 향수에 젖어드는 기분이다. 특별한 추억이 있는 건 아니지만.

유리구슬이 병 속으로 떨어져 잘게 기포가 인다. 이치노세는 라무네 병을 열지 못해 낑낑대고 있었다. 내가 대신 뚜껑을 따 주자 조그맣게 손뼉을 쳤다.

탄산이 퍼져나가며 깔깔하던 입안을 단번에 적셔준다. 이치노세는 탄산을 잘 못 마시는지 안에 들어 있는 유리구슬을 들여다보며 조금씩 마셨다. 다 마시고 난 뒤 이치노세는 연못 난간에서 수면을 향해 손을 흔들었다. 연못 수면에는 잉어가 무척 많이 모여 있었다. 먹이를 주는 줄 알고 착

각해서 몰려든 모양이다. 그러고 보니 라무네를 살 때 잉어
먹이도 팔고 있었다. 매점으로 돌아가 잉어 먹이를 사서 그
녀에게 주자 눈을 반짝 빛냈다.

보트 하우스가 가까이 있기에 백조 보트를 타고 잉어에
게 먹이를 주기로 했다. 관광지에서 자주 볼 수 있는 2인용
백조 보트는 사용한 지 몇십 년도 더 지났는지 보트에 오른
순간 삐걱거리고, 여기저기 칠이 벗겨진 데다 핸들도 녹슬
어 있었다. 타기 전에는 멀미가 나지 않을까 걱정했지만 지
금은 배가 가라앉을까 봐 불안하다.

둘이서 페달을 밟는데도 생각보다 느리다. 속도가 나질
않고 페달이 무거워서 행여 이치노세의 가느다란 다리가
부러지지나 않을까 불안해졌다.

"아이바 씨는 오른쪽을 보세요. 전 왼쪽을 볼게요."

이치노세가 열심히 잉어를 찾는데 바로 저만치에서 다
가왔다. 아니, 어느새 잉어 떼에 둘러싸여 있었다. 셀 수 없
을 만큼 많아서 이치노세도 "약간 무섭네요" 하고 움찔 뒤
로 물러났다.

먹이를 던져주자 잉어들이 첨벙첨벙 뛰어올라 물보라가
튀었다. 보트가 뒤집힐까 봐 초조했다. 이치노세는 그런 상
황인데도 먹이를 주는 데 열중하느라 보트에서 몸을 쑥 내
밀고 있다. 떨어지지 않도록 뒤에서 그녀의 옷자락을 붙잡

고 있었지만 본인은 전혀 눈치채지 못한 듯했다.

먹이를 다 줬는데도 잉어들이 보트 주변을 맴돌자 이치노세는 "미안해, 이제 먹이가 없어" 하고 잉어와 대화하기 시작했다. 지난번에 울던 그녀의 얼굴이 잊히지 않아 계속 걱정하고 있었는데, 예전과 다름없는 그녀를 보자 조금은 안심했다.

백조 보트에서 내려 공원을 구경하며 돌아다니다 푸드 코트에서 약간 늦은 점심을 먹었다. 우리가 주문한 음식은 일회용 용기에 담긴 흔한 우동이었지만 이런 곳에서 먹으면 더 맛있게 느껴지니 참 신기하다. 이치노세는 우동을 먹고 나서 소프트아이스크림도 먹었다.

매점에서는 공, 플라잉 디스크 같은 다양한 놀이 도구를 팔고 있었다. 그다지 격한 운동은 하고 싶지 않아서 비눗방울과 돗자리를 사 공원 중앙에 있는 잔디밭으로 향했다. 녹색 잔디가 시야에 한가득 펼쳐졌다. 돗자리가 무수히 놓여 있고 도시락을 먹고 있는 노부부, 아이와 공놀이를 하는 아빠, 플라잉 디스크를 던지며 개와 놀고 있는 커플, 모두 즐거워 보였다.

잔디밭 가운데에는 커다란 나무 한 그루가 우뚝 서 있다. 이 공원의 상징물이지만 여기서는 멀어서 작게 보인다. 그곳을 향해 잔디 위를 걸어갔다. 큰 나무 아래 그늘에 알록달

록한 돗자리를 깔고 그 위에 올라앉았다. 돗자리 밑이 울퉁불퉁했지만 이치노세는 아무렇지 않은 표정으로 무릎을 꿇고 가지런히 앉아 있다. 안 아픈가.

바람이 불자 나뭇잎 사이로 비치는 햇빛이 흔들리고 나뭇잎 스치는 소리가 조용히 울린다. 그늘 밖에서 사람들이 즐겁게 떠드는 소리가 들려와 나도 모르게 쳐다보았다. 눈길이 닿은 곳에선 젊은 커플이 배드민턴을 치고 있었다. 바람이 부는 탓에 여자가 친 셔틀콕은 남자의 키를 훌쩍 넘어갔고, 남자가 친 셔틀콕은 여자 앞까지 오지 않았다. 그건 이미 배드민턴이라고 할 수 없는 다른 놀이가 되어버렸지만 두 사람은 마냥 웃으며 즐거워했다.

그렇게 바라보고 있자니 그늘 안과 그늘 밖은 마치 다른 세계인 듯, 나는 그늘 세계에서 부러운 눈길로 바깥 세계를 바라보고 있는 방관자가 된 기분이었다. 옆에 이치노세가 없었다면 정말로 혼자 겉도는 존재가 되었을 것이다.

언뜻 보기에 혼자 온 사람은 별로 없다. 있어도 풍경을 스케치하거나 돗자리에 누워 낮잠을 자면서 이 세계에 자연스럽게 녹아든 것처럼 보였다.

만일 내가 혼자 이곳에 왔다면 절대 풍경에 녹아들지 못했을 것이다. 말로 잘 표현할 수는 없지만 나는 그늘 밖에 있는 사람들과 하나부터 열까지 전부 다른 것 같다.

그 다름이 나를 고립시켰다. 이 차이가 없어지지 않는 한, 나는 살고 싶지 않다. 사신은 이치노세와 함께 있으면 후회할 거라고 말했지만, 그건 있을 수 없는 일이다. 만약 이치노세가 자살을 포기한다면 함께 공원에 올 일도 없겠지. 결국 원래의 생활로 돌아갈 뿐이다.

무슨 일이 있어도 수명을 내놓은 걸 후회하는 날은 오지 않을 것이다.

그런 생각을 하고 있을 때 갑자기 이치노세가 후다닥 자리에서 일어났다.

"벌레! 벌레요!"

내 옷을 잡아당기며 돗자리 끝을 가리켰다. 조그만 개미가 걸어가고 있었다.

"뭘 그리 놀라고 그래."

개미를 집어 나무줄기에 놓아주었지만 이치노세는 그 뒤로도 돗자리 위를 몇 번이나 확인했다. 진정되지 않는 이치노세의 기분을 달래주려고 봉투에서 비눗방울을 꺼내 건네주었다.

녹색 빨대가 두 개, 비누액이 담긴 분홍색 용기가 네 개 들어 있다. 두 사람이 나눠 들고 비눗방울을 불었다. 빨대에서 수없이 많은 비눗방울이 동실동실 날아갔다. 그늘 밖까지 날아가더니 금세 사라졌다.

"아이바 씨가 비눗방울을 불다니 안 어울리네요."

그늘 밖에서 비눗방울을 날리던 이치노세가 쿡! 하고 웃었다.

"나도 알거든!"

반면에 비눗방울을 불고 있는 이치노세는 마치 그림 같다. 손대면 톡 터지는 비눗방울처럼 그녀도 닿으면 사라질 듯 매혹적으로 보여 풍경과 무척 잘 어우러졌다.

그 모습을 그늘에서 줄곧 바라보고 있었다.

"내기할까?" 그늘로 돌아온 이치노세에게 물었다.

"내기?" 하고 고개를 갸웃한다.

"비눗방울을 멀리 날리는 사람이 이기는 거야. 진 사람은 이긴 사람 소원 들어주기."

이치노세는 몇 초 생각하더니 새초롬한 눈으로 바라보며 말했다.

"아이바 씨가 이기면 자살을 포기하라고 할 거죠?"

"글쎄, 모르지"라고 대답했지만 "흥!" 하며 믿지 않는 눈치였다.

"알았어. 자살을 포기하라는 소원은 빼고. 어때?"

그렇게 제안하자 그녀는 의심스러운 표정을 지으면서도 내기에 응했다.

같은 위치에서 한 번 불어 비눗방울을 더 멀리 날려 보내는 사람이 승리다. 상세한 규칙을 정한 뒤 이치노세가 먼저 불기로 했다. 이치노세는 뺨을 있는 대로 부풀리며 힘껏 불었다. 하지만 비눗방울이 너무 커져서 그늘을 벗어나기도 전에 터져버렸다.

이 정도라면 이길 수 있지, 하고 확신했다.

내가 분 비눗방울은 가뿐히 날아갔다. 조금만 더 가면 그늘 밖까지 날아갈 터였다. 게다가 터지지 않은 방울이 아직도 몇 개나 남아 있다. 여유롭게 내 승리지, 생각하며 비눗방울을 눈으로 좇았다. 그때였다. 팡 하고 작은 손이 닿으며 비눗방울이 터져버렸다. 아까부터 나무 주위를 달리고 있던 어린 남자아이와 여자아이가 비눗방울을 터뜨린 것이다. 유치원생 정도 되었을까. 두 아이의 얼굴이 닮은 걸로 봐서는 남매인 듯하다. 당혹해하는 내 옆에서 이치노세가 웃음을 참고 있다.

"이건 무효야. 다시 한번 불겠어."

다시 비눗방울을 불었지만 이번에도 꼬마 아이들이 터뜨려버렸다. 게다가 두 아이 다 무척 재미있어하며 뛰어다닌다.

"더 많이 불어주길 바라는 것 같아요." 이치노세가 웃으며 말했다.

꼬마들에게 "거기 좀 비켜줄래?"라고 부탁했지만 물러날 기색이 없다.

그 후로도 아이들을 구슬려가며 비눗방울을 불었지만 전부 실패다. 완전히 꼬마 아이들의 놀잇감이 되어버렸다. 그래도 계속 불어대자 이번에는 이치노세가 옆에서 손가락 으로 톡 찔러 방울을 터뜨렸다. 그러더니 신발을 벗고는 꼬 마들 쪽으로 뛰어간다.

"누가 가장 많이 터뜨리는지 시합할까?"

이치노세는 무릎에 손을 짚고 친근한 목소리로 꼬마들 에게 말을 걸었다. 아이들하고 놀아주려나 보다. 평소와 달 리 밝은 그녀의 모습이 낯설어 약간 당황하고 있는데 "아이 바 씨, 빨리요, 빨리!" 하고 손뼉을 치면서 비눗방울을 불어 달라고 재촉했다.

있는 힘껏 비눗방울을 불자 꼬마 아이들이 신이 나서 방 울을 쫓아다녔다. 이치노세는 적당히 시늉만 하면서 아이 들이 터뜨리도록 양보하고 있었다.

비눗방울을 쫓아다니며 놀고 있는 이치노세는 밝고 해 맑은 소녀였다. 아쿠아리움에서 돌아오는 길에 보여준 활 짝 웃는 얼굴과 비슷했다. 누구보다 행복하게 웃는 그녀는 보살펴주고 싶게 하는 마법을 지녔다.

언제나 무표정한 그녀에게서 웃음을 끌어내기란 쉬운 일이 아니다. 자살하고 싶어 하는 아이가 아니라 평범한 소녀였다면 날마다 볼 수 있을 텐데, 하고 안타까운 마음이 들었다.

한참을 놀다가, 꼬마 아이들의 부모가 찾으러 왔다. 그들은 우리에게 인사한 뒤 두 아이를 데리고 갔다. 헤어질 때 두 아이가 "담에 또 놀아요" 하며 손을 크게 흔들었고 이치노세도 "또 봐" 하고 웃는 얼굴로 손을 흔들었다. 나도 살짝 손을 흔들었다.

"가버렸네요."

이치노세가 나를 돌아보는 순간 얼굴에 대고 비눗방울을 훅 날렸다.

"꺄악! 이제 그만해요!"

"뭐가 '누가 가장 많이 터뜨리는지 시합할까?'냐. 이거나 받아랏!"

"싫어! 머리에 붙는다고요!"

웃으며 도망치는 이치노세를 쫓아가면서 계속 비눗방울을 불어댔다. 그녀의 주위를 영롱하게 빛나는 비눗방울이 수없이 떠다녔다.

"반격이닷!" 외치더니 이치노세도 비눗방울을 꺼내 들었다. 우리는 초등학생처럼 신이 나서 비눗방울을 마구 불었다. 천진한 모습으로 비눗방울을 날리는 그녀를 언제까지든 계속 보고 싶었지만, 얼마 안 가 나도 이치노세도 지쳐서 그늘로 돌아왔다. 엉덩방아를 찧듯이 자리에 털썩 주저 앉았다. 옆에 앉은 이치노세도 몸 뒤로 두 손을 짚고 나무를 올려다보면서 호흡을 가다듬었다.

그대로 누워 나뭇잎 사이로 일렁일렁 쏟아져 내리는 햇빛을 바라보고 있자니 묘한 기분이 들었다. 지금 여기 있다는 사실이 신기하기만 하다. 사신이 목숨을 거둬갈 날까지 3년을 쭉 혼자 보낼 줄 알았는데, 이렇게 신나게 뛰어놀고 돗자리에 누워 하늘을 올려다보고 있다.

내가 '보통 사람'처럼 공원 잔디에 자연스럽게 어우러져 있는 이 상황이 믿기지 않을 정도로 신기하고 또 신기했다.

'이치노세는 왜 죽어야 하는 걸까?'

옆에 있는 이치노세를 보면서 또 한 번 의문이 들었다. 당연히 그녀가 자살하려는 이유는 알고 있다. 가족과 불화가 끊이지 않고 친구도 없다. 어느 곳 하나 마음 붙일 데가 없다는 건 이해한다. 내가 납득할 수 없는 건 왜 그녀가 자살해야만 하는가다. 평범한 소녀 아닌가. 나쁜 짓을 하지 않는 이상, 자신이 원하기만 하면 죽지 않고 살아갈 수 있다. 그녀는 살아가는 게 당연한 존재다. 그런데 이치노세는 자살을 하고, 나는 방해를 하고 있다. 그녀를 자살로 이끄는 운명이라든지 세상이라든지 그런 게 이상하다는 거다.

이 세상은 불합리한 일 천지다. 이런 쓰레기 같은 게임의 전원을 빨리 꺼버리고 싶어서, 나는 수명을 내놓았다.

하지만 그녀의 자살만큼은 도저히 인정하고 싶지 않다.

"정말로 자살을 그만둘 마음은 없는 거야?"

하늘을 올려다본 채 이치노세에게 물었다.

"네가 자살을 그만둔다면 뭐든지 할 거야. 널 괴롭히는 녀석들에게 복수하고 싶다면 도울 거고 의붓아버지가 버리는 걸 단념할 때까지 매일 인형을 사줄 수도 있어. 정말로 뭐든지 좋아. 네가 자살을 그만두기만 한다면."

본심을 그대로 내보였다.

자살을 그만뒀으면 좋겠다. 그것뿐이다. 죄책감을 떨쳐버리고 싶다거나 변명거리를 만들고 싶은 게 아니라 그저 순수하게 이치노세 쓰키미의 자살을 막고 싶다. 그때 비로소 실감했다.

하지만 이치노세의 대답은 "미안해요"였다.

"오늘 여기 온 건 마지막으로 고맙다는 인사를 하고 싶어서예요."

반사적으로 몸을 일으키고는 "마지막이라니 무슨 소리야?"라고 물었다.

나를 쳐다보지도 않고 이치노세는 멀리 하늘을 바라보며 말했다.

"내일, 다리에서 뛰어내리려고요."

　그 순간 그녀의 옆얼굴은 만족스러운 동시에 체념하는 것처럼 보였다.

　조용하고 강하고 흔들림이 없다. 내 본심을 전혀 받아들이려 하지 않는 표정.

　"죽기 전에 적어도 고맙다는 말은 하고 싶었어요."

　"아니, 잠깐만. 왜 얘기가 이렇게 되는 거지. 고맙다는 인사를 받을 일이 대체 뭐……."

　내가 당황해서 설득하려고 하자 "그렇지 않아요" 하고 미소를 보이며 말했다.

　"줄곧 무서웠어요. 내 편은 아무도 없는 상태로 혼자 죽는 게 아닌가 하고. 실제로 아이바 씨가 없었다면 외톨이로 죽었을 거예요."

　온화한 표정과 침착한 목소리를 유지한 채 그녀는 말을 이었다..

　"아이바 씨가 자살을 막아주었을 때 솔직히 안도했어요. 내게도 걱정해주는 사람이 있구나, 그렇게 생각하니 왠지 구원받은 느낌이 들었거든요. 항상 까칠하고 삐딱하게 말하긴 했지만……, 사실은 기뻤어요."

　이치노세는 쑥스러움을 감추려는 듯 한 번 더 웃음을 지어 보였다.

　그동안 자기만족을 위해서 그녀의 자살을 방해해왔다.

고맙다는 인사를 받기에는 복잡한 심경이었지만 그래도 기뻤다. 그렇기에 더더욱 자살을 포기하길 바라는 마음이 강해졌다.

이치노세의 어깨를 잡았다.

"그러면 자살하지 말고 앞으로도 계속 살아가면 되잖아."

하지만 그녀는 고개를 가로저었다.

"최근 반년 동안, 아이바 씨와 함께 보낸 시간만이 구원이었어요. 하지만 일시적인 진통제 같은 거예요. 학교에 가야만 한다고 아무리 스스로 타일러도 교복을 보기만 하면 불안감에 짓눌려 도망치고 싶어져요. 학교로 돌아갈 용기도, 가족과 함께 지낼 자신도 없어요. 살아 있어도 괴롭기만 해서 너무 지쳤어요. 그러니까 이제 그만할래요."

그녀의 어깨를 잡았던 손을 가만히 떼었다.

"아이바 씨만이 제 편이었어요. 하지만 더 이상 폐를 끼치고 싶지 않아요. 여기저기 많이 데리고 다니고 돈도 많이 쓰셨는데……, 죄송해요."

그리고 나를 바라보더니 그때처럼 얼굴 가득 웃음을 보였다.

"이런 나를 걱정해줘서 고마웠어요."

바람이 불었다.

이치노세의 머리칼이 흔들렸다. 나뭇잎이 흔들리는 소리

도, 그늘 밖에서 들려오는 소리도 그저 소음일 뿐이었다. 이 것이 가장 아름답게 헤어지는 방법일지도 모른다.

내가 더 이상 그녀에게 해줄 수 있는 게 있을까. 그녀는 집단 괴롭힘이 해결되기를 원치 않을뿐더러 가정 문제도 어찌 손쓸 도리가 없는 상황이다. 자살을 방해하는 것밖에 할 수 있는 게 없다. 지금까지 기적적으로 방해해왔을 뿐, 조만간 갑작스러운 이별이 찾아올지도 모른다.

자살을 감행한 이치노세는 마지막 순간에 무슨 생각을 했을까. 그렇게나 자살을 방해하겠다고 큰소리쳐 왔던 내 가 막으러 나타나지 않는다면 그녀는 배신당한 기분이 들 수도 있다. 그렇게 헤어지는 것보다 지금 여기서 이치노세 와 작별 인사를 나누고, 적어도 끝까지 그녀의 편으로 있는 게 좋지 않을까.

할 수 있는 일은 다 했다. 그래도 이치노세는 자살을 선 택한다. 자기만족으로 끝나는 것보다 이게 낫다. 그녀는 끝 내고 싶은 거다. 죽게 내버려 두면 된다.

그렇게 잘 알면서도─

"웃기지 마!"

나는 무슨 말을 하는 건가.

"네……?"

당혹해하는 이치노세에게 가차 없이 쏘아붙였다.

"잘 들어! 너를 구원하려고 자살을 막은 게 아냐. 죽게 내 버려 두면 뒷맛이 개운치 않다고! 그래서 자살을 방해했고. 그래, 돈도 많이 썼지! 고맙다는 말 한 번 듣고 네가 죽으면 엄청 손해 보는 거라고! 죽을 거면 적어도 지금까지 내가 쓴 돈하고 강에 뿌린 백만 엔을 돌려주고 죽으란 말이다!"

얼토당토않은 소리를 내뱉었다는 건 나도 잘 안다. 자기 중심적이든 뭐든 상관없다. 이유 따위 필요 없다. 나는 단지 그녀의 자살을 막고 싶을 뿐이다.

"가, 갚을 수 있을 리가 없잖아요! 곧 죽을 인간이니까 신 경 쓰지 말라며 내준 건 아이바 씨예요. 게다가 봉투에 든 돈만 해도……, 아악!"

필사적으로 반론하는 이치노세의 머리를 거칠게 쓰다듬 었다.

"네가 단념할 때까지 무슨 일이 있어도 계속 방해할 거야."

"……역시 아이바 씨는 내 편이 아니라 적이군요."

"적이라도 상관없어."

그렇게 잘라 말하고 비눗방울을 날렸다.

날아가던 비눗방울은 그늘을 벗어나기도 전에 퐁 하고 한순간에 사라졌다.

"……뒷맛이 개운치 않다고 그렇게 큰돈을 내주진 않아 요. 대개는."

"목숨에 비하면 싼 거지."

"제 목숨 같은 거 한 푼의 가치도 없는데." ◢

볼을 힘껏 부풀려 분 그녀의 비눗방울도 그늘을 벗어나지 못하고 터졌다.

"그렇게 자신을 비하하지 마. 게다가 자살한다고 편하게 죽을 수 있는 게 아니라니까?"

"……그런 것쯤 다 안다고요. 제가 어리다고 협박해도 소용없어요."

"협박하는 거 아냐. 네가 고통스럽지 않길 바라니까 하는 말이지."

내가 그렇게 말하자 이치노세는 "참 정말 별난 사람이에요"라고 작은 소리로 말하더니 힘껏 비눗방울을 불었다.

그러고 나서 공원 폐장을 알리는 안내 방송이 나올 때까지 둘 다 아무 말도 하지 않았다.

"그러고 보니 비눗방울 내기는 결론이 안 났네."

공원을 나서기 직전에 문득 떠올라 말하자 여태 아무 말이 없던 이치노세도 "완전히 잊고 있었어요" 하고 입을 열었다.

"제 반칙패로 해도 좋아요. 옆에서 찔러 터뜨렸으니까."

깨끗이 패배를 인정한 것은 의외였지만 "자살 얘기 말고 다른 소원 말해야 하는 거 알죠?" 하고 꼼꼼하게 확인하는 점은 그녀답다.

"자, 그럼 여기 같이 가기로 하자."

공원 입구에 붙어 있던 포스터를 손가락으로 가리켰다. 포스터에는 불꽃놀이 일러스트가 그려져 있다.

"불꽃놀이 축제?"

이 공원에서는 매년 8월 하순에 불꽃놀이 축제가 열린다. 포스터를 보니 올해는 8월 22일에 개최된다.

"아! 불꽃놀이 때까지 자살하지 못하게 하려는 거군요!"

내 노림수를 바로 들켰지만 "오호. 그렇게 방해하는 방법도 있었군. 생각지도 못했네" 하고 천연덕스럽게 시치미를 뗐다. 안락사에 관한 기사를 읽고 생각해냈던 방법이다. 불꽃놀이 축제까지라는 기한을 정해놓으면 어른스럽게 따를 가능성이 있다. 시간 벌기일 뿐이지만 이렇게 궁지에 몰린 상황에서는 뭔가 변화가 생길지도 모른다.

"어쨌든 약속 지켜. 집에 있기 싫을 때는 언제든지 전화하고."

"전화할지 말지는……."

말을 얼버무리는 그녀에게 비눗방울 재료가 든 봉지를 내밀었다.

"난 괜찮으니까 편하게 연락해. 내일 죽는다느니 그러지 말고 조금 더 힘내봐."

이치노세는 할 수 없다는 듯 "불꽃놀이 축제 때까지, 예요"라고 말하며 봉투를 받아들었다.

"조심해서 가."

"정말로 불꽃놀이 때까지……요, 알았죠?"

헤어질 때도 확인하려 들었지만 이 정도라면 약속은 지킬 것 같다.

아직 자살을 인정할 수 없다.

불꽃놀이 축제까지 50일 이상 남아 있다.

이 50일을 이용해서 어떻게든 그녀의 자살을 막아 보일 테다.

제3장

지키지도 못할 약속

❋ / 1

"여보세요? 이치노세인데요……, 죽고 싶어요."

수명을 넘기고 두 번째 맞는 7월 7일. 화요일. 맑음.
이날 스마트폰 착신 이력이 두 건이 되었다.

지난번과 마찬가지로 그 다리에서 만나기로 약속하고 침대에서 빠져나와 집을 나섰다. 전화를 끊기 전에 "절대로 자살하지 마"라고 단단히 일렀다. "오늘은 자살하지 않아요. 오늘은"이라는 이치노세의 부루퉁한 대답을 그대로 믿기는 어렵다.

공원에 다녀온 뒤 약 일주일 동안 그녀는 자살하지 않았다. 불꽃놀이 축제 때까지 자살하지 않기로 약속했다고는 하나, 그녀가 약속을 지킬 거라고 확신할 수는 없다. 돌발적으로 자살을 시도할 위험이 있다. 그래서 정보 수집을 게을리하지 않느라 수면 부족의 나날은 여전히 계속되었다.

하품을 하며 다리에 도착하자 먼저 와 있던 이치노세가 태평하게 비눗방울을 불고 있었다. 눈에 익은 봉지를 들고 있는 걸 보니 공원에서 쓰고 남은 건가 보다.

"혹시 자고 있었어요?"

이치노세의 시선이 평소보다 약간 높았다. 내 그림자를 보니 머리에 까치집 같은 게 얹혀 있다. 몸을 펴고 팔을 쭉 뻗으며 "아침은 힘들어"라고 말하자 "벌써 2시예요" 하고 기가 막혀 했다. 머리를 매만지며 '오늘은 어디로 갈까' 생각하는데, 지갑을 가져온 기억이 없다. 확인하고 집을 나섰어야 했다고 후회한들 이미 늦었다.

"지갑을 놓고 온 것 같아. 일단 집으로 돌아가야겠는걸."

하는 수 없이 이치노세를 데리고 아파트로 되돌아가기로 했다. 미성년자인 그녀를 데리고 가도 괜찮을까 싶었지만, 밖에서 기다리게 했다가 그사이에 자살이라도 하면 진짜 큰일이다.

"자, 가자고."

"에? 저도요?"

"널 혼자 두면……, 여러 가지로 곤란하니까."

"……혹시 집에 돌아간 사이에 제가 자살할까 봐서요?"

175

대답하지 않고 걷자 뒤에서 "대답해봐요!"라고 화난 목소리가 들려왔다.

아파트로 가는 동안에도 이치노세는 몇 번이나 "정말 저도 가는 거예요?"라고 물었다. 내가 "어쩔 수 없잖아"라고 대답하니 납득이 안 간다는 표정으로 뒤를 따라왔다.

"왜 그래? 들어가."

현관문을 열고 먼저 들어가라고 권했지만 이치노세는 손을 만지작거리며 선뜻 들어가려 하지 않았다. 경계하는 것 같기도 했는데 사실은 그게 아니었다.

"이런 시간에 제가 오면 이상하게 생각하지 않으실까요?"

걱정스러워하는 얼굴이다. 아마 집 안에 가족이 있다고 생각한 모양이다. 혼자 산다고 말하자 안도하는 표정을 보이고는 집으로 들어왔다.

거실로 안내해 우선 이치노세를 소파에 앉혔다. 소파 끝에 가지런히 다리를 모으고 앉은 그녀는 평소와 달리 다소 곳했다.

"뭔가……, 이미지랑 다르네요."

힐끔힐끔 집 안을 둘러보면서 이치노세가 중얼거렸다.

"다르다니 어떤 이미지였는데 그래?"

"여기저기 물건이 마구 흐트러져 있는 이미지요."

"쓰레기가 잔뜩 쌓여 있을 거라고 생각했군."

집에는 꼭 필요한 물건만 최소한으로 두고 지낸다. 어지럽힐 정도로 물건이 없는 것일 뿐 정리를 잘하는 건 아니다. 아마 물건이 많았다면 그녀가 상상한 대로 되었겠지.

거실에 있는 물건이라고는 텔레비전과 게임기를 올려놓은 거실장, 싸구려 탁자 그리고 2인용 소파뿐이다. 방 세 개 가운데 하나를 침실로 사용하고 있고 다른 방들은 천장 전등조차 달아놓지 않았다. 아파트를 빌리기 전부터 혼자 지내기에는 너무 넓다고 생각했지만 이렇게까지 텅 비어 있으니 생활감이 없어 어딘지 스산한 느낌이 난다. 그렇지만 집 안을 꾸밀 만한 물건을 산다 해도 어차피 죽기 전에 처분해야 하니까 굳이 필요 없는 물건은 사지 않는다.

마치 오브제가 없는 수조처럼, 보고 있으면 따분해지는 공간이다. 그런데도 이치노세는 신기하다는 듯이 집 안을 계속 둘러보고 있다.

"이렇게 넓은데 혼자 살아요?"

"안 쓰는 방도 있으니까 집에 있고 싶지 않을 때는 자유롭게 써도 좋아."

"그렇게 말해도 괜찮아요? 그럼 매일 올 건데?"

"매일 오면 되지."

이치노세는 어리둥절한 얼굴로 "정말 매일 온다니까요!"

라고 확인하듯이 되물었지만, 나로서는 매일 와주는 편이 고맙다. 그녀가 무사한지 확인할 수 있을 테니 지금과 같은 생활을 계속하는 것보다는 단연코 더 좋다.

"상관없어."

"흠……, 후회해도 난 몰라요?"

"후회라니 무슨 뜻이야?"라고 묻자 새침한 태도로 아무 대답도 하지 않았다. 세면대에서 뻗친 머리를 바로잡는 동안 이치노세는 창밖으로 경치를 바라다보고 있었다. "우와! 높아"라고 해맑은 목소리가 들려오는가 싶더니, 곧이어 "여기서 뛰어내리면 편하게 죽을 수 있을지도"라는 불길한 소리가 날아들었다. 절대 뛰어내리지 마.

그 후 베란다에 나가려는 이치노세를 당황해서 막아서기도 하고, 잔뜩 쌓여 있는 빈 편의점 도시락 용기를 발견한 그녀에게 "제대로 된 음식을 먹지 않으면 건강 해쳐요"라는 어이없는 잔소리를 듣기도 했다. 죽고 싶어 하는 소녀에게 그런 말 듣고 싶지 않거든.

결국 차분하게 소파에 앉은 것은 3시가 지났을 무렵이다. 옆에 앉은 이치노세는 "거기 좀 가만히 있어" 야단을 맞고 약간 풀이 죽어 있다.

"점심 먹었어?"

고개를 가로젓는 그녀를 보며 어디에 나가 무엇을 먹을

까 생각했다. 문득 스마트폰 화면을 들여다보고는 오늘이 칠석(일본은 양력 7월 7일에 칠석을 쇠며 유래는 우리와 비슷하다) 이라는 걸 깨달았다. 그러고 보니 매년 이 근방에서 칠석 축제가 열리곤 한다.

스마트폰으로 검색하자 금세 정보가 나왔다. 제71회 칠석 축제라고 쓰인 공식 사이트에 개최 공지가 떠 있었다. 다양한 음식을 파는 포장마차가 있을 테니 그곳에서 먹는 것도 나쁘지 않을 듯했다. 이치노세도 궁금한지 스마트폰 화면을 가만히 엿보고 있다. 얼굴이 가까이 다가와 있다.

다시 한번 지갑을 확인하고 집을 나선 우리는 전철을 타고 칠석 축제가 열리는 장소로 향했다. 전철 안에는 평소보다 사람이 많았고 유카타를 입은 사람들도 종종 눈에 띄었다.

칠석 축제는 우리가 내린 역에서 일직선으로 쭉 이어진 상점가에서 열리고 있었다. 길을 가운데 두고 양쪽에 늘어선 상점가에는 헌 옷 가게 등 대대로 내려오는 노포가 자리 잡고 있었다. 이날은 교통 통제로 자동차 통행이 금지되었다. 역에서 나와 바로 인파 속에 섞여들어 다양한 포장마차가 줄지어 있는 상점가를 걸었다. 이따금 이치노세가 내 팔을 붙잡을 만큼 사람이 많아서 밀착 상태가 지속되는 바람에 약간 어색했다.

유카타 차림의 남녀와 요요를 든 아이들에게 둘러싸여 앞으로 걸어가는데 고소한 소스 냄새가 솔솔 풍겨왔다. 갑자기 허기가 몰려와 '야키소바'라고 큼지막하게 쓰인 포장마차 앞에 줄을 섰다.

투명한 일회용 용기에 담긴 야키소바가 왠지 향수를 불러일으켰다. 돌이켜 생각해보니 초등학생 때 친구들과 축제에 가서 먹은 적이 있다. 특별히 갖고 싶은 경품이 있는 것도 아니었는데 친구도 나도 분위기에 휩쓸려 제비뽑기를 하며 돌아다녔고, 배가 고파지기 시작했을 때는 지갑에 남은 돈이 거의 없었다. 어떻게 해서든 야키소바를 먹고 싶었던 우리는 조금씩 남은 동전을 모아 한 개를 사서 나눠 먹었다. 내게도 그런 추억이 있었구나, 하고 신기한 기분으로 어린 날의 기억에 잠겼다.

인파에 밀려가지 않으려고 포장마차 뒤쪽으로 이동해 야키소바를 먹었다. 붉은 생강 초절임이 볶음면 위에 살짝 얹혀 있을 뿐, 특별할 것 없는 모양새였지만 생각보다 맛있었다. 그날 먹은 야키소바도 맛있었던 걸로 기억한다. 축제 때 먹는 야키소바는 그런 건가 보다. 이런 생각을 하면서 이치노세를 보았더니 눈물을 글썽이며 먹고 있다. 원래 뜨거운 걸 잘 못 먹으니까 무리하지는 마.

"사람이 이렇게나 많다니 돌아가는 것도 큰일이겠네. 먹고 싶은 음식이 보이면 바로 말해."

"그치만 오늘도 돈이 없는걸요."

"새삼스럽게 무슨 소리야. 모처럼 축제에 왔으니 체면 차리지 말고."

그저 가벼운 마음이었다. 지금 먹은 야키소바가 은근히 양이 많아서 그다음에는 빙수라든지 좋아하는 걸 먹으면 충분하겠지, 라고 생각했다.

그런데 이치노세는 다른 음식을 파는 포장마차를 발견할 때마다 내 소매를 잡아끌었다.

"닭꼬치구이 먹고 싶어요."

닭꼬치구이를 가리킨다. 소스가 맛있어 순식간에 먹어치웠다.

"이번에는 저거 먹고 싶어요."

프랑크 소시지를 가리킨다. 머스터드소스를 너무 많이 뿌려서 사레가 들렸다.

"아이바 씨, 이쪽 이쪽이요!"

통오징어구이를 가리킨다. 맛있지만 더는 못 먹을 것 같다.

"오징어 다음에는 문어죠!"

다코야키를 손으로 가리킨다. 나는 더 안 들어갈 것 같아서 사양하고 이치노세만 먹었다.

"이제 단것이 먹고 싶네요."

초콜릿을 씌운 바나나를 가리킨다. 단것이라면 괜찮겠다 싶어 나도 주문했지만 역시 먹기 힘들었다.

"소금이랑 버터를 마음껏 뿌려도 된대요."

감자버터구이를 가리킨다. 처음엔 뜨거워서 잘 못 먹더니 결국은 다 먹었다.

"너……, 엄청 잘 먹는구나."

"아직 한참 더 먹을 수 있는걸요."

왼손에는 솜사탕을, 오른손에는 캔디 애플(막대기에 꽂은 사과에 캐러멜이나 시럽을 입힌 것)을 든 이치노세를 보니 정말 더 먹을 수 있을 것 같다. 설마 이렇게까지 잘 먹을 줄은 몰랐다.

그러고 보니 이치노세는 패밀리 레스토랑에서 시킨 음식을 다 먹은 후에도 메뉴판을 들여다본 적이 많았다. 그 호리호리한 체격에 더 먹을 리 없다고 생각한 데다, 내 잔소리를 듣고 싶지 않아서 메뉴판으로 얼굴을 가리고 있는 거라고만 생각했다. 그런데 아무래도 착각이었던 모양이다. 먹은 게 다 어디로 가는지 신기할 따름이다.

이치노세가 만족할 만큼 먹은 뒤, 둘이서 금붕어 건지기 게임에 도전했다. 처음에는 '누가 금붕어를 더 많이 건지는지 겨뤄볼까' 하고 잔뜩 별렀지만 둘 다 한 마리도 떠 올리지 못했다. 안타까운 시선으로 보고 있던 주인아저씨가 "마음에 드는 금붕어를 두 마리 골라서 가져가"라고 말했지만 거절했다. 이런 데 있는 금붕어는 금세 죽는 경우가 많지만 때로는 몇 년씩 살기도 한다. 내가 먼저 죽게 되면 금붕어가 불쌍하다.

그 뒤에도 물풍선 낚시와 달고나 뽑기 놀이를 했고 두 사람 다 연거푸 실패했다. 그래도 이치노세가 즐거워하는 옆얼굴을 몇 번이나 볼 수 있었다.

"자네들, 잠깐 좀 와보겠나!"

축제를 즐기고 있는데 핫피(장인이나 축제 참가자들이 상체에 입는 일본 전통 복장)를 걸친 중년 남성이 말을 걸어왔다. 핫피에는 '칠석 축제 진행위원회'라고 쓰여 있었다. 뭐라고 대답할 틈도 주지 않고 우리의 팔을 붙잡더니 연행하듯이 데리고 갔다. 우리가 이끌려 간 곳에는 커다란 조릿대가 장식되어 있었다. 조릿대에는 다양한 색깔의 단자쿠(소원을 적은 종이)가 매달려 있었는데 크리스마스트리로 착각할 만큼 화려했다. 옆에 놓인 테이블에서는 사람들이 종이에 소원을 적고 있었다.

"자네들도 이 종이에 소원을 적어보게."

남성은 그렇게 말하고 우리에게 단자쿠와 매직펜을 건넸다. 그 거침없는 기세에 눌려 받아들긴 했지만, 단자쿠에 적을 만한 소원 같은 건 없다.

　이치노세도 얼떨결에 받았다고 말하고 싶어 하는 표정으로 뭐라고 써야 할지 난감해하고 있었다. 주위 사람들이 하나둘 소원을 적어나가는 동안 우리는 단자쿠와 눈씨름을 하고 있었다. 문득 초등학생 때의 괴로웠던 기억이 하나 떠올랐다. 초등학교 1학년 무렵, 칠석 단자쿠를 쓰는 수업이 있었다. 실제로 조릿대에 매달거나 한 기억은 없지만, 아마도 담임 선생님은 갓 입학해 아직 다 파악하지 못한 학생들의 꿈이나 소원을 알아두고 싶었던 것이리라.

　주위를 둘러보니 '축구선수가 될 수 있기를!', '게임기를 갖고 싶다' 등 초등학생다운 소원이 적혀 있었다.

　내가 고민하지 않고 적은 소원은 '부모님을 만나고 싶다'였다. 낳아준 부모님을 만나고 싶었다. 그 무렵의 나는 부모님에게 버림받은 줄 모르고, 무언가 사정이 있어 데리러 오지 못할 뿐이라고 믿었다. 그래서 기다리면 언젠가 부모님이 데리러 올 거라고 기대하고 있었다.

　하지만 내 단자쿠를 본 담임 선생님은 "다른 소원은 없니?"라고 끈질기게 물었다. 당시의 나도 알아차릴 정도로 노골적이었다. 선생님은 내게 다른 소원을 쓰게 하려는구나, 하고 바로 이해했다.

　그렇지만 왜 내 소원만 다시 써야 하는지는 몰랐다. 다른 아이들과 다름없는 평범한 소원을 적었다고 생각했으니까.

반 친구 중에는 당시 텔레비전에서 방송되던 영웅 캐릭터가 되고 싶다고 쓴 아이도 있었다. 이루어질 턱이 없는 소원이 아니라, 왜 내 소원이 잘못되었다는 건지 도저히 납득할 수 없었다.

게다가 소원을 지우면 부모님을 만나지 못하게 될 것만 같았다. 다른 소원을 적으면 부모님이 슬퍼할 거라는 생각도 들었다. 그래서 나는 다시 쓰기를 거부했다. 하지만 선생님은 억지로 강요하다시피 해서 결국 다시 적게 만들었다. 지우개로 지운 흔적이 남은 단자쿠에 어떤 말을 다시 적어 넣었는지는 기억조차 나지 않는다.

지금 생각하면 이때가 내가 다른 아이들과 다르다는 것을 처음 느낀 순간이었다.

"아이바 씨, '죽고 싶다'고 쓰면 야단맞을까요?"

이치노세가 주위에 들리지 않게 조그만 목소리로 물었다.

"그게 정말로 이루어지길 바라는 소원이라면 써도 돼."

"……농담이에요. 평소처럼 말리지 않네요."

예상외의 대답이었는지 이치노세는 재미없다는 표정을 짓더니 소원을 적기 시작했다. 이대로라면 나 혼자만 단자쿠를 노려보고 있게 생겼다. 나도 서둘러 소원을 생각해 적었다.

'이치노세 쓰키미가 행복해지기를!'

몇 시간을 더 생각해도 이것밖에 떠오르지 않을 것이다. 수명이 1년 반밖에 남지 않은 인간이 자신을 위해 적을 소원 같은 건 하나도 없다.

이치노세는 아무 말 없이 내 단자쿠를 뚱한 얼굴로 쳐다보았다.

"저기요, 아이바 씨."

"왜?"

"창피하거든요."

"그거 다행이네."

오히려 이치노세의 단자쿠를 보고 내가 놀랐다.

그녀의 단자쿠에는 '고교 입시, 합격하기를!'이라고 적혀 있었기 때문이다.

믿을 수 없어 손에 들고 확인했지만 잘못 본 게 아니었다.

"고등학교에 가고 싶어?"

"죽고 싶은 거 말고는, 이것밖에 떠오르는 게 없어서요."

이제 곧 죽을 사람에게는 상관없는 이야기지만요, 라고 변명처럼 덧붙였으나 그저 무난한 소원을 적은 건 아닌 듯했다. 내가 계속 보고 있는 게 부끄러웠는지 "돌려줘요" 하고 내 손에서 빼앗듯이 가져갔다.

핫피를 입은 남성에게 다 적은 단자쿠를 건네자 조릿대에 매달아주었다.

186

"내 소원은 어떻게 해야 이루어질까."

조릿대에 매달린 단자쿠가 나풀나풀 흔들렸다.

"어떻게 해도 이루어지지 않을 거예요."

이치노세가 남의 일처럼 말했다.

단자쿠에서 해방되었을 무렵에는 하늘이 어두워져 있었다. 여기저기 달아놓은 붉은 등불이 상점가를 비춰 아이들이 들고 있는 장난감 칼과 야광 팔찌가 반짝반짝 빛이 났다.

돌아가는 길에는 둘이서 빙수를 먹었다. 나는 멜론, 이치노세는 블루 하와이를 주문했다. 몇 년 만에 먹는 빙수는 무척 차가웠고 초등학생 때 먹었던 맛과 똑같았다.

"파래졌어요?" 하고 혀를 내밀어 보이는 이치노세는 여전히 천진한 여자아이다.

돌아가는 전철에서 이치노세가 "앗!" 하고 소리를 냈다. 아무래도 집에 비눗방울을 두고 온 모양이다. "내일 찾으러 갈게요"라고 말하기에 그 자리에서 알람을 맞춰놓았다.

"조심하지 말고 돌아가."

"조심해서 돌아……, 속이지 마요."

"속는 사람이 잘못이지."

역 앞에서 헤어질 때 "낼 봐요!"라고 그녀가 손을 흔들며 말했다.

다음 날 이른 아침, 이치노세가 집에 찾아왔다.

알람이 울리기 전에 초인종이 울려 잠이 덜 깬 채로 현관문을 열었다. 아침을 먹지 않았다고 하기에 편의점에서 산빵과 인스턴트 콘수프를 내줬다. 거실에서 아침을 먹게 하고 나는 침대로 돌아와 다시 잘 생각이었지만, 같이 먹을 거라고 착각한 그녀가 침실까지 따라 들어오는 바람에 침대 앞에 있는 접이식 테이블을 펴주었다.

침대 위에 누워서 콘수프를 후후 부는 그녀를 보고 있다가 어느새 잠이 들었다. 눈을 뜨니 이치노세가 바닥에 웅크린 채 잠들어 있었다.

어쩌면 식구들이 일어나기 전에 도망쳐 왔는지도 모른다. 깨지 않도록 이불을 덮어주고는 평온하게 잠든 그녀의 얼굴을 한참 동안 바라보았다.

🦋 / 2

수명을 넘기고 두 번째 맞는 7월 31일. 토요일. 비.
이치노세가 집에 찾아오기 시작한 지 3주가 지났다.

그녀는 태풍이나 호우로 밖에 나갈 수 없는 날을 빼고는 거의 매일 놀러 오고 있다. 그로부터 자살을 시도하지 않고 평온한 나날을 보내고 있다.

이치노세는 언제나 이른 아침에 찾아온다. 본인에게 묻지는 않았지만 아마도 가족이 일어나기 전에 집을 나서는 모양이다. 언제나 그녀가 누르는 초인종 소리에 잠을 깼기 때문에 아예 여벌 키를 주었다. 아침밥을 먹지 않고 오는 이치노세에게 탁자 위에 놓아둔 편의점 빵을 마음대로 먹으라고 일러뒀다. 과자와 아이스크림을 사두고 텔레비전과 스마트폰도 자유롭게 사용하게 했다. 나름 고집이 있는 그녀는 그 물건들에 손을 대려고도 하지 않고 무릎을 끌어안고 방 한구석에 앉아 있는 때가 많았다.

하지만 유혹에 지고 만 듯, 최근에는 사양하지 않고 음식을 먹었고, 스마트폰 조작에도 익숙해진 듯했다. 스마트폰으로는 인터넷이나 동영상을 자주 본다. 자살 방법을 알아보는 게 아닐까 불안해 검색 기록을 살펴보았더니 우파루파 동영상만 나왔다. 의심해서 미안.

이치노세는 공부도 하고 있다. 그다지 이야기하고 싶어 하지 않지만, 그녀의 말로는 학교에서 보내주는 프린트물을 빼놓지 않고 작성해 제출하기만 하면 졸업할 수는 있는 모양이었다.

솔직히 말해, 이치노세가 자발적으로 공부하고 있었다는 사실에 정말 놀랐다. 지금까지의 행동으로 보면 '이제 곧 죽을 인간인데 공부가 무슨 의미가 있어요!'라며 공부하지 않을 것이라 생각했다. 적어도 나는 그런 부류의 인간이다.

공부하는 모습을 뒤에서 보고 있으면 "글씨가 엉망이니까 보지 마세요" 하고는 부끄러운 듯이 양손으로 프린트물을 가린다. 그녀는 부끄러워하지만 동그스름하고 아기자기한 게 아주 예쁜 글씨다. 이렇게 공부하는 모습을 보면, 자살하지 않는 미래도 생각하고 있는 게 아닐까 하고 기대하게 되지만, 이치노세는 여전히 포기하지 않았다. 어제만 해도 입에 아이스크림을 잔뜩 넣으며 "불꽃놀이 축제가 끝나면 이번에야말로 자살할 거니까요"라고 말했다.

오전 중에 공부를 끝내면 오후에는 텔레비전에 연결해 게임을 하거나 영화를 보며 시간을 보냈다. 이치노세와 함께 있으면서 내 생활 습관이 상당히 개선되었다. 자살 관련 뉴스를 찾아보느라 수면 부족 상태가 되는 일도 없다.

텔레비전 앞에 놓은 소파는 손님이 올 경우를 전혀 고려하지 않고 고른 거라 두 사람이 나란히 앉기에는 좁다. 게임에 익숙하지 않은 이치노세가 게임 캐릭터를 따라 몸을 움직이다가 내 어깨에 자꾸 머리를 부딪쳤다. 지기 싫어하는 그녀가 일부러 내게 머리를 대고는 돌리듯 누르며 방해하기도 한다.

"어이, 방해하지 마"라고 약간 화를 내면 이치노세는 조바심 내는 내 반응을 재미있어하면서 "지금까지 나를 방해한 데 대한 복수예요" 하고 웃으며 추격해온다.

신난 목소리로 방해하는 걸 보면 이치노세는 의외로 장난기 많은 성격인지도 모른다. 천진하게 떠드는 그녀를 볼때마다 '자살 같은 거 그만두면 좋을 텐데'라는 마음이 들고, 옆에 있는 사람이 나여도 괜찮을지 생각하게 된다. 사실은 동년배 친구와 놀고 싶은 게 아닐까 하고.

여름방학이 시작되면서 길을 걷다가 중고생 무리를 자주 마주치게 되었다. 이치노세도 괴롭힘당하지 않고 평범하게 학교에 다녔더라면 이 아이들처럼 친구들과 놀고 있었겠지, 하고 수없이 상상했다. 당연한 것처럼 매일 만나고 있지만 우리의 관계는 건전하지 않다. 저 아이들 옆이 본래 있어야 할 곳이고, 내 옆에 있는 건 잘못된 일이다. 어떻게 해서든 이치노세를 저쪽 세계로 돌려보내고 싶다. 불꽃놀이 축제까지는 어떻게든 해야 할 텐데, 하고 매일 생각한다. 하지만 그녀와 지낸 7월은 너무나 쉽게 순식간에 지나갔다.

수명을 넘기고 두 번째 맞는 8월 18일. 화요일. 맑음.

이른 아침, 시끄럽게 울어대는 매미 소리에 잠을 깼다. 다시 자려 했지만 불쾌한 더위에 더 잘 수 있을 것 같지가 않았다. 일어날 마음도 들지 않아 한동안 베개에 얼굴을 묻고 있는데 물소리가 들려왔다. 이치노세가 샤워를 하나 보다.

8월 들어 폭염이 계속되고 있었다. 이치노세는 여전히 매일 우리 집에 오고 있다. 최근에는 소파나 침대 위에서 뒹굴기도 하고, 방에 놓인 게임기로 게임도 하면서 지낸다.

걸어서 이곳까지 오는 이치노세는 매일 아침 샤워를 한다. 땀을 흘린 상태 그대로 있기가 싫은지 집에서 갈아입을 옷을 가져온다. 목욕 타월은 둘이 외출했을 때 사준 것을 사용하고, 칫솔 등 필요한 용품도 갖춰놓았다.

최근 한 달 사이에 이 집은 그녀의 피난처가 되었다. 이치노세가 드나드는 모습은 최대한 주민들에게 보이고 싶지 않다. 수상쩍게 여겨 신고라도 하는 날에는 자살을 방해하는 게 문제가 아니다. 상황이 더욱 악화될 것이다.

하지만 이 집에 오면서부터 부쩍 표정이 밝아지고, 예전에 비하면 자신을 비하하는 말도 많이 줄었다. 더구나 요즘 같은 무더위 속을 헤매고 다니게 둘 수 없다. 열사병에 걸려도 도움을 청하지 않고 길가에 쓰러져 있을 그녀의 모습이 쉽게 상상이 간다. 상황이 이렇다 보니 위험 부담이 크더라도 지금 이 상태를 유지하는 것이 최선이라고 판단했다.

침대에서 빠져나와 부엌에서 물을 마시고 있는데 욕실에서 드라이기 소리가 들려왔다. 그 긴 머리칼을 다 말리려면 시간이 걸리겠지. 거실 소파에 앉아 에어컨을 틀고 그녀가 나오기를 기다렸다. 그러고 나서 10여 분 후 찰칵 욕실

문이 열린다.

"아, 시원해!"

양손을 위로 올리며 거실에 들어온 이치노세가 천진하게 웃으며 몸을 쭉 폈다.

기분이 좋아 보이는 그녀에게 "잘 잤어?"라고 말을 건네자 "꺄악!" 하고 작은 비명을 질렀다. 조금 전의 그 밝디밝은 목소리로 추측건대 아무도 없는 줄 알았나 보다.

"아, 놀라게 좀 하지 마요."

"괜히 혼자 놀라고는."

"늘 자고 있었잖아요."

방심한 모습을 보인 게 부끄러웠는지 이치노세는 불쾌한 표정으로 거침없이 옆에 와 앉았다. 그 순간, 그녀의 머리칼에서 달콤한 샴푸 향이 훅 날아와 콧구멍을 간질였다.

"좀 놀란 걸 가지고 뭘 그래?"

"……제가 뭘요?"

"아, 알았어. 어쨌든 시원하네."

"……그러, 네요."

머리를 밀어대며 기대왔지만 조금도 무겁지 않다. 간단히 아침을 먹은 후 텔레비전을 보며 느긋하게 있자니 창으로 햇빛이 들어와 방 안이 점점 무더워졌다. 커튼을 치고 에어컨 온도를 낮춰도 별 효과가 없다. 오히려 점점 더 땀이

났다. 손으로 부채질을 하며 텔레비전을 보고 있는데 물놀이 시설을 갖춘 테마파크가 소개되었다. 사람들로 북적이는 수영장이 무척 시원해 보였다. 평소 혼잡한 장소에 가고 싶다는 생각은 한 번도 해본 적 없지만 숨 막힐 듯 더운 집 안에 있는 것보다는 의미 있을 것 같았다.

"수영장 갈까?"

사막 한가운데서 오아시스를 발견한 사람처럼 중얼거리자 뒤늦게 이치노세가 "네?" 하고 고개를 갸우뚱하며 물었다.

"수영장에 간다니, 수영복이랑 그런 건 어떡하고요?"

"수영복이야 거기서 사면 되지."

"하지만 전 수영할 줄⋯⋯."

"얼른 준비하자."

"자, 잠깐만!"

그때부터는 모든 것이 착착 준비됐다. 당황해하는 이치노세의 손을 잡아끌고 택시를 탔고, 동네에서 떨어진 곳에 있는 수영장 앞에서 내렸다. 실내와 야외 모두에 수영장이 있는 유명한 워터파크인데, 마침 여름방학이라 사람들로 북적였다. 우리는 인파에 섞여 건물 안으로 들어갔다. 입장권을 사고 소지품 검사대를 통과하자 다채로운 수영복이 시야에 들어왔다. 한 층 전체에 여러 개의 수영복 매장이 모여 있었고, 수영복 외에 튜브, 비치 볼, 샌들, 물안경 등도 함께 팔고 있었다.

둘이 함께 수영복을 고르기에는 남들 시선도 신경 쓰이고, 이치노세가 싫어할 게 틀림없어 만날 장소를 정해놓고 그녀에게 돈을 건넸다.

"선크림도 있으면 좋겠는데……."

접시를 깨뜨린 어린애 같은 얼굴로 말하기에 "필요하면 튜브도 사" 하고 웃었더니 "아이 취급하지 마요"라고 화를 냈다.

나는 처음에 들어간 매장에서 검은색 루스 스패츠를 고르고 타월을 구입했다.

이치노세는 수영복을 고르는 데 꽤 고심하는 듯했다. 약속한 장소에 빈손으로 나타나더니 "오늘 늦을 것 같다고 집에 전화하고 싶어요"라며 내게 스마트폰을 빌려 어딘가로 사라졌다. 한참 뒤에 돌아온 그녀는 스마트폰을 돌려주고 나서 다시 수영복을 고르러 갔다. 스마트폰을 만지작거리며 기다리다가 생각나 들여다보니 통화 기록이 남아 있지 않았다. 대신에 '예쁜 수영복', '수영복 추천'이라는 검색 기록이 나왔다. 느긋하게 기다려줘야겠다.

"늦어서 미안해요."

스마트폰을 돌려받고 20분 후, 커다란 봉투를 든 이치노세가 돌아왔다. 미안해하는 그녀에게 "마음에 드는 수영복 찾았니?"라고 묻자 자신 없는 목소리로 "응"이라고 대답하며 고개를 끄덕였다. 탈의실 앞에서 이치노세와 헤어져 수영복으로 갈아입었다. 몸에 늘 지니고 다니는 우로보로스 은시계를 로커에 넣어두는 게 불안했지만 아무리 봐도 방수가 아닌 것 같다. 새로 산 방수 파우치에 돈을 넣고 목에 걸었다.

탈의실에서 나와 실내 수영장에 발을 들여놓은 순간 후끈한 열기가 덮쳐왔다. 돔 모양의 건물 안에는 바닷가처럼 꾸며놓은 거대한 풀이 있고 주위에 야자나무 같은 게 심겨 있었다. 마치 남국의 해변에 온 것 같다.

드넓은 풀에서 셀 수 없이 많은 사람이 물놀이를 하고 있다. 지금 당장 물속으로 뛰어들고 싶지만 이치노세가 올 때까지 참아야지. '수영복을 칭찬해줘야겠지?' 그런 생각을 하고 있는데 누가 옆구리를 쿡쿡 찔렀다.

"아이바 씨."

소리 나는 쪽을 돌아보자 수영복 차림의 이치노세가 서 있었다.

흰색 홀터넥 스타일의 비키니가 무척 잘 어울렸다. 프릴이 달린 귀여운 디자인인데 이치노세는 차분한 분위기를 내며 훌륭히 소화하고 있었다. 그런데 윤기 있는 하얀 피부와 가늘고 긴 다리를 보자 시선을 어디에 두어야 할지 몰라 순간 당황하고 말았다. 그 바람에 칭찬하려고 준비해둔 말이 그대로 쏙 자취를 감춰버렸다. 이치노세는 꽉 잡은 손을 가슴께에 대고 나를 올려다보며 "저, 이상하지 않아요?"라고 물었다.

"안 이상해. 엄청나게 잘 어울리는데?"

"……빈말하지 마세요."

쭈뼛거리며 뺨을 붉히는 이치노세. 소녀의 마음은 잘 모르겠다.

입구에서 보이는 거대한 수영장은 해변을 모티브로 하고 있어 안쪽으로 갈수록 깊어지는 듯했다.

"차가워!"

찰팍찰팍 소리를 내며 얕은 쪽을 걷는 이치노세는 주위에 있는 어린아이들보다 즐거워 보인다. 넘어지지나 않을까 조마조마하다.

수영장 물은 알맞게 차가웠고 우리는 조금씩 몸을 적응시키며 안쪽으로 들어갔다. 허리께까지 잠기는 곳에서 이치노세의 등에 살짝 물을 뿌렸다.

"아앗!"

큰 소리를 내며 깜짝 놀란 이치노세가 못마땅한 표정으로 내 쪽을 돌아본다.

"조금 놀래주려고……."

그 순간, 철퍼덕 소리가 나면서 입에 물이 들어갔다. 실컷 물을 마셔 캑캑거리는 동안에도 가차 없이 끼얹는다.

"미안해. 아, 그만하라고!"

날아드는 물의 양이 늘어났다. 봐줄 마음이 없는 모양이다. 나도 똑같이 물을 끼얹었다. 물보라를 뒤집어쓴 이치노세는 즐거워하는 표정으로 지지 않고 공격해온다. 조금 전까지 부끄러워하던 모습이 거짓말 같다.

둘 다 숨이 찰 때까지 물을 뿌려댄 후, 수영장 옆쪽 사다리로 올라와 다른 풀로 이동했다.

미끄럼틀 형태의 놀이기구가 있는 얕은 풀에서는 어린아이들이 놀고 있었다. 다양한 콘셉트의 물놀이 시설이 갖춰진 워터파크 곳곳에서 물이 쏟아져 나오고 있었다. 위쪽에 설치된 거대한 양동이에 물이 한가득 고이면 뒤집혀 엄청난 양의 물이 쏟아져 내린다.

"아이바 씨, 저쪽에 서보세요."

이치노세가 매달려 있는 끈을 잡아당기자 머리 위로 물이 쏟아졌다.

"조금 전의 복수예요."

혀를 날름 내밀고는 장난스럽게 웃는 이치노세는 그 어느 때보다 생기가 넘친다. 옆에 있던 아이까지 손가락으로 나를 가리키며 웃어대는 모습을 보고 나는 어떻게 갚아줄까 궁리했다.

"꺅! 잠깐만요."

필사적으로 저항하는 이치노세를 두 팔로 번쩍 들어 올리고는 양동이 물이 쏟아져 내리는 위치까지 걸어갔다. 곧물이 다 찰 때가 되었는지 그 부근에 사람들이 잔뜩 모여 있었다.

팔다리를 버둥거리는 그녀를 내려주자 "이런 데서 이게 뭐예요!"라고 화를 내는데, 그 말이 끝나기가 무섭게 양동이가 뒤집혔다.

물이 쏟아져 내리는 줄 모르고 등을 돌린 채 서 있던 이치노세가 세찬 물줄기에 휘청하더니 내 쪽으로 쓰러졌다. 흠뻑 젖어서는 서로 마주 보고 웃는 커플과 신이 나서 노는 아이들 속에서 이치노세는 내게 몸을 기댄 채 얼굴을 새빨갛게 물들였다.

삐친 이치노세는 한동안 아무 말도 하지 않았다. 하지만 실내 식당에서 라면과 핫도그, 프렌치프라이를 먹는 동안 기분이 풀린 모양이다. 아이스크림까지 먹을 정도로 식욕이 왕성하다.

점심을 다 먹고 실외로 나가자 한여름 햇볕이 쨍쨍 내리쬐고 있었다. 양쪽 발을 순식간에 바꿔 디디며 뜨겁게 달궈

진 지면 위를 걸었다.

아치 모양의 분수를 재빨리 빠져나가 이번에는 강처럼 길게 흐르는 수영장으로 달아났다.

이치노세는 물이 흐르는 수영장에서만 탈 수 있는 전용 튜브를 빌려 타고 물결에 둥실둥실 몸을 맡겼다. 햇빛이 수면에 반사되어 반짝거리고 이치노세의 하얀 피부도 빛이 났다.

그녀가 탄 튜브를 끌고 앞으로 나아가자 "너무 빨라요!"라며 소리를 지르고, 튜브를 빙글빙글 돌려주었더니 웃으며 비명을 지른다. 이치노세가 너무나 천진하게 웃어서 주위에 사람들이 있다는 사실도 잊고 어느새 나도 그녀를 즐겁게 해주는 데 정신을 빼앗겼다.

물이 흐르는 풀에서 신나게 놀고 나서 물 위 다리 건너기에 도전했다.

수면에 떠 있는 불안정한 발판을 밟고 맞은편 물가까지 건너가는 놀이로 균형을 유지하기가 무척 어려웠다. 좀처럼 앞으로 나아가지 못하고 있는데 뒤쪽에서 이치노세의 비명이 들렸다. 뒤를 돌아보는 순간 균형을 잃은 그녀가 팔을 붙잡는 바람에 그대로 함께 물에 빠졌다.

"아, 놀래라!"

내 팔을 잡은 범인이 눈을 비비며 멋쩍게 웃었다. 놀란 건 나다.

그 후 별로 내켜 하지 않는 이치노세의 손을 잡아끌고 워터 슬라이드로 향했다. 2인용 고무보트에 올라타 아래로 미끄러졌다. 보트가 넘실넘실 흔들리면서 맹렬한 속도로 내려가자 앞에 앉은 이치노세가 커다란 비명을 질렀다.

"그래서 안 탄다고 했잖아요!"

고무보트에서 내린 이치노세가 가볍게 몸을 부딪쳐 왔다. 미안하다니까.

파도 풀에서는 이치노세의 어깨가 잠기는 깊이까지 안쪽으로 들어가 한 시간마다 몰려오는 파도를 기다렸다. 조금 더 얕은 곳으로 돌아가는 게 좋지 않겠느냐고 물었지만 "괜찮아요"라고 대답하기에 그대로 있었다.

하지만 헤엄치는 그녀를 보고 있자니 불안해졌다. 본인은 자유형이라고 우겼지만 어떻게 해도 개헤엄으로밖에는 보이지 않는다. 아무래도 더 얕은 쪽으로 가는 게 좋겠다고 생각한 순간 파도가 들이닥쳤다. 파도는 상상외로 크고 내키보다도 훨씬 높았다. 주위에 사람이 많아 파도가 밀려올 때마다 환호성이 터졌지만, 솔직히 환성을 지르며 좋아할 때가 아니다. 잔파도가 짧은 간격으로 다시 밀어닥쳐서 숨 고를 틈도 없는 데다 이치노세가 내게 꼭 달라붙어 있다. 수영복 너머로 부드러운 감촉이 전해져 온다……라니, 이런 느긋한 생각을 하고 있을 여유가 없다. 다리가 꽉 잡혀 있어 제대로 점프할 수가 없다. 간신히 이치노세를 끌어안고 있었으나 주위에 사람이 빽빽이 밀집해 있어서 내려놓을 수가 없었다.

이러면 안 되겠다 싶어 초조해질 무렵 서서히 파도가 약해졌다.

"죽는 줄 알았네."

이치노세가 가느다란 목소리로 중얼거리더니 곧바로 "아, 죽고 싶지 않은 건 아니고요. 물에 빠져 죽는 게 싫을 뿐이지"라고 필사적으로 해명했다.

"알았으니까 빨리 내려."

아직도 내게 달라붙어 있는 이치노세에게 이렇게 말하자 이제야 알아차렸는지 당황해하며 떨어졌다. 서로의 얼굴을 똑바로 보지 못하는 상태로 우리는 아무 말 없이 파도풀에서 나왔다.

중간중간 쉬어가며 노는 동안 하늘이 어두워지고 바람이 시원하게 느껴졌다. 실외 수영장에 일제히 조명이 들어오자 집으로 돌아가는 사람도 하나둘 늘어났다. 우리도 슬슬 돌아가기로 하고 마지막으로 동굴을 모티브로 한 온수풀에 들어갔다.

차가워진 몸이 부드럽게 풀리고, 따끈따끈해서 기분이

좋았다. 이치노세도 눈을 감고 편안히 쉬고 있다.

"계속 여기 있으면 좋겠어요."

옆에 앉은 그녀의 하얀 피부가 온수에 달아올라 발그스름하다.

"마음은 알겠는데, 장난치지 마."

천장을 올려다보며 말했다. 오렌지색 불빛이 약간 눈부시다.

"집에 가고 싶지 않아……."

"또 데리고 올게."

"그런 뜻이 아니라 이대로 어딘가 멀리 가고 싶어요."

이치노세는 투덜대듯이 한숨을 쉬었다.

고등학교 시절의 나를 떠올리고는 "그러게"라고 중얼거렸다.

눈을 감으니 옆에서 "이대로 죽을 수 있다면 좋을 텐데"라는 소리가 들려왔다.

죽게 내버려 둘 것 같으냐, 하고 마음속으로 읊조렸다.

그러고 나서 택시를 탄 것까지는 기억하는데 바로 잠이 든 모양이다. 택시 기사가 깨워 일어나 보니 이치노세가 내 어깨에 기대어 잠들어 있다.

"조심해서 가."

하품을 하자 이치노세가 눈을 비비면서 "네"라고 작게

대답했다.

돌아가는 길, 차가운 밤바람이 피부를 어루만질 때마다 심한 재채기가 나왔다. 저녁거리를 사서 돌아가고 싶었으나 편의점에 들를 기력조차 남아 있지 않았다.

스무 살이 되어서 이렇게 지칠 정도로 신나게 놀다니 내가 생각해도 좀 이상하다. 조금은 그녀에게 좋은 놀이 상대가 되어준 걸까.

멍한 머리를 굴려서인지 재채기밖에 나오지 않았다.

🦋 / 3

수명을 넘기고 두 번째 맞는 8월 19일. 수요일. 흐림.

이치노세와 수영장에 다녀온 다음 날 아침, 눈을 떴는데 몸이 이상했다. 열이 나는 것 같고 목도 아팠다. 몸을 일으키기가 힘들고 나른하다. 쿨룩쿨룩 기침도 심했다. 아무래도 감기에 걸린 모양이다. 일어서기도 귀찮아 뒤로 쓰러져 다시 누웠다. 숨을 깊이 들이마셨다 내뱉었더니 기침이 같이 나온다.

불꽃놀이 축제까지 사흘 남았다. 최악의 타이밍에 감기에 걸리고 말았다. 이럴 줄 알았으면 감기약 정도는 사둘 걸

그랬다. '수명을 포기한 사람이 건강을 챙기는 건 우습지'라고 낙관적으로 생각했던 나 자신을 때려주고 싶다. 하지만 이제 와 후회한들 이미 걸린 건 어쩔 수 없다.

그렇다면 어제로 시간을 되돌려 감기약을 미리 사 먹을까? 애초에 몸을 차게 한 것이 원인이라면 수영장에 가지 말았어야 했나?

테이블 위에 놓아둔 우로보로스 은시계로 시선을 옮겼다.

……아니다. 어제의 추억을 없었던 일로 만들고 싶지는 않다.

시간을 되돌린다면 이치노세와 헤어진 뒤가 적당하다. 어젯밤부터 몸이 나른했으니 잠자기 전에 감기약을 먹으면 조금은 괜찮아질지도 모른다.

침대에서 손을 뻗어 은시계를 집으려 한 순간, 방문이 열렸다.

"어쩐 일이에요? 이틀 연속으로 일찍 일어나 있다니……."

방으로 들어온 이치노세는 쓰치노코(일본에 서식한다고 알려진 미확인 동물. 망치를 닮은, 몸통이 굵은 뱀이다)라도 발견한 듯한 얼굴이다.

나는 당황해서 그녀에게 가까이 오지 말라는 손짓을 했다. 손짓이라고 해도 이건 마치 개를 쫓을 때 하는 동작 같다. 휘이 휘이.

하지만 이치노세는 호기심 가득한 얼굴로 다가왔다.

"감기 걸렸어." 간신히 쥐어짜낸 목소리가 나도 놀랄 정도로 잠겨 있었다.

"아, 정말이요?"

농담인 줄 알았는지, 이치노세의 손이 이마를 짚었다. 피할 겨를도 없었다. 그녀의 손이 시원해서 뿌리칠 마음도 들지 않는다.

"확실히 열이 좀 있네요. 병원에 가는 게 어때요?"

"……가고 싶지 않아."

"아이처럼 굴지 말고 병원 가는 게 좋아요."

어린아이를 달래듯이 설득했지만 고개를 가로저으며 거부했다. 이런 약해빠진 모습으로 사람 많은 곳에 가느니 죽는 게 더 낫다.

"그렇게 가기 싫어요?"

이치노세는 난감한 얼굴로 방을 나갔다.

몇 분 후 돌아와서는 적셔 온 하얀 손수건을 내 이마에 올려놓았다.

"이 손수건, 오늘 아직 안 써서 깨끗하니까 그냥 있어요."

손수건이 열을 흡수해서인지 아까보다 편해진 것 같다.

"병원에 가기 싫으면 약이라도 먹는 게 좋아요."

스마트폰 메모장에 '약 없어'라고 입력해서 그녀에게 보여주었다.

"돈 주면 내가 가서 사 올게요."

그녀에게 폐를 끼치기 전에 시간을 되돌리려고 했지만, 되돌린다 해도 감기가 낫는다는 보장은 없다. 머리가 띵해서 생각하는 것도 귀찮아 돈을 건네고 감기약과 열냉각 시트를 사다 달라고 부탁했다.

"다녀올게요" 하고는 방을 나가는 그녀에게 나는 작게 손을 흔들었다.

이치노세가 나가자 방 안은 스산할 정도로 고요했다. 우로보로스 은시계에서 희미하게 들려오는 초침 소리를 세면서 그녀가 돌아오기를 기다렸다.

문득 정신이 든 순간 옛날에 다니던 초등학교 교정에 있었다. 금세 꿈이라는 걸 알았다. 몇 번이나 꾼 적이 있는 꿈이다. 운동회가 열렸고 체육복을 입은 나는 당시와 거의 똑같은 눈빛을 하고 있다. 만국기가 걸린 교정은 아이들과 보호자로 가득 차 있다.

나는 그 속에서 부모님을 찾고 있다. 내가 찾고 있는 사람은 양부모가 아니라 친부모였다.

실제로 저학년 때는 운동회가 열릴 때마다 부모님이 와 있지는 않은지 찾아보았다. 다른 보호자들 속에 섞여, 나를 보고 있지는 않을까 기대했다.

구제 불능 바보였다. 초라한 모습을 보이고 싶지 않아 매년 죽을힘을 다해 달렸다. 나를 응원해주는 사람은 아무도 없었는데.

하지만 꿈속에서는 항상 부모님 같은 인물이 나온다. 아버지도 어머니도 안개에 싸여 있어 얼굴을 또렷이 알아볼 수 없다. 두 사람에게 다가가려고 하면 선생님이 내 팔을 잡아 어딘가로 데려간다. 저항하는 동안 부모님의 모습은 사라지고 나는 그 장면에서 잠을 깨곤 했다.

이번에도 얼굴에 안개가 드리워진 두 사람을 발견했다. 하지만 가까이 가려고는 하지 않았다. 이것은 꿈이다. 더 이상 타인을 위해 달리는 나는 없다.

발밑에 있던 돌을 집어 들어 던지자 두 사람이 한순간에 부서져 흩어졌다. 산산조각 난 두 사람의 모습을 보며 죄책감에 시달리지는 않았지만 마음이 개운하지도 않았다.

그곳에서 빠져나오려는 순간 뒤쪽에서 내 이름을 부르는 목소리가 들려왔다. 뒤돌아보자 거기에 사신이 서 있었다. 그날과 똑같이 음산한 웃음을 띠며 내게 이렇게 말했다.

— 당신은 수명을 내놓은 걸 반드시 후회할 겁니다.

"아이바 씨, 아이바 씨!"

눈을 뜨자 불안한 표정을 한 이치노세와 눈이 마주쳤다.

"가위눌린 것 같던데 괜찮아요?"

나를 걱정하면서 얼굴에 난 땀을 손수건으로 닦아준다.

괜찮아, 라고 스스로도 걱정될 만큼 쉰 목소리로 대답했다.

"죽 사 왔으니까 데워 올게요."

이치노세는 열냉각 시트를 내 이마에 붙이고는 시트 위로 이마를 어루만지며 다정하게 웃었다. 나는 쑥스러워서 그녀가 이마에서 손을 뗄 때까지 눈을 맞추지 못했다.

맙소사, 죽고 싶어 하는 소녀에게 병간호를 받게 될 줄이야!

물끄러미 천장을 바라보면서 어린 시절을 떠올렸다. 어릴 때부터 몸이 약해서 자주 아팠다. 그런데도 양부모님에게 간호받는 게 싫어서 약을 먹지 않고 강한 척했다. 수학여행 때 차멀미가 나 힘들어도 주위에 폐를 끼치고 싶지 않아 꾹 참곤 했다.

그래서 이렇게 누군가에게 보살핌받는 게 영 어색하다. 그것도 나보다 어린 여자아이에게 신세를 지다니 체면이 말이 아니다. 지금이야말로 강한 척해야 하는데. 정말이지 한심하다.

자기혐오에 빠져 있는데 이치노세가 돌아왔다.

"일어나요. 다 됐어요."

이치노세가 만들어 온 음식은 달걀죽이었다. "인스턴트지만요" 하고 미안해하는 표정을 지었지만, 아무것도 먹지 못한 내 눈에는 아주 맛있어 보였다.

다만 처음 보는 그릇이라 의아했다. 그런 오망한 그릇을 산 기억이 없다. 식사는 편의점 도시락이나 컵라면으로 해결하고 있기에 필요하다고 여긴 적도 없다.

죽이 담긴 그릇을 가만히 바라보고 있자 이치노세가 내 생각을 알아채고는 말했다.

"이거요? 사 왔죠."

역시 요긴하죠? 라고 말하고 싶어 하는 표정이다. 예전부터 그녀가 그릇과 밥솥을 사서 밥을 해 먹는 게 좋겠다고 설득했지만 끝내 사지 않았다.

"제대로 된 죽을 만들고 싶었는데 주전자밖에 없고 말이죠."

"주전자만 있으면 생활할 수 있으니까."

"컵라면만 먹으니까 감기에 걸리는 거예요."

몸을 일으켜 이치노세가 사다 준 사과 주스를 마셨다.

"자, 아― 해봐요."

이치노세가 달걀죽을 숟가락으로 떠서 내 입 언저리로 가져왔다.

'내가 먹을 거야'라고 말하려는 순간 숟가락이 입안으로 밀고 들어왔다.

"앗, 뜨!"

반사적으로 소리치고 얼른 사과 주스를 마셨다.

"미안해요. 괜찮아요?"

다시 한번 숟가락으로 죽을 떠서 이번에는 후후 불어 식힌다.

"이번에는 분명 괜찮을 거예요."

다시 달걀죽이 내 입가로 다가오고 있다.

입을 열지 않았더니 이치노세가 "왜 그래요?" 하고 고개를 갸우뚱했다.

"내가 먹을 거야."

하지만 이치노세는 "사양하지 마요"라면서 숟가락을 넘겨주지 않았다.

"사양하는 게 아니야. 중학생이 죽을 떠먹여주다니 창피하잖아."

"창피해요?"

"당연하지."

그렇게 대답하자 이치노세는 생글생글 웃었다.

"자, 먹여줄게요."

"괜찮다니까."

"날 번쩍 안아 올려서 창피 줬잖아요. 아이바 씨도 느껴봐야 해요."

이치노세의 눈은 진심이다. 내 몸을 누르고 숟가락을 밀어 넣는다. 힘껏 저항했지만 이내 기운이 빠졌다. 체념한 나는 입을 벌리고 그녀가 주는 대로 받아먹었다.

"동물에게 먹이 주는 거 같아서 즐거워요."

"아픈 사람 데리고 놀지 마."

달걀죽을 다 먹고 나서 겨우 감기약을 먹을 수 있었다. 가루약이 무척 써서 사과 주스와 함께 넘기려 했으나 오히려 쓴맛이 더 강하게 느껴져 얼굴을 찌푸렸다. 약을 다 먹자 이치노세가 생긋 웃으며 "잘 먹었어요"라고 칭찬해주었다.

"아이 취급하지 말라니까."

그녀에게 등을 돌리고 눕자 뒤에서 큭큭 웃는 소리가 들렸다.

그 후에도 이치노세는 열냉각 시트를 바꿔주고 억지로 젤리를 먹이면서 계속 나를 보살폈다.

"감기가 옮을지 모르니까 다른 방에 가 있어"라고 몇 번이나 말해도 침대 앞에서 떨어지려 하지 않는다. 할 수 없이 이불로 입을 가리고 기침을 했지만 콜록거릴 때마다 다가와 내 등을 문질러준다.

"그렇게 가까이 있다간 정말로 옮는단 말이야."

"죽고 싶어 하는데 감기쯤이야 아무것도 아니죠."

이치노세는 평소처럼 아무렇지도 않게 말한다.

"아직도 자살을 포기하지 않은 거야?"

콜록거리며 묻자 이치노세는 내 등을 문지르면서 대답했다.

"포기하지 않아요. 그러니 이제 곧 죽을 사람한테 감기 같은 거 아무 상관 없어요."

"이제 곧 죽을 사람이라면 아픈 사람을 간호할 필요도 없잖아."

"반대예요. 곧 죽을 사람이니까 마지막만큼은 은혜에 보답하고 싶어요."

"보답받을 일 한 적 없어."

"전에도 말했지만, 고맙게 여기고 있어요. 아이바 씨는 이런 날 걱정해주고 매일 놀러 와도 화도 안 내고 돈도 다 내주고……."

"그런 거 신경 안 써도 돼."

나는 "그래도" 하고 덧붙였다.

"그래도 보답하고 싶다면 자살을 포기해주면 좋겠어."

뭐든지 좋다. 살아만 있어 준다면.

하지만 이치노세는 "그건 안 돼요"라고 대답했다.

"아이바 씨는 왜 그렇게 내 자살을 막으려는 거예요?"

"살아 있길 바라니까 그렇지, 항상 말하잖아."

"그게 아니라……, 왜 내가 살아 있길 바라는지, 그게 궁금해요."

말문이 막혔다. 대답이 나오지 않아서가 아니다. 최근 한달 동안 그녀와 지내면서 명분과 본심이 뒤바뀌었다는 것을 깨달았다.

그래서 "나도 몰라"라고 짐짓 모르는 척하며 얼버무렸다.

지금의 관계를 1초라도 더 지속하고 싶으니까.

"……모르면서 지금까지 자살을 방해한 거예요?"

"뭔가 이유가 있을지도 모르지."

남의 일처럼 대답하자 이치노세는 더 이상 아무 말도 하지 않았다.

다음 날 아침, 이치노세의 병간호 덕분에 몸이 가벼워졌다. 그녀는 이날도 굳이 사과를 먹여주었다. 이 상태라면 모레까지는 나을 것 같다.

"이 상태라면 불꽃놀이 보러 갈 수 있을 것 같아."

결국 불꽃놀이 축제가 다가올 때까지도 자살을 단념시키지 못했다. 또다시 자살을 반복하는 나날로 되돌아가는 걸까. 병간호하는 동안에는 자살하지 않을 거라는 생각이 들자 감기가 낫는 게 약간 아쉽기도 했다.

"불꽃놀이 행사가 태풍과 겹치지 않아서 다행이에요."

"태풍?"

"태풍이 오고 있잖아요. 내일은 이 부근도 거셀 거라고 하던데."

"감기로 누워 있느라 몰랐어"라고 핑계를 대자 "수영장에 가기 전부터 텔레비전에서 꽤 많이 나왔는걸요"라며 어이없어했다.

"그럼 내일은 못 오겠네?"

"집에 얌전히 있어야죠. 아이바 씨도 안정을 취해야 해요."

"안 그래도 내일은 종일 자려고. 감기가 다시 심해지면 큰일이니까."

내 말에 그녀는 조용히 웃었다.

"있잖아요."

이치노세는 쑥스러운 듯도 하고, 겁먹은 듯도 한 표정으로 말했다.

"저, 조금은 은혜를 갚은 걸까요……?"

정말로 그런 건 신경 안 써도 된다니까.

"응, 네 덕분에 살았어."

머리를 힘껏 쓰다듬어주자 머리칼이 헝클어지는데도 수줍은 듯 웃었다.

실제로 그녀가 있어 줘서 든든했다. 감기 따위 혼자서도 얼마든지 낫는 것이라 생각했다. 그런데 누군가 곁에 있어

주기만 해도 이렇게 다르다.

혼자서 강한 척하며 살아오느라 여태 그런 것도 모르고 있었다.

"조심해서 가."

"네, 몸조리 잘하세요."

돌아갈 때 이치노세는 내 얼굴을 보며 살포시 웃었다.

"아이바 씨, 안녕."

현관문이 닫히는 소리를 들으며 나는 천천히 눈을 감았다.

다음 날, 이치노세가 스무 번째 자살을 결행했다.

🦋 / 4

수명을 넘기고 두 번째 맞는 8월 21일. 금요일. 비.

이날 이치노세가 스무 번째 자살을 실행했다. 그녀가 자살했다는 사실을 다음 날인 8월 22일에서야 알았다. 방심했다. 안이했다고밖에 말할 수가 없다.

이치노세가 자살을 감행한 날, 나는 그녀의 생사를 알아보지 않았다. 불꽃놀이 축제가 끝날 때까지 자살할 리 없다고, 그렇게 단단히 믿고 있었다.

더구나 태풍이 몰아닥친 날 자살할 거라고는 예상하지 못했다. 다음 날 불꽃놀이를 보러 가기 위해 아직 감기에서 낫지 않은 몸을 충분히 쉬어주고 싶었다. 한심한 변명은 얼마든지 할 수 있다.

안정을 취하라고 당부한 사람은 자살한 그녀였는데.

이치노세 입장에서는 자살하기에 이만큼 적당한 날은 없었을 것이다. 그런 날 하필이면 경계를 소홀히 한 나 자신에게 화가 치솟았다.

그나마 유일한 구원은 그녀가 자살한 지 24시간 이내에 알아차렸다는 점이다. 이치노세가 자살한 다음 날인 22일에는 아침 일찍 눈을 떴다. 오래 누워 있다 보니 생활 리듬이 원래대로 되돌아와 감기에 걸린 뒤로는 아침에 눈이 떠지곤 했다.

한동안 침대 위에 누워 있는데 평소 같으면 이치노세가 와 있을 시간임에도 아무 소리가 들리지 않아 의아한 생각이 들기 시작했다. 침대에서 빠져나와 다른 방을 둘러보았으나 역시 그녀의 모습이 보이지 않았다. 그 대신 거실의 낮은 탁자 위에 못 보던 지폐와 동전이 놓여 있었다. 이상한 생각이 들어 지폐를 집어 들자 그 밑에 있던 영수증이 팔락팔락 바닥으로 떨어졌다. 그걸 보고서야 감기약을 사고 남은 잔돈이라는 데 겨우 생각이 미쳤다.

바닥에 떨어진 영수증을 주우려고 할 때 뒷면에 쓰인 글자를 발견했다.

동그스름한 글씨로 "지금까지 고마웠어요"라고 쓰여 있었다. 순간 전신에서 핏기가 가셨다. 손에 쥐고 있던 동전이 바닥으로 떨어져 요란한 소리가 울렸다. 평정을 잃고 인터넷 뉴스 창을 열자 어수선한 화면이 표시되었다. 온통 태풍에 관한 기사만 보였다. 초조한 나머지 아무 상관도 없는 광고를 자꾸 터치하게 되었다. 스트레스가 쌓여갔다.

그로부터 10분도 더 지나서 '여중생이 전철에 뛰어들어 사망'이라고 쓰인 기사를 찾아냈다. 사고가 일어난 역은 이치노세가 자주 투신하던 곳이었고, 나이 역시 똑같았다. '사고가 일어난 시각은 21일 아침 8시경'이라는 기사를 확인했을 때 이미 늦었다는 생각에 순간, 체념하려고 했다. 하지만 스마트폰에 표시된 시각은 22일 오전 7시 전이었다. 역까지 가는 시간을 고려하면 아슬아슬하긴 해도 아직 시간에 맞출 수 있었다.

시간을 되돌려 바로 택시를 불렀다. 지갑과 비닐우산을 챙겨 집을 뛰쳐나갔지만 길이 많이 막혀 택시가 올 때까지 기다려야 했다. 아직 폭풍권역에 들어가지 않았는데도 비가 억수같이 쏟아졌다. 회색빛 하늘이 불안을 부추기듯 낮게 드리워져 있었다.

택시에서 내린 뒤 쓸데없이 긴 계단을 오르내려 역 플랫폼에 도착했다. 시각은 8시 2분.

플랫폼 내에 이상한 점은 보이지 않는다. 간신히 시간에 맞춰 온 모양이다.

이제 이치노세를 찾아내 자살을 방해하기만 하면 된다. 시간을 되돌리기 전에 SNS에서 정보를 수집해 '눈앞에서 투신 사고가 일어났어', '자살인지도 몰라'라는 게시글을 여러 건 확인했다. 모두 8시 10분 이후에 올라온 글인 것으로 보아 사고가 일어난 시각은 그 전이다. 시간이 얼마 없어 그 정도밖에 조사하지 못했지만 문제는 없다.

도심의 큰 역과 달리 상행열차와 하행열차 두 군데만 지켜보면 된다. 양쪽 다 십몇 분에 한 대밖에 오지 않을뿐더러 막 하행열차가 지나간 참이다. 그렇다면 이치노세가 뛰어들 열차는 8시 7분발 상행열차가 틀림없다. 그녀에게 묻고 싶은 말이 너무 많다.

영수증에 쓴 글을 보면 미리 자살을 계획한 것이 분명하다. 자살을 포기하지 않은 그녀가 내가 가장 방해하기 어려운 날을 노려 자살한 것은 논리적으로 이해할 수 있다.

하지만 역시 믿고 싶지 않았다. 불꽃놀이 때까지는 약속을 지킬 거라고 믿었다. 자살하기 전에 상의해주길 바랐다. 그녀에게 도움이 되고 싶었다. 그녀의 불안감을 이해해주고 싶었다. 그녀의 편이 되어주고 싶었다.

우리는 그런 영수증 한 장으로 끝날 수 있는 관계였던가.

전에도 이런 일이 있었지, 라고 생각하자 맥이 빠졌다. 친해졌다고 생각한 건 내 착각이었을까. 하지만 착각이었다 해도 나는……

"아, 비 엄청 쏟아지네."

젊은 여성의 말소리가 귀에 들어와 멈춰 섰다. 눈앞에서 폭우가 쏟아지고 있다. 생각에 빠져 있는 동안 플랫폼 뒤쪽까지 와버렸다. 여기부터 앞쪽으로는 지붕이 없어 플랫폼 끝에서 전철을 기다리는 사람은 아무도 없다. 이치노세의 모습도 보이지 않았다. 뒤를 돌아봐도 마찬가지였다. 뜻밖의 자살에 정신을 빼앗겨 플랫폼 끝이 어떤 상황인지 생각할 겨를이 없었다. 여느 때처럼 그곳에 있을 거라고만 생각했다.

벌써 8시 5분을 지나고 있다. 불안해져서 사람들 사이를 뚫고 걸으며 그녀를 찾았다.

— 빨리 좀 나타나줘.

보폭을 넓혔다. 하지만 아무리 찾아도 이치노세의 모습이 보이지 않는다.

"열차가 들어옵니다. 주의하십시오"라는 문구가 전광판에 나타나고, 동시에 안내 방송이 흘러나오기 시작했다.

여기서 자살을 저지하지 못하면 모두 끝이다. 어디에 있는 거니? 어쩌면 마음이 바뀌어 자살하지 않는 건 아닐까? 이대로 사고가 일어나지 않는 데다 걸어볼까?

아니, 소용없다. 그러다 이치노세가 자살한다면 모든 게 끝이다.

정보를 제대로 수집할 만큼만 시간이 있었다면 이렇게 되지는 않았을 텐데. 빌어먹을. 왜 그녀의 자살 여부를 확인하지 않고 있었단 말인가.

그때 전신주에 설치되어 있는 비상 정지 버튼이 눈에 들어왔다. 이 버튼을 누르면 확실히 자살을 막을 수 있다. 하지만 전철을 멈추면 배상금을 지급해야 한다. 그 후폭풍을 감당할 수 있을까.

……멍청아. 지금 자기 걱정을 할 때냐.

어떻게 되든 좋다. 나는, 다시 한번 그녀를 만나고 싶다.

비상 정지 버튼에 손을 뻗은 순간이었다. 누군가가 뒤에서 내 어깨를 잡았다.

그녀일 거라고 생각하고 뒤를 돌아보았다.

"이치노세 쓰키미가 아니라 실망하셨나요?"

내 뒤에 서 있는 건 섬뜩하게 웃고 있는 사신이었다.

어깨를 붙잡은 손을 뿌리치고 다시 비상 정지 버튼에 손을 뻗었지만 사신이 막았다.

"그녀는 여기에 없어요."

"없다고? 그럴 리가 없……."

"미래가 바뀌었어요."

핑음을 울리며 열차가 플랫폼으로 들어왔다. 아무 일 없이 열차가 멈춰 섰고 문이 열리자 사람들이 내렸다.

"어떻게 된 거야?"

"당신은 모르겠지만 이치노세 쓰키미는 가족과 다투고 나면 자살을 결심합니다. 결심한다고 해도 대부분 충동적이어서 계획성이 있는 건 아니지만요. 충동이 일었을 때 자살 수단도 무의식적으로 결정하는 것 같더군요. 그런데 본인도 깨닫지 못한 법칙이 있습니다."

"이치노세도 모르는 법칙?"

"네, 그녀는 자살 수단에는 특별히 집착하지 않지만 '우연히' 다리에서 뛰어내리고 '우연히' 전철 앞으로 뛰어드는 게 아닙니다. 내막을 알려드리자면, 그녀는 언니들에게 모욕적인 말을 듣고 자존심에 상처받았을 때는 다리에서 투신자살을 하고, 의붓아버지에게 심하게 야단맞았을 때는 자포자기하는 심정이 되어 열차 선로로 뛰어들어요."

"자살 충동의 원인에 따라 무의식중에 자살 수단을 선택한다는 건가."

"그렇습니다. 무의식으로 고른다고는 하지만 우연이 아

니라면 미래는 바뀌지 않습니다. 그래서 지금까지 당신이 자살을 방해할 수 있었던 거지요."

바람이 심하게 불어 빈 깡통이 텅그렁 텅그렁 소리를 내며 굴러갔다.

"그렇다면 왜 미래가 바뀐 거지?"

그렇게 묻자 사신이 소리 내 웃었다.

"뭐가 우스워?"

"아직도 모르겠어요? 미래를 바꾼 것은 당신입니다. 아이바 씨."

"내가……?"

"네, 그녀는 당신과 함께 지내는 동안 죽는 게 두려워졌지요. 가령 여태껏 플랫폼 맨 뒤에서 열차에 뛰어드는 날이 많았던 까닭은 죽는 데 망설임이 없고 확고하게 죽을 각오가 되어 있었기 때문입니다. 하지만 당신과 만나는 동안에 자살 충동을 일으키는 요인 중 하나였던 고독감이 옅어져서 죽는 데 망설임이 생겼지요. 그러면 어떻게 될까요? 짚이는 데가 있겠지요?"

열아홉 번째 자살을 떠올렸다. 그때 이치노세는 플랫폼 끝이 아니라 한가운데쯤에서 뛰어들려 했다. 내 미행을 피하기 위한 견제 행동이라고만 생각했는데, 그게 뛰어들까 말까 망설였기 때문이었다니.

무의식이라도 본능으로 자살 수단이 패턴화되어 있다면 그건 강한 의지나 다름없다. 하지만 망설임이 생겨 패턴이 무너진다면 그것은 이미 주사위로 자살을 결정하는 것과 같다. 지금까지보다 더 크게 이치노세는 불안정한 상태였다는 의미가 된다.

"이치노세 지금 어디 있어?"

사신은 히죽 웃어 보이며 "글쎄요, 어디 있을까요?"라고 대답한다. 그 표정을 보고 나는 최악의 사태가 일어난 거라고 확신했다.

"예전에 당신이 시계를 재미없게 사용한다고 말했던 거, 철회합니다. 당신은 재미있게 아주 잘 사용하고 있어요. 그런 순진한 여자아이를 생과 사의 갈림길에서 고통스럽게 하다니……. 어쩌면 당신은 나와 같은 취미를 가진 게 아닐까요?"

"장난칠 때가 아니야! 서두르지 않으면 늦을지도 몰라!"

내 목소리에 주위의 시선이 집중되었다. 하지만 사신은 아랑곳하지 않았다.

"사람의 마음을 읽을 줄 안다 해도 가까이 있지 않은 사람의 마음까지는 모릅니다. 뭐, 그녀는 묘한 데서 책임감이 강한 것 같던데 그런 메모를 남긴 이상 어딘가에서 자살하려고 하지 않겠어요?"

느긋하게 이야기하는 사신을 노려보고 나는 달리기 시작했다. 뒤에서 사신의 목소리가 들려온다. "여기 없는 걸 보면 거기 있을 거라고 생각하지만요."

네가 말하지 않아도 그 다리로 갈 생각이다. 철로 건널목이나 다른 역보다는 그곳에 갔을 가능성이 훨씬 더 높다.

역을 나와 우산을 받쳐 들고 뛰었다. 바람이 강해서 마음처럼 앞으로 나아가기가 힘들었다. 경찰에 신고부터 해야 하나 고민했지만 애초에 주머니에 스마트폰이 없었다. 아무리 떠올려봐도 테이블에 놓고 나서 다시 집어 든 기억이 없다.

이래서야 택시도 부를 수 없고, 설령 부른다 해도 한참 기다려야 할지 모른다.

덮어놓고 죽어라 달렸다. 바람이 몰아쳐 우산이 꺾였다. 우산이었던 물건을 내팽개치고 온몸이 흠뻑 젖은 채 내달렸다. 옷이 몸에 달라붙어 무겁다. 물웅덩이를 밟을 때마다 신발 속으로 물이 들어갔다. 점점 신발도 무거워지고 웅덩이를 밟았는지 안 밟았는지조차 알 수 없게 되었다. 강가로 나왔을 때는 다리가 후들거리고 체력도 한계에 달했다. 하지만 불어난 강물의 흐름을 보고 멈춰 설 겨를 없이 계속해서 달렸다.

다리가 시야에 들어와 눈을 가늘게 뜨고 살펴보았더니

다리 위에 흐릿하게 사람의 모습이 보였다. 이런 폭우 속에서 우산도 쓰지 않고 서 있을 사람은 이치노세밖에 없다.

하지만 이미 난간 바깥쪽에 서 있는 것 같다.

"이치노세! 뛰어내리지 마!"

지금껏 낸 적 없는 큰 목소리로 소리쳤다.

그녀에게 들렸는지 모르겠다. 세찬 비바람 소리와 거침없이 흐르는 강물 소리에 묻혀버렸을 수도 있다. 그래도 다리 위에 도착할 때까지 계속해서 소리를 질렀다.

평소보다 훨씬 길게 느껴지는 다리 위를 달린다. 만약 그녀가 뛰어내렸다면 나도 바로 뛰어내려 강 속을 찾고야 말 테다. 각오는 되어 있다.

"이치노세!"

난간 바깥쪽에 선 그녀에게 다가가며 소리쳤다.

그러자 내 쪽으로 등을 보이고 있던 이치노세가 뒤를 돌아본다.

"아이바 씨……."

가녀린 목소리였다. 울고 있었는지 눈이 빨갛고 난간을 잡은 손은 떨리고 있었다. 그녀의 가녀린 팔을 붙잡아 이쪽으로 돌아오라고 달랬더니 고개를 가로젓는다.

"다리가……, 다리가 얼어붙어서 움직일 수가 없어요."

그녀의 다리를 보니 바들바들 떨고 있다. 당장이라도 쓰러질 것만 같았다.

"내가 잡고 있으니까 괜찮아. 천천히 움직여봐."

이치노세가 머리를 약간 끄덕이고는 방향을 바꾸려고 아슬아슬하게 몸을 움직이기 시작했다.

그녀가 오른손과 오른발을 다리 난간에서 떼려는 순간, 세찬 바람이 불어닥쳤다.

균형을 잃은 이치노세의 왼발이 다리에서 미끄러졌다.

"아아악!"

나는 순간적으로 다리에서 떨어지려는 그녀의 팔을 꽉 움켜잡았다.

하지만 비에 젖은 탓에 그녀의 팔이 내 손에서 쑥 미끄러져 빠져나갔다.

이대로 함께 떨어지겠다고 각오했을 때 그녀의 손목을 절묘하게 붙잡아 멈췄다.

"아얏!" 하고 고통스러운 소리를 내는 이치노세. 나는 죽을힘을 다해 다른 한 손으로 이치노세의 팔을 잡아 끌어올렸다.

그녀의 다리가 간신히 난간 아래에 닿자 난간을 사이에 둔 채 내게 매달려 안겼다. 등을 쓸어주며 "들어 올릴 테니 절대로 손을 놓지 마"라고 이르자 이치노세는 아무 말 없이 두 번 고개를 끄덕이고는 내 양쪽 어깨를 세게 잡았다.

그녀를 안아 올리면서 뒤로 물러섰다. 난간에 발이 걸렸지만 마침내 그녀의 몸이 난간을 넘어왔고 그와 동시에 온몸의 기력이 다 빠져나갔다. 다리에 힘이 풀려 이치노세를 끌어안은 채 뒤로 쓰러지고 말았다.

거센 비가 사납게 부딪쳐 내린다. 들리는 것은 빗소리, 탁류 소리, 이치노세가 흐느껴 우는 소리. 다리 위는 나와 이치노세 둘만의 세계다.

"……왜 자살 같은 걸 하려고 그래."

이치노세는 내 가슴에 얼굴을 묻고 오열하며 "약속……" 이라고 겨우 말을 꺼냈다.

"약속을 깨야……, 나를 미워해……, 줄 거 같아서……."

이치노세의 말뜻을 이해한 순간, 그녀가 미칠 듯이 애처롭고 사랑스럽게 느껴졌다.

누운 채로 내 위에 안겨 있는 그녀를 살포시 끌어안고는 등을 쓰다듬었다.

"그런 걸로 미워할 리 없잖아."

그녀는 빗소리에 지지 않을 만큼 큰 소리로 흐느꼈다. 지금까지 이치노세가 우는 모습을 여러 번 봤다. 울부짖는 것도 아니고, 꾹 참아오던 눈물이 한 방울 뺨을 타고 흘러내리는 조용한 울음이었다. 백만 엔을 건넸을 때도 눈물을 보이려 하지 않았다. 그런 모습에서 가냘프지만 강인함을 느낄 수 있었다.

그러나 지금 내 팔에 안겨 흐느끼는 그녀는 다르다. 댐이 무너진 듯이 넘쳐흐르는 눈물. 오열하면서 떨고 있는 몸. 지금의 그녀에게서는 예전의 강인함이 조금도 느껴지지 않는다. 연약하게 울고 있는 소녀일 뿐이었다.

그녀를 이렇게까지 몰아세운 건, 나다.

이제껏 느끼지 못했던 안도감이 밀려오는 동시에 전에 없던 강한 죄책감이 복받쳐 올랐다. 여러 감정이 뒤섞여 내 마음속은 복잡해졌지만 비가 씻어 흘려보내지는 못했다.

이치노세의 흐느끼는 울음소리가 빗소리에 묻힐 때까지 두 사람만의 세계가 계속되었다.

/ 5

서럽게 흐느끼는 이치노세의 차가워진 손을 잡아끌고 비를 맞으며 돌아왔다. 흠뻑 젖은 그녀에게 먼저 샤워를 하라고 해도 현관에 선 채 가만히 있다.

울면서도 "아이바 씨가 먼저"라고 말하며 사양하기에 세면대 쪽으로 밀어 넣어 먼저 씻도록 했다. 이치노세의 젖은 옷을 세탁기에 돌리고 잠옷으로 입는 실내복을 욕실 앞에 놓아두었다.

가녀린 이치노세가 입기에는 너무 크고, 무엇보다 내 잠
옷이라 싫어하겠지만 지금은 참고 입어야지 어쩔 수 있나.
아니나 다를까, 샤워를 마친 그녀는 헐렁한 바지가 흘러내
리지 않도록 손으로 허리춤을 붙잡고 거실로 나왔다.

이치노세는 고개를 숙인 채 방 한구석에 앉았다. 울음은
멈췄지만 눈은 여전히 발갛다. 아직도 떨고 있는 몸을 스스
로 끌어안은 듯한 자세로 앉아 있다.

저렇게 혼자 둬도 괜찮을까 불안했지만 뭐라고 말을 걸
어야 좋을지 몰라 "거기 있어"라는 말만 하고는 나도 씻으
러 욕실로 들어갔다.

재빨리 씻고 방으로 돌아오니 이치노세는 다리를 끌어
안고 웅크린 채 잠들어 있었다. 울다 지친 모양이다. 깨지
않게 조심스레 안아 침대로 옮겼다. 이불을 덮어주고 나오
다가 침대 앞에서 넘어져 엉덩방아를 찧었다.

폭풍권에 들어섰는지 세찬 빗줄기가 창을 때리고 거센
바람 소리가 들려왔다. 밖과는 대조적으로 평온한 표정으
로 잠든 이치노세를 가만히 바라보았다. 그녀는 앞으로도
자살을 계속할까.

지금까지 스무 번, 그녀의 자살을 방해했다. 하지만 이번
이 마지막일지 모른다. 다음에 그녀가 자살한다면 그때는

자살 현장에 먼저 가 있을 자신이 없다.

엉엉 소리 내 우는 이치노세를 보며 마음이 아팠다. 그래도 내 생각은 달라지지 않았다. 그녀가 살아 있기를 원한다. 본인도 망설임이 생기지 않았는가. 이제 조금 더, 정말 조금만 더 버티면 될 것 같은데. 내가 할 수 있는 일이 남았을까.

잠들어 있는 그녀의 머리를 쓰다듬으려고 손을 뻗었다가 그냥 거둬들였다.

태풍이 지나가고 난 늦은 오후에서야 이치노세가 눈을 떴다. 아직 절반은 꿈속에 있는 듯한 표정을 짓는 그녀에게 "잘 잤어?"라고 말을 걸었다. 목소리를 들은 그녀는 부끄러운지 "잘 잤어요?"라고 작은 목소리로 말했다.

다리에서의 일을 떠올린 것 같다. 나도 그녀를 끌어안고 있던 기억이 떠올라 부끄러웠다. '중학생한테 이렇게 어쩔 줄 몰라 하면 어쩌냐' 하고 스스로 타일렀지만 별 효과가 없어 한동안 아무 말도 하지 않았다.

"저……, 화장실 좀 쓸게요."

몇 분쯤 침묵이 흐르고, 느릿느릿 이불 속에서 나오며 말하는 그녀에게 "어"라고 대답했다. 바로 그때 이치노세의 비명이 들려와 반사적으로 그녀 쪽을 바라보았다.

아마 잠옷을 빌려 입었다는 걸 깜빡 잊고 바지를 붙잡지 않은 채 일어선 모양이다. 스르륵 흘러내린 바지가 발밑에

툭 떨어지자 이치노세는 당황해서 그 자리에 주저앉았다. 그러고 보니 속옷까지는 빌려주지 않았다.

내 시선을 눈치챈 이치노세가 붉게 달아오른 얼굴로 입술을 깨물며 울상이 되어 나를 바라본다. 나는 시선을 돌리고 "아무것도 못 봤어" 벽을 향해 말했다.

도망치듯 방을 나간 이치노세의 귀가 새빨갰다. 그런데 화장실에서 돌아온 그녀는, 한층 더 귀가 빨갛게 물들어 있었다.

"아이바 씨! 저거!"

수줍어하던 조금 전과는 완전히 달라진 모습으로 달려왔다. 부들부들 떨며 옆방에 널어놓은 자신의 옷과 속옷을 가리킨다.

"왜 말리고 그래요?"

"어, 말려야 입고 가지."

"그게 아니라! 내가 하려고 했는데 왜 맘대로 그러냐고요!"

"네가 자고 있으니까……."

그렇게 대답하자 이치노세의 얼굴이 폭발할 것처럼 시뻘게졌다. 뭔가 말하고 싶은 듯했지만 결국 아무 말 하지 않고 옆방에 틀어박혀 나오지 않았다.

그 후 방에서 가끔씩 "죽고 싶어" 하는 소리가 들려왔다.

그렇지 않아도 어떻게 말을 걸어야 할지 고민하고 있었

는데 더 어색해졌다. 그녀가 돌아가기 전에, 두 번 다시 자살하지 않게끔 설득해야 할 텐데…….

하지만 지금 상태로는 무슨 말을 해도 소용없겠지. 게다가 말을 걸 용기도 없다.

그대로 오후 6시가 지났다. 이치노세를 꾀어내려고 피자를 시켰다. 피자를 받아들고는 그녀가 틀어박혀 있는 방문을 두드리며 "같이 먹지 않을래?"라고 말을 걸었다. 대답은 없었지만 몇 분쯤 후 볼을 불룩거리며 나왔다.

같은 방에 앉아 피자를 먹으면서도 이치노세는 등을 돌린 채 여전히 아무 말이 없다. 어색한 분위기가 계속되었다. 어떻게든 대화의 실마리를 찾아야만 한다.

"벌써 시간이 이렇게 됐나. 돈 줄 테니까 오늘은 택시 타고 가."

아니, 나는 무슨 말을 하고 있는 거냐. 이대로 돌려보내면 어떡하려고!

그러자 이치노세가 내 쪽을 돌아보며 중얼거리듯 말했다.

"돌아가고 싶지 않아."

목소리가 너무 작아 알아듣기 어려웠지만, 확실히 그렇게 들렸다.

"돌아가기 싫어?"

"집에 가도……, 괴롭기만 하고……."

이치노세가 '돌아가고 싶지 않다'고 말하기는 처음이다. 그녀는 말을 더 잇지 못하고 내 반응을 살피며 아이처럼 손가락을 꼼지락꼼지락했다.

그녀가 무슨 말을 하고 싶어 하는지 눈치 없는 나도 쉽게 알 수 있다.

"그럼 자고 갈래?"

그렇게 말하자 이치노세는 약간 놀란 얼굴로 "그래도 돼요?"라고 물었다.

"별로 상관없는데, 자고 가려면 집에 전화는 해둬."

이치노세는 안심한 듯한 표정으로 "자, 그럼 자고 갈까"라고 대답했다.

가족과 사이가 나쁘다고는 하지만, 그렇다고 집에 들어가지 않으면 문제가 될 것이다. 이치노세에게 스마트폰을 빌려주고 집에 연락하게 했다. 미성년자를 집에서 재우는데 주저함이 없었던 건 아니지만 그렇다고 이대로 돌려보낼 수도 없다.

가족에게는 '친구네 집에서 자고 간다'고 거짓말을 한 것 같다. 이치노세는 "나한테 친구가 없다는 건 식구들도 알고 있으니까 거짓말인 줄 다 알아요"라든가 "나 같은 건 아무래도 상관 안 하지만요"라고 말하면서 한참 동안 풀이 죽어 있었다.

먹은 걸 정리하고 쉴 즈음에는 오후 9시가 지나 있었다. 밤늦게까지 깨어 있는 나와 달리 이치노세는 언제나 10시 전에는 잠자리에 든다고 하기에 오늘은 그녀에게 맞추기로 했다. 진지한 대화를 나누는 건 내일로 미뤄야 할 것 같다.

하지만 문제가 생겼다. 이 집에는 이불이 하나밖에 없다.

내가 "거실 소파에서 잘 테니 너는 침대에서 자"라고 말하자 이치노세는 "낮에 제가 침대를 썼으니 이번에는 아이바 씨가 침대에서 주무세요"라고 대답했다.

가위바위보를 해서 내가 졌지만 "어디서 잘지는 이긴 사람이 정하는 거예요", "아니지, 진 사람이 소파지", "아뇨, 제가 소파에서 잘게요" 하고 좀처럼 결말이 나지 않는 대화를 되풀이하느라 한참 시간이 흘러도 잘 수가 없었다.

한동안 실랑이를 벌인 끝에 우리는 침대 위에 나란히 누웠다.

"그렇다면 같이 자는 게 어때요?"라고 말한 건 이치노세였다. 처음에는 농담이라고 생각했지만 실제로 이렇게 침대 위에 나란히 누워 있다. 물론 진짜 같이 잘 생각은 아니다. 그녀가 잠든 후에 나는 살그머니 일어나 소파로 갈 요량이다.

방 안 전등을 끄자 창에서 달빛이 비쳐 들어왔다. 옆에 누운 이치노세가 어떤 표정인지 알 수 있을 정도로 밝다.

"잘 자."

"주무세요."

싱글 침대는 두 사람이 눕기엔 좁다. 조금만 몸을 움직여도 부딪힌다. 바로 누워 천장을 바라보다 옆으로 돌아누웠더니 그녀도 옆으로 돌아누워 눈과 눈이 마주쳤다. 지금까지 이렇게 가까이에서 그녀의 얼굴을 본 적은 별로 없었다. 이치노세는 부끄러운 듯 이불로 얼굴을 가렸다.

눈을 감고 자는 척을 했다. 조용한 방 안에 자동차 달리는 소리와 바람 소리가 때때로 들려왔다. 신경 쓰지 않으려 했지만 옆에서 달콤한 샴푸 향이 감돈다.

이치노세가 잠들었는지 확인하려고 눈을 떴다가 또 눈이 마주쳐 깜짝 놀랐다.

"아직 안 잤어? 잠이 안 와?"

이치노세가 고개를 끄덕였다.

"하긴 저녁때까지 잤으니."

"아이바 씨도 잠이 안 와요?"

"요 며칠 감기로 계속 자서 그런가 봐."

그 후로도 흘끔흘끔 쳐다보는 그녀와 눈이 마주쳐 몇 번이나 시선을 돌렸다.

"저기요, 아이바 씨."

"응?"

"그게요……, 미안해요. 항상 폐만 끼치고."

걱정스러운 표정을 짓는 이치노세를 보며, 그런 얼굴 하지 마, 라고 생각했다.

"갑자기 왜 그래?"

"전부터 사과하고 싶었어요. 말이 잘 안 나와서……."

"내가 좋아서 하는 일이야. 사과할 필요 없어."

"하지만……" 하고는 말문이 막힌 이치노세.

"있지, 미움받을 각오하고 말하는 건데 말이야, 다리에서 뛰어내리는 건 그만했음 좋겠어."

내가 쓴웃음을 짓자 이치노세는 "미안해요" 하고 다시 한번 사과했다.

"나무라는 건 아니야. 다만 네가 그러면 난 더 괴로워져."

만약 그녀의 자살을 알아차리지 못했다면……. 상상만 해도 마음이 고통스럽다.

"……또 자살할 생각이야?"

내 물음에 그녀는 "저도 모르겠어요"라고 대답했다.

"쉽게 뛰어내릴 수 있을 거라고 생각했어요. 하지만 오늘은 다른 때보다 높아 보여서 뛰어내리는 게 무서웠어요. 그래서 다리가 얼어붙는 바람에 되돌아갈 수가 없어서……."

우울한 표정으로 말하는 이치노세에게 애잔함이 묻어났다.

"자살할 용기도 없는 주제에……, 라는 말을 언니에게 자주 들었어요. 나는 계속 마음속에서 '그렇지 않아' 하고 부정해왔지만 결국 언니 말이 맞았어요. 그렇게나 죽고 싶다는 말을 내뱉고서는……, 겁쟁이예요. 난."

자조적으로 웃는 이치노세의 손을 잡자 그녀가 내 얼굴을 보았다.

"죽는 게 두렵지 않은 사람은 없을 거야. 자살한 사람은 어쩌다 자살할 수 있었을 뿐이지, 용기가 있었던 게 아니야. 그러니 그런 말 하지 마."

내 손을 마주 잡은 그녀가 작게 고개를 가로저었다.

"겁쟁이가 아니라 해도 저 자신이 싫어요. 학교에도 못 가고 가족에게는 짐만 되고 아이바 씨에게는 폐를 많이 끼쳤는데, 그런데도 죽지 못하는 제가 한심해서……."

이치노세가 눈물을 글썽였다. 나는 잘게 떨리는 그녀의 손을 계속 쥐고 있었다.

"있잖아, 이치노세. 나는 폐라고 생각한 적이 단 한 번도 없어. 학교에 가지 못하는 것도 네 잘못이 아니잖아."

"학교에서 괴롭힘을 당한 건 2년 전 일이에요. '그런 옛날 일에 언제까지나 집착하는 건 도망치고 있을 뿐'이라고 식구들이 말해도 어쩔 수 없고……."

"그건 아니야. 훨씬 전부터 고민했잖아? 네 마음속에서 해결되지 않았다면 옛날 일이 아니지. 넌 2년 동안이나 도망치지 않고 견뎌온 거야."

"하지만……, 지금 이대로는 미움만 받을 뿐이……."

이치노세의 눈동자에서 주르르 눈물이 흘렀다.

"내가 살아 있는 탓에 엄마도 난처해하고 있어요. '널 학교에 보내려고 재혼했는데 대체 왜 이렇게 속을 썩이는 거니' 하고……."

창으로 들어온 달빛에 그녀의 눈동자가 보석처럼 반짝였다.

나는 흘러내린 눈물을 손가락으로 닦아주고 그녀의 머리를 가만히 어루만졌다.

"이런 말 하는 건 쑥스럽기도 하고 아무런 위로도 되지 않겠지만, 나는 이치노세를 만나서 정말 기뻐. 만약 이치노세가 학교에 잘 다니고 가족과도 사이가 좋았다면 분명 우리는 만나지 못했을 거야."

처음에는 단지 죄책감을 없애고 싶었을 뿐이다. 그런데 어느 사이엔가 진심으로 도움이 되고 싶어졌다. 사람을 싫어하는 나에게 그런 마음이 생긴 것은 이치노세가 친구도 없고 가족과도 사이가 좋지 않기 때문이다. 그녀가 외톨이였기에 나는 필사적이 되었다.

"자살하지 않고 견뎌왔기에 만날 수 있었던 거야. 그러니까 자신을 책망하지 않았으면 좋겠어. 지금 이대로도 괜찮아. 너는 바뀌지 않아도 돼."

소리를 억누르며 흐느끼는 이치노세의 눈물은 이제 손가락으로는 닦아줄 수가 없었다. 그녀의 등에 손을 대고 달래듯이 어루만지자 몸을 기대왔다. 내 옷을 꼭 붙잡더니 얼굴을 묻었다. 뜨듯한 눈물이 옷에 스며든다.

"아이바 씨는 괜찮아도 주위 사람들이 용납하지 않는걸요."

몸도 목소리도 떨고 있는 이치노세는 다리에서 본 연약한 소녀였다. 하지만 죄책감은 들지 않았다. 지금까지 참아왔으니까 마를 때까지 눈물을 흘렸으면 해.

"주위 사람들이 용납하지 않아도 네가 살았으면 좋겠어. 바뀌는 것보다도 어려운 일이란 거 알아. 하지만 그래도 자살 같은 거 하지 않았으면 해. 나는 이치노세 네 편이고 힘이 되어주고 싶어."

그녀를 여기까지 몰아넣은 것에 대한 속죄는 아니다. 이제 시간을 되돌려 자살을 막는 것만으로는 싫다. 이치노세의 괴로움을 나눠 갖고 싶다. 조금이라도 덜어주고 싶다.

"저, 아이바 씨가 생각하는 것보다도……, 훨씬 나약한 인간이에요. 집에서는 울기만 하고요. 말도 재미있게 못 하고, 폐만 끼치고 저 같은 건……."

자신을 끝없이 비하하는 이치노세를 안고 계속해서 등을 쓸어주었다. 흐느낄 때마다 그녀의 따뜻한 몸이 흔들렸다. 내 팔 안에서 그녀는 살아 있다.

"나는 그런 거 신경 안 써."

한심하지만 내가 그녀에게 해줄 수 있는 건 기껏해야 이 정도뿐이다.

'살아 있으면 언젠가 좋은 일이 생길 거야' 같은 말은 얼마나 무책임한 위로인가. 예전부터 내가 가장 싫어하는 말이다. 하지만 지금 나 또한 별반 다르지 않은 말로 그녀를 위로하고 있다. 그래도 언젠가 그녀를 이해해줄 사람이 나타날지 모른다.

우리가 만났듯이, 살아 있으면, 반드시.

자살 같은 거 하지 말고 그날이 올 때까지 살아내길 바란다.

― 그녀라면 원래의 생활로 돌아갈 수 있을 테니까.

그날 밤 이치노세는 내 품에서 지금까지 있었던 일을 하나하나 털어놓았다.

아빠가 시한부 선고를 받았다는 걸 알고 울었던 일.

매일 아빠 병문안을 갔던 일.

방과 후 병원에 가느라 같이 놀자는 친구들의 제안을 모두 거절했던 일.

친구들이 함께 어울리지 않는다고 비난한 일.

무시당하게 된 일.

수차례 아이들이 실내화를 감추었던 일.

노트와 연필이 휴지통에 버려졌던 일.

학교에 쓰고 갔던 우산을 도둑맞아 비를 흠뻑 맞으며 집으로 돌아간 일.

걱정 끼치지 않으려고 아빠 앞에서는 항상 웃으며 무리했던 일.

아빠 장례식이 끝난 뒤에도 계속 울며 지냈던 일.

친구들이 아빠의 죽음을 야유하던 일.

계단에서 떠밀려 굴렀던 일.

양동이에 담긴 더러운 물을 뒤집어썼던 일.

엄마가 재혼한 뒤 집에서 자신이 있을 자리가 사라진 일.

집단 괴롭힘이 점점 심해져 등교 거부를 하게 된 일.

의붓아버지에게 팔을 잡혀 억지로 학교에 끌려갈 뻔했던 일.

아빠가 사준 돌고래 인형을 의붓아버지가 버린 일.

가족 앞에서 죽고 싶다고 중얼거렸을 때 사실은 걱정해주길 바랐던 일.

언니들에게 맞은 일.

엄마가 도와주지 않았던 일.

추운 겨울날, 하염없이 거리를 헤매고 다니던 일.

크리스마스날 함께 길을 걷는 부모와 아이를 보고 자살을 결심한 일.

자살하려 했는데 방해받은 일.

방해받을 때마다 어떻게 해야 할지 몰라 당혹스러웠던 마음.

하지만 사실은 걱정해줘서 기뻤다는 것.

그녀가 잠깐씩 말을 멈출 때마다 등을 두드려주었다. 값싼 동정의 말을 건네거나 "응, 응" 하며 들어주는 정도밖에 할 수 없었던 건 내가 생각해도 한심하다.

이야기를 다 마치고 이치노세는 울다 지쳐 잠이 들었다. 내 옷자락을 붙잡은 채 잠들어서 소파에 가 자려던 계획은 단념할 수밖에 없었다. 그런 아무도 믿지 않을 변명을 생각해내고서 나도 눈을 감았다.

다음 날 아침 눈을 뜨니 이치노세가 품 안에서 잠들어 있었다. 그녀가 일어날 때까지 잠든 얼굴을 계속 바라보고 싶었지만 바로 잠에서 깼다.

시선을 피하며 "잘 잤어?"라고 말했다. 이치노세도 부끄러운 듯이 "잘 잤어요?"라고 인사했다. 서로 아무 일도 없었던 것처럼 일어났다.

커튼을 열자 어제의 날씨가 거짓이었던 것처럼 파란 하늘이 기분 좋게 펼쳐져 있었다. 아침 식사를 마친 이치노세는 옷을 가지러 일단 집으로 돌아갔다. 솔직히 그녀를 혼자 보내는 게 걱정되었지만 내 눈을 똑바로 보며 "잘 갈 테니까 걱정하지 마요"라는 말을 들은 이상, 믿을 수밖에 없다.

오후 6시에 늘 가는 그 다리에서 만나 불꽃놀이 행사장으로 향했다. 공원은 불꽃놀이를 보러 온 사람들로 혼잡했고 우리는 인파에 휩쓸려 몸을 맡기다시피 해서 천천히 앞으로 나아갔다.

"서로 놓치면 안 되니까……."

그렇게 말하며 이치노세가 내 손을 잡았다. 나도 마주 잡았다.

지난번 비눗방울을 날리던 잔디밭에 도착했을 무렵에는 하늘이 어두워져 있었다. 넓디넓은 잔디밭은 구경 온 사람들로 가득 차 있고 우리도 그 속에 어우러졌다.

불꽃이 잘 보일 만한 위치를 찾아 이동했다. 이제 불꽃이 쏘아 올려지기를 기다리기만 하면 된다. 더는 손을 잡고 있을 필요가 없다. 하지만 우리는 놓지 않았다.

"아이바 씨."

"왜?"

"……저여도 괜찮아요?"

"뭐가?"

"친구라든지 아니면 여자친구랑 같이 오지 않아도 괜찮은가……, 해서."

"나한테 여자친구가 있다고 생각하는 거야?"

그렇게 대답하자 이치노세는 "그, 그러네요" 하며 어색하게 웃었다.

"나야말로 미안하지. 같이 오자고 해서."

"으응, 아이바 씨랑 같이 와서……, 좋아요."

그렇게 말하며 손을 꽉 잡아서 말문이 막혔다.

"그리고……, 어젯밤에는 고마웠어요."

"얘기를 들어준 것밖에 없는데 뭘."

내가 그렇게 말하자 이치노세는 "아뇨, 그렇지 않아요" 하고는 미소를 띤다.

"전 여태까지 남에게 상담할 수 있는 고민은 고민이 아니라고 생각했어요. 터놓을 수 없으니까 고민인 거라고 단정 짓고 있었죠. 하지만 사실은 단지 누군가에게 상담할 수 있는 사람을 질투한 거였어요. 속마음을 털어놓을 수 있는 상대를 원했던 것뿐이에요. 그래서 어제 아이바 씨가 얘기를 들어줘서……, 정말 기뻤어요."

방긋 웃는 이치노세에게 "그렇담 다행이네"라고 대답하

는데 약간 쑥스러웠다.

"저도 아이바 씨를 만난 게 행운이라고 생각해요."

그러더니 "그래서, 그, 그러니까" 하고 부끄러운 듯이 계속해서 말을 더듬었다.

"자살하는 건……, 그만둘까……, 봐요."

그때 불꽃이 힘차게 쏘아 올려졌다. 지면이 흔들리고 사람들이 탄성을 질렀다.

하지만 우리는 불꽃은 쳐다보지도 않고 서로의 얼굴을 마주 보고 있었다. 이치노세는 내 대답을 기다리는 듯 쭈뼛쭈뼛한다. 나는 그녀가 한 말뜻을 이해하는 데 시간이 걸렸다.

두 발째 불꽃이 하늘로 치솟고 나서야 나는 입을 열었다.

"이치노세, 고마워."

왜 고맙다는 말이 먼저 튀어나왔는지 나도 모르겠다. 다만, 어쨌든 기뻤다. 이치노세가 자살을 단념한다는 사실이 기뻐서 그만 얼떨결에 그렇게 말했다.

이치노세도 의아하다는 듯한 표정을 지었지만 이내 "뭘요"라고 말하며 웃는다.

"아이바 씨, 불꽃이 너무 예뻐요."

곧바로 아무 일도 없었다는 듯이 행동하는 그녀에게 "응" 하고 대답했다.

할 수 있다면 주위를 신경 쓰지 않고 소리 내어, 그것도 아주 큰 소리로 기뻐하고 싶었다. 하지만 요란스럽게 기뻐할 필요는 없을지 모른다. 지금은 아직 자살 희망자가 아니게 되었을 뿐이다. 진정한 의미에서 기뻐할 일은 이제부터 일어날 것이다.

하늘 높이 쏘아 올려진 폭죽은 큰 소리를 내며 화려한 불꽃을 터뜨렸다. 우리는 줄곧 손을 잡고 불꽃을 바라보았다.

어릴 때부터 불꽃놀이를 좋아했다. 하늘로 솟구친 불꽃을 그저 올려다보기만 하면 되었다. 시야에는 불꽃밖에 보이지 않아서 불쾌할 일도 없다. 부모와 친구가 없어도 혼자서 즐길 수 있다. 그때만큼은 평범한 인간처럼 주위에 녹아들 수 있다. 그래서 불꽃놀이를 좋아한다.

하지만 그것은 내 착각이었던 것 같다. 주위를 둘러보니 불꽃을 보지 않고 아이나 연인의 옆얼굴을 바라보는 사람이 많다. 하늘을 올려다보는 것만이 불꽃놀이를 즐기는 방법이 아니라는 걸 처음 알았다.

이치노세의 눈동자 속에서 빛나는 불꽃을 바라보며 나는 그 사실을 깨달았다.

🦋 / 6

침대 위에서 눈을 떴는데 몸에 이상이 느껴졌다. 열이 있는 것도, 몸이 나른한 것도 아니다.

팔에 무게가 느껴져 이불을 젖혔다. 이치노세가 내 팔에 머리를 대고 잠들어 있다.

수명을 넘기고 두 번째 맞는 12월 24일. 목요일. 눈.

이치노세와 불꽃놀이 축제에 다녀온 지 4개월도 더 지났다.

이치노세는 그날부터 한 번도 자살하지 않았다. 지금도 매일 이 집을 오가고 있다. 덕분에 그녀의 생사 여부를 조사할 필요가 없어져 나도 평온한 날들을 보내고 있다. 자살하지 않는 것을 제외하면 예전과 똑같은 생활을 하고 있……, 다고 만은 할 수 없다.

최근 4개월 동안 이치노세는 달라졌다. 그리고 그 영향이 생활에서도 드러났다.

우선 첫째로 입시 공부를 시작했다. 그건 분명 불꽃 축제로부터 2주 뒤의 일이었다.

집에 온 이치노세가 진지한 얼굴로 "공부 가르쳐주세요"라고 부탁했다. 처음에는 학교에서 보내준 프린트물을 봐

달라는 말인 줄 알았지만 가방에서 꺼내 든 것은 '고교 입시'라고 커다랗게 쓰여 있는 참고서였다. 고등학교 입학시험에 대비해 공부하겠다고 한다.

원래 자살을 그만두겠다고 하면 고등학교 진학을 권해야지, 생각은 하고 있었다. 평범한 생활로 되돌아갈 가장 적당한 계기이기도 하고, 본인도 칠석 축제 때 그렇게 소원을 적었으니까.

다만 등교를 하지 않는 상태이다 보니 그녀가 거부감을 느끼지는 않을까 불안하기도 했다. 나는 그녀가 고등학교에 진학하지 않는다 해도 자살을 포기해준 것만으로 충분했다. 어설프게 공부하라고 종용하기보다는 상황이 좀 더 안정된 뒤에 이야기해볼 생각이었다. 그래서 입시에 도전할 마음이 있다고 하면 그때 방법을 찾으려 했다.

그러던 차에 이치노세의 입에서 먼저 진학 이야기가 나오자 솔직히 적잖이 놀랐다. 갑자기 달라진 그녀가 걱정되어서 "무리해서 고등학교에 다니지 않아도 괜찮아"라고 말했지만 그녀는 "스스로 결정한 거니까요" 하고 야무지게 의지를 밝혔다.

"아이바 씨는 지금 이대로 괜찮다고 하지만 전 자신을 바꾸고 싶어요."

그때 그녀의 표정은 2주 전까지만 해도 자살하려던 사람이라고는 생각할 수 없을 정도로 밝고 생기가 넘쳤다. 그렇다면 내가 없어진 뒤에도 혼자 잘해나갈 수 있을 거야, 하고 안심했을 정도다.

그때부터 매일 이치노세에게 공부를 가르쳐주고 있다. 말이 가르쳐주는 거지, 실상은 중학교 때부터 낙제에 가까운 형편없는 성적을 받아온 내가 가르쳐줄 수 있는 건 거의 없었다. 가르쳐주는 횟수보다는 함께 머리를 갸웃거리는 횟수가 더 많았다. 게다가 설명이 서툰 내게 묻기보단 인터넷에서 찾아보는 편이 훨씬 효율적이었다. 나는 오히려 방해만 될 뿐이었다. 그런데도 이치노세는 모르는 내용이 있으면 나를 불러 물어본다.

학교에 나가지 않은 만큼 뒤처진 부분을 만회하기가 쉽지 않을 거라고 걱정했으나, 예전부터 학교에서 준 프린트물을 꾸준히 해온 덕에 기초를 이해하고 있어 큰 도움이 되었다.

기억력이 좋은 그녀라면 문제없다.

둘째는 음식을 만들어주게 된 일이다. 편의점 도시락이나 컵라면만 먹던 내 건강을 생각해서 이치노세가 매일 음식을 만들어주었다.

"제가 만들게요"라며 내 손을 잡아끌고 조리 도구와 식기를 사러 간 것이 계기였다. 나는 힘들게 뭐 하러 그러냐고 말렸지만 이치노세는 "지금까지 신세 졌으니까 조금이라도 도움이 되고 싶어요!" 하면서 의욕이 넘쳤다.

초등학교 때 요리부였다고 큰소리친 그녀는 자신만만하게 음식을 만들었다. 처음에는 실패를 연발해 낙담하는 일이 많았다. 고개를 숙이고 사과하는 이치노세 앞에서 "이건 이것대로 맛있으니까 침울해하지 마"라고 말하고는 입에 한가득 넣으며 다 먹은 적이 여러 번 있다. 솔직히 말하면 심할 때는 정말 맛이 없었다.

하지만 인터넷에서 레시피를 검색하면서부터 솜씨가 점점 좋아지고 만드는 메뉴도 점차 늘어났다. 소고기 감자조림, 카레, 햄버그스테이크, 돼지고기 된장국, 오므라이스 같은 가정식 요리를 잘했다. 내가 한 입 먹으면 "어때요?"라고 반드시 묻곤 한다. "맛있어"라고 대답하면 "다행이다" 하고 안도하며 웃었다.

편의점에 들르거나 외식하는 횟수가 무척 줄어들고 이제는 그녀와 함께 식재료를 사러 마트에 갈 때가 더 많다.

그리고 셋째는 지금 바로 내 옆에 이치노세가 잠들어 있는, 이런 상황이다.

내 팔을 베개 삼아, 깨우기 아까울 정도로 평온하게 자고 있다. 볼이 눌려 있어도 여전히 예쁘다.

자살을 그만뒀다고는 하지만 문제가 해결된 것은 아니

다. 여전히 가족과 불화를 겪고 있는 이치노세는 크게 다투면 훌쩍 집을 나와 이곳으로 온다. 하지만 역시 젊은 여자애와 한 침대에서 자는 건 마음에 걸린다. 그녀가 쓸 이불을 따로 마련했지만 가끔 집을 나올 때면 고민을 들어주길 원해서 결국 침대에 나란히 누워 이야기를 나눈다. 그냥 평소처럼 대화를 나누면 안 되는지 물었지만 밝으면 부끄러워서 이야기하기가 어렵다고 한다. 그 이치노세가 내게 응석을 부리게 된 것이다.

가끔 집을 뛰쳐나오면 세 번에 한 번은 울며 매달리기도 하고, 공부하다가 "힘들어요" 하면서 내 어깨에 기대기도 한다. 밖에서는 "추워!" 하며 손을 잡는 등 내게 다가오는 일이 많아졌다. 힘이 되어주고 싶다고 말한 이상 밀어낼 수도 없고, 그녀가 내게 의지하는 것이 기쁘기는 하지만 한편으로는 약간 곤란하다.

최근 그녀는 전보다 성숙해지고 어른스러워졌다. 그런 이치노세가 천진한 표정으로 아무 경계심 없이 마구 안겨오는 바람에 번뇌를 마주한 수도승 같은 나날을 보내게 되었다.

한번은 그녀에게 "한 침대에서 자는 건 그만두는 게 좋겠어"라고 말한 적도 있지만, 이해시키기가 쉽지 않았다.

이치노세는 아무것도 모르는 얼굴로 "왜요?" 하고 고개를 갸웃했다. "너도 내년에는 고등학생이 되잖아. 이성과 한 침대에서 자는 건…… 좀, 그렇지"라고 대답하자 그녀는 잠시 생각하더니 "아이바 씨는 저를 이성으로 보나요?"라고 머뭇머뭇하며 다시 물었다.

"아니, 그럴 리 없잖아" 하고 반사적으로 거짓말을 했다. 그러자 이치노세는 뺨을 잔뜩 부풀리며 "……그럼 된 거 아네요?" 하고 토라져서는 한동안 말을 하지 않았다.

그 후, 그녀가 하는 대로 내버려 두었더니 지금 이런 상황이 되었다.

오늘도 옆에서 잠들어 있는 이치노세의 어깨를 흔들어 깨운다. 크리스마스이브날, 아침부터 눈이 내리고 있다.

"아이바 씨, 여기 봐요. 눈이 쌓였어요."

창문에 양손을 대고 아이처럼 들떠 있는 이치노세. 창밖에는 은세계가 펼쳐져 있다. 베란다에도 눈사람을 만들 수 있을 만큼 눈이 쌓여 있다.

썰렁했던 집 안도 이제는 물건이 늘어나 생활감 있는 공간으로 바뀌었다. 조리 도구와 식기는 물론, 창가에는 관엽 식물이 놓여 있고, 탁자 위에는 이치노세가 고른, 뭔지 모를 소품들이 자리 잡고 있다. 장난감 가게에서 이치노세와 함께 사 온 보드게임 상자도 마치 실내장식처럼 한구석을 채우고 있다.

이치노세가 준비한 아침을 먹고 나서 둘이 크리스마스 트리를 꾸몄다. 이치노세가 함께 만들고 싶다고 하길래 인터넷 쇼핑으로 허리 높이 정도 오는 이 크리스마스트리를 샀다.

산타 인형, 눈사람 인형, 리본을 묶은 선물 상자, 빨간 양말, 다채로운 볼 등 끈이 달린 작은 장식들을 나무에 매달았다. 탐스럽게 반짝이는 금색, 은색 줄과 조그만 전구가 조르르 매달린 전선을 나무에 빙 둘러 감은 뒤 마지막으로 트리 맨 꼭대기에 커다란 별을 붙여 완성했다.

전원을 켜자 전구에 불이 들어와 반짝반짝 점멸한다.

"역시 크리스마스 느낌이 나네요."

이치노세가 환하게 웃었고 나도 고개를 끄덕였다.

그러고 보니 어렸을 때 친구 집에 장식된 트리를 보고 부러워했었지. 양부모님에게 사달라는 소리는 절대 못 하고 참았는데, 설마 어른이 되어서 이렇게 만들 줄이야. 불빛이 깜빡이는 크리스마스트리를 바라보며 오후 늦게까지 둘이서 게임을 했다.

눈이 그친 초저녁 무렵, 이치노세를 데리고 케이크를 사러 나갔다. 이미 눈이 치워진 거리를 지나 역으로 걸어갔다. 역으로 향하는 가로수길은 온통 크리스마스용 전구로 장식되어 다채로운 빛으로 눈부시게 빛났다.

"예쁘다……."

이치노세가 눈을 반짝이며 중얼거린다. 크리스마스이브라 그런지 길을 지나다니는 사람이 대부분 손을 맞잡은 커플이었다. 이런 곳에 우리는 어울리지 않아, 하고 생각하는데 이치노세가 "추우니까 손잡고 걸어요" 하며 내 손을 잡았다.

이치노세의 손이 더 따뜻했지만 우리는 아무 말 없이 손을 마주 잡은 채 환상적인 세계를 걸어갔다. 하얀 입김을 내뿜으며 천진하게 웃고 있는 그녀는 마냥 즐거워 보였다.

이대로 끝없이 가로수길이 이어지면 좋으련만, 하고 망상에 젖어 있는데 우리 바로 앞에서 키스하는 커플을 발견한 이치노세가 내 손을 잡아끌며 빠른 걸음으로 가로수길에서 벗어났다.

역 앞 상점에서 케이크와 치킨, 무알코올 샴페인 등을 사서 집으로 돌아와 미니 파티를 열었다. 탁자에 케이크, 치킨, 파스타, 피자를 올려놓고 축하 폭죽을 터뜨렸다. 둘이서 먹기에는 양이 많은 듯했지만 식욕이 왕성한 이치노세가 있으니 아무 문제 없다.

"아이바 씨도 딸기를 맨 마지막에 먹는군요."

케이크 위에 장식되어 있던 딸기가 내 접시에 남아 있는 걸 보고는 이치노세가 말했다. 그녀의 접시에도 딸기가 남아 있다. 생긋 웃는 이치노세를 보며 그녀의 접시에 놓인 딸기를 냉큼 집어 먹자 "내 딸기!" 하며 울 것 같은 표정을 지었다.

"방심한 사람이 잘못이지."

이치노세는 시무룩한 얼굴로 나를 바라본다. 대신 내 딸기를 내밀자 이치노세는 "먹여줘요"라고 말하며 아— 하고 입을 벌렸다. 응석 부릴 빌미를 주고 말았다. 입에 딸기를 넣어주자 "다른 때보다 맛있어" 하며 미소를 떠올렸다.

"역시 마지막에 먹는 게 맛있지."

"그런 의미가 아니라고요."

볼을 볼록하게 내밀며 어깨에 기대온다.

이날도 "자고 갈래요" 하기에 집에 전화를 걸게 했다. 목욕을 마친 후에 게임도 하고 텔레비전도 보면서 크리스마스이브를 느긋하게 보냈다.

평소 같으면 잠자리에 들 시간인데도 거실에 그대로 있었다. 밤 12시를 지나 둘 다 약간 배가 고파져서 야식으로 컵라면을 끓였다.

"이렇게 늦은 시간에 먹기는 처음일지도."

언제나 밤 10시면 잠자리에 드는 이치노세는 이 작은 일탈에 흥분한 모습이었다. 난해한 영화를 보며 컵라면을 후루룩 먹고 있었는데 갑자기 베드신이 시작되는 바람에 어색하고 민망해져서 텔레비전을 껐다.

컵라면을 다 먹자 이치노세가 늘어지게 하품을 했다.

"이제 슬슬 잘까?"

"아직 괜찮아요……."

졸린 듯 눈을 비비는 걸 보니 말과는 달리 이제 한계인 모양이다. 게임을 할 정도의 기운은 남아 있지 않은 것 같고 잡담을 좀 하다 보면 자러 가겠지.

모처럼 꾸민 트리니까, 라는 생각에 방 전등을 끄고 크리스마스트리 전구를 켰다.

반짝반짝 켜졌다 꺼지기를 반복하는 크리스마스트리를 소파에 앉아서 바라본다.

"시험, 합격할 수 있을까……."

옆에 앉은 이치노세가 중얼거리듯이 말했다.

"불안해?"라고 묻자 "응" 하고 작게 웃으며 대답했다.

"시험에 떨어져도 절 싫어하지 않기예요."

"그런 이유로 싫어질 리가 있나?"

내가 웃자 이치노세는 "정말?" 하고는 확인하듯이 손을 잡았다.

"걱정 안 해도 합격할 거고 친구도 생길 거야."

"……친구는 이제 필요 없는걸."

어깨에 기대오는 이치노세에게 "친구가 있으면 좋지 않

아?" 하고 물었다.

"또 미움받을 거 같고, 게다가 친구가 없어도 아이바 씨가 있으니까……."

"무슨 말을 하는 거야! 너라면 남자친구도 사귈 수 있을 텐데."

그렇게 말하자, 이치노세는 몇 번이나 고개를 가로저었다. "남자친구 같은 거 안 생겨요" 하고 강하게 부정했다. 그 말을 듣고 어딘가 안심하는 나 자신이 한심하다.

"모르는 일이지. 내년 크리스마스는 남자친구랑 보내게 될 수도 있고."

"그럴 일 없다니까요!"

남자친구가 아니더라도 친구가 생기면 나보다 그쪽을 선택할 것이다. 이런저런 생각이 들었지만 이런 기분은 지금까지 여러 번 경험했기에 익숙하다.

"저는요……, 내년 크리스마스도 아이바 씨랑 같이 보내고 싶……."

차츰 목소리가 작아져 마지막 말은 잘 알아들을 수 없었다.

이상한 말 하지 마, 라고 생각했다.

내년 12월 26일이면 내 수명이 다한다. 크리스마스가 끝나는 순간에 죽을 인간이 그녀와 함께 크리스마스를 보내다니 말도 안 된다. 나는 이치노세를 슬프게 하지 않기 위해 그녀가 고등학교 생활에 익숙해질 무렵 모습을 감출 생각이다.

"아이바 씨?"

"1년 뒤의 일을 어떻게 알아. 나한테 여자친구가 생길지도 모르고 말이야."

"엣? 아이바 씨, 좋아하는 사람 있어요?"

"아니, 없는데."

농담으로 말했지만 "놀라게 하지 마요" 하고 야단맞았다.

"내년에도 크리스마스 파티 해요, 우리!"

내 손을 흔들며 조르는 그녀는 마치 크리스마스 선물을 달라고 조르는 어린아이 같았다.

"알았어, 알았다고. 둘 다 사귀는 사람이 없으면."

"정말이에요? 약속한 거예요! 난 남자친구 같은 거 만들지 않을 거니까!"

지키지도 못할 약속을 하고 말았다.

하지만 문제는 없을 거다. 고등학교에 가면 저절로 친구가 생길 테고 남학생들이 관심을 보이지 않을 리가 없다. 크리스마스는커녕 여름방학이 되기 전에 내가 떠나갈 작정이다. 그러니까 오늘 하루쯤 실현되지 않을 미래의 꿈을 꾼다해도 벌받지 않을 거야.

그다음 날, 이제 내 수명은 1년 남았다. 남은 수명이 1년 이내로 줄어든 뒤에도 가차 없이 세월은 흘러갔다. 입학시험 당일에는 이치노세를 격려하며 배웅했다.

무사히 합격한 이치노세가 교복 입은 모습을 보여주러 집에 찾아왔다. 교복 입은 그녀를 보자 왠지 눈물이 날 것만 같았다.

"아이바 씨 덕분이에요."

내게 그렇게 말하고 행복한 듯이 웃는 그녀의 얼굴을 이후에도 수없이 떠올렸다.

그리고 4월, 이치노세가 고등학교에 다니기 시작했다.

그녀와 지내는 날들도, 이제.

끝이 다가온다.

제4장

나를 잊기를

🦋 / 1

"아이바 씨, 빨리 일어나요! 학교 늦겠어!"

"5분만 더……. 5분 있다가 일어날게."

"아까도 똑같은 소리 하더니!"

이치노세가 이불을 휙 젖히는 바람에 햇빛이 얼굴로 들이쳤다.

수명을 넘기고 세 번째 맞는 6월 2일. 수요일. 맑음.

검은색 콤비 교복을 입은 이치노세의 손에 이끌려 침대에서 내려왔다. 세수를 하고 느긋하게 하품을 하면서 거실로 나가자 "빨리요, 빨리!" 하며 등을 떠민다.

낮은 탁자 위에는 그녀가 준비한 아침 식사가 놓여 있었다. 밥, 연어 된장구이, 두부 된장국, 달걀말이, 낫토.

세상에나! 일본 아침 식사의 대표 격인 메뉴로 가득하다.

우리는 소파를 등받이 삼아 거실 바닥에 나란히 앉았다. 바닥에 깔려 있는 카펫은 이치노세가 골랐다. 뭔지 알 수 없는 무늬가 그려져 있는데 높이가 맞지 않는 소파에 앉기보다는 식사하기가 편해서 아주 쓸모가 있다.

아침 정보 프로그램에 표시된 시각을 확인하자 아직 6시대였다.

"잘 먹겠습니다!" 하고 활기차게 외치는 그녀를 따라 나도 소리를 맞춘다.

연어 된장구이는 알맞게 구워져 있고 살도 부드럽다. 달걀말이는 통통하니 단맛이 딱 좋다. 최근 몇 개월 사이에 그녀의 요리 솜씨가 부쩍 늘었다.

"맛이 어때요?"

솔직하게 "맛있어"라고 대답하자 그녀도 부끄러운 듯 웃으며 먹기 시작했다.

4월부터 고등학교에 다니기 시작한 이치노세는 매일 아침 전철을 타고 등교한다. 평일에도 아침 식사를 차려주러 와서는 오늘처럼 나와 같이 밥을 먹고 학교에 가는 날이 많다.

집에서 떨어져 있는 학교를 선택한 이유는 중학교 동급생들과 만나고 싶지 않기 때문이다. 그녀가 다니던 중학교는, 중고등학교가 함께 운영되는 학교여서 그대로 같은 고등학교로 진학하는 학생이 많다. 그래서 일부러 집에서 다소 떨어진 고등학교에 지원하기로 했다. 시험을 치러야 했지만 그녀를 괴롭히던 동급생들과 마주치지 않고 지낼 수 있다.

의붓아버지의 반대가 있어서 승낙을 얻기까지 무척 힘이 들었다. 이치노세가 설득해도 "다른 고등학교에 가다니 허락할 수 없다"고 고집하며 그녀의 마음을 헤아리려고 하지 않았다. "편한 길로 도망치려는 것뿐이다", "또 안 갈 게 뻔하다"라고 호통을 치며 몇 번씩이나 그녀에게 상처를 주었다. 어머니에게 의논해도 "너만 참으면 해결되는데……" 라면서 의붓아버지 편을 들기만 했다.

집에서 도망쳐 나온 이치노세가 한밤중에 울며 찾아온 적도 있었다. 마음을 위로해줄 만한 말을 하지 못하고 그저 인스턴트 코코아만 끓여주었던 기억이 난다. 오열하는 그녀의 등을 토닥거리면서, 또 자살하는 게 아닌가 불안했다. 그녀는 한밤중에 집을 뛰쳐나온 것과 내가 공부를 봐주고 있는데 원하는 학교에 지원하는 것조차 집에서 허락받지 못하는 게 미안하다며 울면서 몇 번이나 사과했다. 그게 무엇보다 괴로웠다. 나는 조금도 신경 쓰지 않았기에 그녀가 사과할 때마다 융통성 없는 의붓아버지에게 울분이 쌓여갔다.

하지만 이치노세는 스스로 눈물을 닦고, 인정받을 때까지 노력하겠다고 말했다.

"무리하지 않아도 돼"라고 다독였지만 그녀는 고개를 가로저었다. 빨개진 눈으로 나를 바라보더니 "노력할 테니까……, 조금만 더, 이대로 있고 싶어" 하고 매달리듯이 내가슴에 얼굴을 묻었다. 나는 밀어내는 대신 그녀의 몸을 가만히 당겼다.

마침내 이치노세의 강한 집념이 결실을 맺어 자신이 원하는 고등학교에 다니고 있다. 그 학교가 아니면 다니지 않겠다는 의지를 꾸준히 내보인 결과, 의붓아버지가 못마땅한 얼굴로 용인해주었다고 한다. 고등학교에 다니기 시작하면서 가족과 언쟁을 벌이는 횟수는 줄어들었지만 자신을 이해해주지 않는 아버지, 심술궂은 언니들과는 지금도 여전히 관계가 냉랭하다.

당연히 이치노세 본인도 가족과의 관계를 개선하고 싶어 하지 않는다. 버려진 물건은 이미 되찾을 수 없고 마음의 상처는 언제까지나 남아 있을 것이다. 이렇게 이곳에서 식사하고 있는 것만 봐도 가정환경에 변화를 기대하기는 어렵다.

반면 전부터 마음에 걸렸던 고등학교는 문제없이 다니고 있다. 입학할 무렵에는 바뀐 환경에 정신적으로 피곤해하기도 했지만 차츰 적응해가는 것 같다. 같은 반 아이들과도 친해졌다고 하고 딱히 불만을 말한 적도 없다.

솔직히 말하면, 입학 전부터 친구는 필요 없다고 늘 입버릇처럼 말해왔기에 걱정이었다. 학교에 적응하지 못해 또 등교 거부를 하면 어쩌나 하고. 하지만 걱정은 기우였고 이치노세는 순조롭게 고등학교 생활을 보내고 있다.

지금 내 옆에 있는 이치노세는 이제, 죽고 싶어 하는 소녀가 아니다.

처음 만났을 때는 적개심을 드러내고 뚱한 얼굴로 화를 내거나 볼을 볼록하게 내밀기 일쑤였다. 잠시만 눈을 떼도 그사이에 없어져 버려 얼마나 애를 먹었던가.

그러던 그녀의 얼굴이 이제는 온화하게 바뀌었고, 가냘프기만 했던 체형도 이제는 소녀보다는 여성에 가까워졌다. 표정도 훨씬 밝아졌다.

상황이 달라졌을 뿐만 아니라 그녀 자신도 성장하고 있다. 지금까지는 아직 어린애라고 치부해왔지만 이제는 기품이 넘치는 어엿한 여성으로밖에 보이지 않는다.

단아한 그녀에게 마음을 빼앗기고 있다가 눈이 마주쳐 나도 모르게 시선을 돌렸다.

"아이바 씨, 이쪽 좀 봐요. 밥풀이 붙었어."

이치노세는 킥킥 웃으며 내 입술 옆에 붙어 있는 밥풀을 손가락으로 떼더니 그대로 자신의 입에 넣어버렸다. 그런 그녀의 입술은 발그스름하고 매우 부드러워 보였다.

……아니, 잠깐. 넋 놓고 바라볼 때가 아니지.

"너어! 이게 무슨……."

뒤늦게 놀라자 이치노세는 "왜요?" 하며 시치미를 뚝 떼고 고개를 갸웃거린다.

아까 한 말은 취소다. 그녀는 이런 멋쩍은 행동을 아무렇지도 않게 하곤 한다. 기품 있는 여성이라고 부르기에는 아직 이르다. 이런 일로 마음이 흐트러지는 나도 좀 이상하긴 하지만.

"앗, 나가야 할 시간이네!"

"내가 정리할 테니까 얼른 양치하고 와."

"으, 응!"

다 먹고 난 그릇을 정리하고 행주로 탁자를 대충 닦았다. 그리고 내다 버릴 쓰레기봉투를 꼭 묶은 뒤에 잠옷을 벗고 외출복으로 갈아입었다. 이치노세도 학교 갈 준비를 다 마친 모양이다. 그녀가 손에 든 가방에는 아쿠아리움에서 받은 돌고래 캔배지가 달려 있다. 평소에는 이치노세가 학교 가는 길에 쓰레기를 버렸지만 오늘은 내가 하겠다고 나섰다. 이치노세가 조금 어리둥절해하며 "그래도……" 하고 말을 흐리다가 금세 "그럼 같이 가요" 하고는 기쁜 듯이 미소를 지었다.

버튼을 누르고 엘리베이터가 올라오기를 기다린다. 그다지 특별할 것 없는 시간인데도 엘리베이터가 1층에서 천천히 올라오는 것을 보며 작은 행운이라고 생각했다.

엘리베이터에 올라탄 후 문이 닫히자 이치노세가 나에게 몸을 기댔다. 그녀의 체온이 전해져 와 살짝 긴장했다. 나는 피하려 하지 않고 자못 귀찮다는 듯이 "무거워"라고 중얼거렸다. 어리광쟁이인 그녀는 어설픈 연기에 답하듯이 더 유난스럽게 몸을 기대왔다. 하지만 엘리베이터가 3층에 멈춰 서자 우리는 당황해하며 떨어졌다.

"안녕하세요."

엘리베이터를 탄 사람은 양복 차림의 젊은 남성이었다. 이치노세는 내 뒤에 숨어 작은 목소리로 인사에 답했다. 엘리베이터 문에 난 창유리로 우리를 봤을지도 모른다고 생각하니 나도 숨고 싶었다.

쓰레기를 버리고 나자 이치노세는 조금 전의 행동을 이어 하려는 듯 또 몸을 기대왔다. 이번에는 "빨리 안 가면 지각한다!" 하고 밀어냈더니 이치노세가 금세 샐쭉한 표정을 지었다. 그래서 오늘도 할 수 없이 머리를 쓰다듬어주자 쑥스러운 듯 웃었다.

"다녀올게요."

"응, 차 조심하고."

손을 흔드는 그녀에게 나도 작게 손을 흔들어주었다. "오늘도 저녁때쯤 올 거예요"라고 말하는 이치노세. 뒷모습마저도 왠지 즐거워 보여 나는 말을 삼켰다.

"휴우!"

집으로 돌아와 벽에 걸려 있는 달력 앞에서 크게 한숨을 쉬었다.

6월. 수명이 끝날 때까지 이제 반년밖에 남지 않았다. 모든 문제를 해결한 것은 아니지만, 할 수 있는 일은 다 했다.

현재 학교에서는 별다른 문제가 없다. 이치노세는 빠지지 않고 학교에 나가고 있고 친구도 생겼다. 올해 들어서는 자살 의사를 내비친 적이 한 번도 없었다.

이대로라면 내가 없어져도 괜찮을 것이다.

이제 조금씩 거리를 두다가 이치노세 앞에서 모습을 감추기만 하면 된다.

그걸로 우리의 관계는 끝날 거다. 그렇게 생각했다.

부엌에 놓여 있는 도시락통을 바라보다가 나는 또 한 번 한숨을 내쉬었다. 예정대로라면 이번 달, 늦어도 다음 달까지는 그녀 앞에서 모습을 감출 작정이었다.

─ 현재 상황은 어떤가.

이치노세는 매일 아침 식사를 차려주러 온다. 이곳에 들렀다가 등교하느라 그만큼 집에서 일찍 나오고 학교에 지각할 뻔한 날도 많았다. 게다가 내가 먹을 점심 도시락까지 만들어놓고 학교에 갔다가 수업이 끝나면 또 저녁 식사를 준비하러 온다.

그런 생활을 하느라 당연히 친구와 놀러 갈 시간도 없다. 학교에 다니기 시작한 뒤로 한 번도 방과 후에 친구와 어디 들렀다 온 적이 없고, 휴일에도 놀러 나가지 않는다.

순조롭게 고등학교 생활을 보내고 있다고 했지만, 그건 학교 얘기일 뿐이다. 물론 나도 그녀가 이렇게까지 해주는 걸 마냥 좋다고 받아들일 만큼 뻔뻔하지는 않다.

"힘들 텐데 매일 안 와도 돼" 하고 여러 차례 사양했다.

하지만 이치노세는 "제대로 된 식사를 해야죠!"라든가 "신세를 너무 많이 져서 보답하고 싶어서 그래요"라는 이유를 대며 거절했다.

결국 이치노세가 스스로 그만두고 싶지 않다면 딱 잘라 거절할 필요 없다고 판단해 일단은 상황을 두고 보기로 했다. 그때는 아직 학교에 적응하기 전인 데다 가족과 사이가 좋지 않았기 때문에 거절해봐야 또 올 것이 뻔했다.

게다가 사신도 말했듯이 이치노세는 책임감이 강하다. 귀찮게 생각한 적은 한 번도 없지만 집안일을 도와줌으로

써 본인 마음이 편해진다면 됐지, 하고 생각한 시기도 있었다.

그 결과 우리는 멀어지긴커녕 서로 이끌리며 더 가까워졌다.

이런 상황이 되어버린 가장 큰 이유는 내가 안이하게 여긴 데 있다. 헌신적으로 나를 챙겨주는 이치노세의 '호감'을 최근까지 알아차리지 못했다. 이치노세는 작년 가을 무렵부터 내게 응석을 부렸다. 밖에서 내 손을 잡거나 몸을 기대오면서 자살하던 때와는 전혀 다른 사람처럼 나를 대했다.

처음엔 당황했지만 이성으로서의 호감으로 인식하지는 않았다. 게임을 하다가 내 어깨에 머리를 기대며 방해한 적이 여러 번이라 나를 놀리고 있을 뿐이라 여겨 대수롭지 않게 넘기곤 했다.

구제 불능의 바보였다. 어떤 여자를 좋아하느냐며 헤어스타일이나 이상형을 물어와도 그녀의 마음을 눈치채지 못한 채 그녀가 만들어준 음식을 계속 먹었으니까.

그렇다고는 해도 이치노세를 전혀 이성으로 보지 않았던 건 아니다. 손이 닿기만 해도 마음이 술렁였고 그녀가 기대올 때마다 긴장하는 몸은 여전히 익숙해질 기미가 보이지 않았다. 솔직히 말하면 나도, 그녀에게 끌리고 있었다.

훨씬 전부터 그녀의 호감을 어렴풋이 느끼고는 있었다. 하지만 상처 주지 않으려고 도망쳤다. 나만의 착각이라면 창피한 일이고, 착각이 아니더라도 관계를 발전시킬 수는 없다. 내 수명이 반년밖에 남지 않았다는 사실을 안다면 이치노세도 이렇게까지 내게 정성을 쏟지 않을 것이다. 내가 품은 마음은 그녀에게 족쇄가 될 뿐이다.

그래서 줄곧 모르는 척했다. 이치노세가 몸을 기대와도 놀리는 것뿐이라고 스스로 타일렀다. 밸런타인데이에 손수 만든 하트 모양 초콜릿을 받아도 시판되는 초콜릿이라고 생각하며 먹었다. 그녀의 호의는 모두 나의 착각이라고 믿음으로써 호의를 알아차리지 못하는 둔감한 사람을 연기해 왔던 것이다.

그렇게 나는 수없이 내 감정을 죽이고 그녀를 밀어내려 했다.

내가 "가끔은 친구랑 놀다 오지 그래?"라고 권하면 이치노세는 "그럼 아이바 씨 저녁을 못 챙기잖아요?"라고 대답했다. 나는 뼈를 깎는 아픔을 누르고 친구와 놀다 오라고 말하거늘, 그녀는 시치미를 떼며 계속 옆에 있으려고 한다.

단지 그 정도의 대화만으로도 복잡한 감정에 마음이 헝클어진다. 불안하고 초조하고, 자기혐오에 빠지기도 하는

둥 온통 부정적인 생각에 사로잡힌다. 하지만 마지막에는 안심하며 끝난다.

이렇게 각오가 어중간하다 보니 결국은 그녀를 울리고 말았다.

지난달에 있었던 일이다. 이치노세와 저녁을 먹다가 말을 꺼냈다.

"다음 휴일에 친구하고 어디든 놀러 갔다 와."

"아이바 씨 식사는 어떡하고요?"

"매일 안 와도 된다니까. 너도 힘들잖아."

"힘들지 않아요. 오고 싶어서 오는 거니까 신경 쓰지 마요."

몇 번이나 같은 대화를 반복해왔기에 이치노세는 약간 삐친 말투였다.

"네가 그렇게 말해도 나는 신경이 쓰인단 말이야. 앞으로 3년간 학교생활을 해야 하는데 나보다 친구를 우선해야지."

그저 허세다. 속마음은 친구를 우선하길 바라지 않는다.

"……내가 오는 게 폐가 되나요?"

"아니, 폐라고는 안 했어."

그렇게 얼버무리자 이치노세는 고개를 숙였고 어색한 침묵이 흘렀다.

"요전번에도 똑같은 말을 했잖아요. 왠지 날 피하는 거 같아서……."

그렇게 생각해도 어쩔 수 없다. 이치노세 입장에서는 내가 오지 말라고 에둘러서 말하는 걸로 들렸을 것이다. 내게 호감을 느끼고 있다면 더욱 그럴 것이다.

"그럴 리가 없잖아. 나는 네가 걱정돼서⋯⋯."

"나는 친구보다 아이바 씨랑 같이 있고 싶어요."

불안한 눈빛으로 바라보는 그녀에게 마음을 빼앗길 것만 같다.

왜 이런 시시한 대화를 하고 있나 싶어 기분이 좋지 않다.

우리끼리 놀러 나갈 계획을 짜는 게 더 즐거울 텐데.

"⋯⋯게다가 내가 놀자고 해도 안 놀아줘요."

"안 놀아준다니⋯⋯, 무슨 일 있었어?"

학교에서 뭔가 문제라도 일어났나 싶어 순간 조바심이 일었으나 그녀는 고개를 가로젓는다.

"다들 남자친구가 있는걸요. 휴일에는 모두 데이트하느라 시간이 없어요."

처음 듣는 이야기다. 지금까지 여러 차례 친구들과 어울리라고 설득했는데 항상 식사 준비를 이유로 들면서 말을 듣지 않았다. 내가 더 이상 거부하지 못하게 하려고 거짓말하는 걸 수도 있다.

"남자친구가 없는 건 나뿐이니까⋯⋯."

부자연스럽게 말하며 곁눈질로 나를 쳐다본다.

진위야 어떻든 간에 그녀가 그렇게 우긴다면 어쩔 도리가 없다. 평소 같으면 이쯤에서 포기했겠지만, 이날은 달랐다. 가정환경이 개선될 거라고 기대할 수 없는 이상, 그녀를 혼자 남겨둔 채 죽기는 너무도 불안하다. 이대로 여름방학이 시작되면 9월까지는 교우 관계에 진전을 바랄 수 없는 상황이 되고 만다.

초조감이 몰려왔다. 정말로 그녀가 걱정된다면 이제 마음을 굳게 먹어야 한다. 그래서 침을 삼키고는 겨우 이런 말을 내뱉었다.

"너도 학교에서 남자친구를 만들면 되잖아."

꽃병을 깨뜨린 것 같은 기분이 들었다. 말에 마음이 담겨 있지 않다. 당장 취소하고 싶다. 아니다. 그녀에게 말한 게 아니야. 탁자에 놓여 있는 된장국에 말한 거야, 하고 마음속으로 외쳤다. 나는 눈치를 살피며 쭈뼛쭈뼛 이치노세 쪽으로 시선을 돌렸다. 바로 옆에 있는 그녀의 표정을 확인하는 것뿐인데 불안이 파도처럼 밀려왔다.

작년 크리스마스에도 비슷한 말을 했다. 하지만 그때와는 완전히 다르다. 그렇게 그 누구의 마음도 움직이지 못할 한마디가 계기가 되어 정말 이치노세에게 연인이 생긴다면······.

그녀의 얼굴을 볼 때까지 몇 초 동안, 살아 있는 것 같지가 않았다.

심장을 움켜잡힌 기분으로 그녀의 얼굴을 확인한다.

이치노세는, 눈동자에 눈물을 머금고 입술을 깨물고 있었다.

"남자친구 같은 거 필요 없어⋯⋯."

스러질 듯이 슬픈 그녀의 목소리가 귓가에 들려왔다.

울렸다는 죄책감은 들지 않는다. 그런 말 한마디에 그녀가 쉽사리 상처받는다는 데 안도했다. 그녀의 마음을 직접 확인했다는 기쁨이 뒤늦게야 서서히 밀려왔다. 이 감정을 알게 된 이상 이제 그녀에 대한 마음을 속이기는 어렵다. 나는 어느새 그녀를 좋아하게 되었을까.

그로부터 2주 동안 우리의 거리가 더 가까워진 것을 제외하면 아무런 변화가 없었다. 설득하는 것도 비겁하게 여겨져 아무것도 하지 못한 채 지내고 있다.

오늘만 해도 "학교 끝나면 친구하고 놀다 와"라고 말하려 했다. 쓰레기를 버리러 내려간다는 구실을 만들어 의도적으로 기회를 엿보았는데, 결국 아무 말도 하지 못한 채 배웅만 하고 들어왔다.

입시 공부를 시작했을 때부터 이런저런 걱정이 많았지만 이 문제는 예상하지 못했다. 친구만 생기면 우리의 관계는 자연스럽게 끝날 거라고 생각했기 때문이다.

　나와 함께 있는 것보다 또래 친구들과 노는 게 더 즐거울 텐데.

　세면대 위 거울에 비친 내 얼굴을 응시한다. 그리 못생기지도 않았지만 여자들에게 인기를 끌 만큼 멋있지도 않다. 적어도 이치노세와는 어울리지 않는다.

　왜 나 같은 사람을……, 하고 생각해봐야 상황이 달라지지 않는다. 지금 상황에서 내가 갑자기 모습을 감추면 어떻게 될까. 그녀가 상처 입을 것은 불 보듯 뻔한 일이다.

　지금은 어떻게든 이유를 붙여 헌신적으로 날 대하고 있지만, 만약 그녀가 대가를 원하게 된다면 그때 나는 과연 거부할 수 있을까? 자신은 없다.

　이 상황을 초래한 것은, 줄곧 그녀가 보인 호감에서 도망쳐온 나다. 여름방학이 시작되기 전에 어떻게든 이 상황을 바꿔야만 한다.

　그날 오후, 나는 이치노세가 다니는 학교 교문 앞에 서 있었다. 일부러 학교 앞까지 찾아온 이유는 이치노세에게 정말 친구가 있는지를 확인하기 위해서다.

　차분하게 생각해보니 지금까지 그녀의 친구를 본 적이 없었다. 이치노세는 스마트폰이 없으니 친구와 사진을 찍을 일도 없다. 본인은 친구가 생겼다고 했지만 사실은 없는 게 아닐까.

애초에 이치노세는 친구를 사귀려 들지 않았다. 입학하
고 나서도 친구를 만들 생각이 전혀 없어 보이는 그녀가 걱
정되어서 몇 번인가 설득한 적이 있다. 억지로 강요하고 싶
지는 않았지만 그녀에게서 떠나가려면 어쩔 수 없었다. 세
심하게 주의를 기울이며 계속 설득했지만 그저 잔소리같이
되어버려 이치노세가 삐치기도 했다. 지금 돌이켜 생각하
니 심했던 것 같아 반성하고 있다.

그런 일이 있었기에 이치노세가 거짓말할 가능성은 충
분해 보였다. 게다가 아무리 호감을 품고 있다 해도 친구보
다 나와의 시간을 우선한다는 건 아무래도 이상하다.

만약 내 추측이 맞는다면 다시 설득했다간 오히려 역효
과만 낼 수 있다. 새로 작전을 짜려면 우선 이치노세에게 친
구가 있는지를 확인해야 한다.

하교 시간에 맞춰 갔더니 교문에서 학생들이 하나둘씩
나오고 있었다. 굳이 돌고래 캔배지를 찾지 않아도 이치노
세가 나오면 바로 알아볼 자신이 있었다.

눈앞에서 떠들고 있는 남학생 무리도, 팔짱을 낀 채 마냥
즐거워하는 커플도, 학교 교정을 달리는 축구부원도 모두
고등학교 시절의 나와는 다른 생물로 보였다.

왠지 학생 시절이 아련히 떠오른다. 그 무렵으로 돌아가

고 싶은 마음은 먼지만큼도 없지만 지금과는 다른 인생도 있지 않았을까 하는 생각이 들었다. 상상해봐야 이미 늦었는데.

그러고 나서 몇 분 후, 이치노세가 이쪽으로 걸어오는 것이 보였다. 주위 아이들과 똑같은 교복을 입고 있어도 두드러지게 눈에 띄어 금세 알아봤다. 그런데 잘 보니 동급생으로 보이는 여학생 두 명 사이에서 즐거운 듯이 대화를 나누고 있다.

"친구가 있었네."

나도 모르게 입에서 말이 튀어나왔다. 안심과는 거리가 먼 감정이 올라와 더 이상 보지 않고 돌아가려고 했다. 정확하게는 우로보로스 은시계를 사용해 집에 있던 시간으로 돌아가려 했다. 그런데 우로보로스 은시계를 주머니에서 꺼내려 할 때 이치노세와 눈이 마주쳤다.

나를 알아본 순간, 표정이 확 밝아지더니 손을 흔들며 달려왔다.

"뭐 해요? 이런 데서."

"아니, 잠깐……, 뭐."

이치노세의 양옆에 있던 두 친구가 뒤에서 뛰어왔다.

"이분이 바로 그 아이바 씨구나!"

쇼트 머리 친구가 내 얼굴을 빤히 쳐다보고, 세미롱 머리

친구가 "저기요, 쓰키미 어떻게 생각하세요?"라고 호기심 가득한 표정으로 물어왔다.

이런 상황에 익숙지 않은 나는 약간, 아니 무척 당황했다.

"너네, 둘 다 왜 그래!"

이치노세도 느닷없는 친구들의 질문에 당황한 모습이었지만 두 친구는 내게서 떨어지려 하지 않았다.

"쓰키미 너도 알고 싶잖아? 좋은 기회네."

"맞아. 그래서, 쓰키미 어떻게 생각해요?"

훅훅 들어오는 두 사람의 시선을 견디지 못하고 "귀엽지……"라고 대답하자 두 사람 다 꺄악꺄악 소리를 질러댔다. 지금 당장 시간을 되돌려 이불 속으로 들어가고 싶다.

"잘됐네, 쓰키미. 싫어하지 않는다고!"

"귀엽대!"

이치노세의 얼굴이 순식간에 빨개지는 것을 보고 나까지 부끄러워졌다.

"나랑 아이바 씨는 그런 관계가 아니라고!"

두 사람의 소리를 지울 만큼 큰 목소리로 이치노세가 부정했다.

이치노세의 친구들은 어리둥절한 얼굴을 하더니 그대로 서로 마주 본다.

"그럼 어떤 관계예요?"

짧은 머리를 한 친구가 물었다. 세미롱 친구도 '맞아, 맞아' 하는 표정으로 두 번 고개를 끄덕였다.

이치노세는 "나랑 아이바 씨는"이라고 말하다 말고 적당한 대답이 떠오르지 않았는지 내게 "우리 관계는 뭘까요?" 하고 도움을 청해왔다.

그 모습을 본 두 친구는 히죽히죽 웃으면서 이치노세의 등을 세게 밀었다.

"아악!"

그 기세에 이치노세는 균형을 잃고 내 가슴으로 넘어지듯 안겼다. 두 사람은 웃으며 도망치는 것처럼 달려가기 시작했다. 아니, 완전히 달아나고 있다.

"쓰키미! 오늘은 아이바 씨랑 둘이서 돌아가!"

"늦게 들어갈 거면 우리가 집에 전화해줄게!"

"맞다! 가는 길에 세키한(찹쌀에 팥을 넣어 지은 밥. 일본에서는 축하할 일이 있을 때 먹는다) 사 가야지."

"나도!"

폭풍처럼 사라져버린 두 사람. 내 가슴께에 얼굴을 묻은 이치노세의 귀가 빨갛게 물들었다. 돌아가는 길에 서로 얼굴을 쳐다보지 못했다. 평소에는 내 손을 잡고 걷던 이치노세도 오늘은 잡지 않았다.

"저 두 친구한테는 내일 잘 말해놓을게요."

시무룩해 있는 이치노세의 얼굴이 아직도 약간 빨갛다.

"정말 친구 생겼구나."

"……혹시 의심하고 있었어요?"

"그런 셈이지, 친구들하고 놀지도 않으니까 거짓말인 줄 알았지."

"거짓말을 왜 해요?"

뺨을 볼록하니 내밀면서 내 어깨를 툭툭 친다. 조금도 아프지 않지만 주위의 시선이 따가웠다.

"그야 네가 친구를 만들려고 하지 않으니까."

"아이바 씨가 하도 친구를 만들라고 해서 애쓴 건데!"

"미안해, 미안해. 네가 걱정돼서 그런 거야."

주위의 시선을 견디지 못하고 사과하자 이치노세가 손을 내렸다.

"내가 그렇게……, 애 같아요?"

내린 손을 꽉 쥔 채 항의라도 하듯이 나를 쳐다본다. 그녀의 얼굴은 화가 난 것 같기도 하고 침울한 것 같기도 하다.

"친구랑 놀다 오라고 자주 말했잖아요. 아이바 씨가 나를 피하는 건 아닌가 걱정이 돼서 아까 그 친구들에게 상담한 적이 있어요. 그랬더니 애 취급당하고 있는 거라며 웃어서……."

두 사람이 그래서 나를 알고 있었구나.

"그럴 리가 있나. 오히려 매일 요리를 해줘서 얼마나 고마운데. 하지만 그러느라 친구도 못 사귀고 그러면 미안하잖아. 내 입장에서는 그렇지 않겠어?"

이치노세는 고개를 숙인 채 말이 없었지만 수긍하지 못하는 모양이다.

"아까 그 친구들이랑 사이가 나쁜 건 아니지?"

"그럼요."

"그럼 이번에 셋이서 놀다 와."

이치노세가 난감한 표정을 지었으나 "나도 가끔은 혼자서 느긋하게 있으려고"라고 거짓말을 하자 "응" 하고 조그만 소리로 대답했다.

그녀가 고개를 끄덕인 건 처음이다. 하지만, 기쁘지가 않다. 두 사람 다 이런 걸 원하는 게 아니면서, 바보!

"나한텐 신경 쓰지 않아도 되니까 친구들하고 보내는 시간을 소중히 여겨."

"응……."

"그리고 놀러 갈 때 돈 필요하면 말하고. 줄 테니까."

"응……, 앗! 또 애 취급했어!"

다시 뺨을 볼록하게 삐죽이더니 내게 기대왔다. 나는 정말 귀찮다는 듯이 "무거워"라고만 중얼거렸다. 우리는 이제 몇 번 더, 이런 대화를 나눌 수 있을까.

하아……. 또 시작이다.

오늘도 역시, 그 생각이 뇌리를 스친다.

— 수명을 내놓지만 않았더라면.

/ 2

"어제는 혼자 쓸쓸하지 않았어요?"

한참 저녁을 먹다가 옆에 앉은 이치노세가 물었다.

"별로. 평소랑 똑같았는데?"

나는 눈이 마주치지 않도록 된장국을 마셨다.

옆에서 "그래요?"라고 불만이 가득 담긴 목소리가 들려왔다.

수명을 넘기고 세 번째 맞는 6월 30일. 수요일. 흐림.

이치노세는 그 뒤부터 조금씩 친구와 놀게 되었다.

바로 얼마 전까지는 아침에 식사를 차려주러 오고 방과 후에는 친구와 잠시 어디 들렀다가 저녁을 만들어주러 또 오곤 했지만, 지금은 하루 종일 오지 않는 날이 많아졌다.

이대로 이곳에 오는 빈도가 줄어든다면 우리는 자연스

럽게 헤어지겠지. 이렇게 순조롭게 생각한 시기도 있었지만, 그리 수월하게 흘러가지만은 않는 게 현실이다.

최근 며칠 사이에 그녀는 "쓸쓸하지 않아요?"라든지 "혼자 있으면 불편하죠?"라고 묻는 일이 잦았다. 당연히 질문에 담긴 의미를 이해하고 있고 그녀도 내게 의미가 전해졌다는 걸 알면서 묻는다.

이치노세는 예전의 생활로 돌아가고 싶어 하는 거다. 애초에 그녀의 말과 행동을 보면 내게 걱정을 끼치지 않으려고 친구들과 어울리는 게 느껴진다. 친구들과는 사이좋게 잘 지내는 것 같지만 휴일이 다가오면 항상 내 팔을 붙잡고 "어디든 놀러 가요"라고 먼저 말을 꺼낸다. 기뻐할 상황이 아닌데, 마음 한구석에서 안심하는 나 자신을 깨닫곤 한다. 한심하다.

구실로 삼았던 '친구 관계를 우선해라' 같은 허울 좋은 말은 이제 하지 않거니와 거리를 두려는 발언을 했다가는 또다시 그녀를 상처 입히고 말 것이다.

저녁을 먹고 설거지를 마친 뒤, 이치노세는 침대 위에서 뒹굴고 있었다. 그 옆에는 한 사람이 더 누울 수 있는 공간이 비어 있었지만 나는 못 본 척했다. 침대 가장자리에 걸터앉아 스마트폰 게임의 전원을 켰다.

"무슨 게임 해요?"

내 옆에 앉은 이치노세가 얼굴을 가까이 들이댄다. 그녀의 몸이 닿아 반사적으로 뒤로 물러났지만 그녀가 "안 보여" 하며 더 가까이 다가왔다.

"내일도 학교 가는 날인데, 이제 집에 가야지."

"아직 가고 싶지 않은걸."

바로 옆에서 하얀 이를 보이며 장난스럽게 웃는다.

"그러고 보니 방에 게임이 늘었네요."

그 말에 움찔했지만, 아무 말 없이 게임을 계속했다.

"딱 내가 친구와 놀기 시작하면서 늘어난 거 같단 말이지"라고 그녀가 말하는 바람에, 평소에 하지 않던 실수를 저질러 게임이 끝나버렸다.

게임 오버라고 표시된 화면을 보면서 이치노세는 "역시 쓸쓸한 거 아녜요?" 하고 자극하듯이 미소를 짓는다.

"그럴 리가 있냐."

"게임 상대해주려고 했더니."

계속하기 버튼을 눌러 이어서 게임을 했지만 아까보다 잘 안 되고 금세 체력이 떨어졌다. 정곡을 찔렸다. 이치노세가 오지 않는 날은 할 일이 아무것도 없고 지루했다.

인기 있는 게임을 닥치는 대로 사서 혼자 놀고 있지만 재미가 없었다. 그저 시간 때우기다. 그녀가 오지 않는 날은 게임을 하면서 몇 번이나 시계를 들여다보고 다음 날로 시간을 돌릴 수는 없나, 한숨을 쉬었다.

나도 물론 매일 만나고 싶다. 이치노세를 데리고 놀러 가고 싶고 둘이 저녁을 먹고 싶었다. 어차피 반년밖에 살 수 없으니 마지막쯤이야 마음 가는 대로 행동해도 되지 않을까, 생각할 때도 있다. 지금은 어떻게든 버티고 있지만, 언제까지 버틸 수 있을진 모르겠다. 바로 얼마 전에도 하마터면 큰일 날 뻔했다.

텔레비전을 보고 있는데 이치노세가 옆에 앉더니 내 손을 잡았다. 뺨이 약간 불그스레한 그녀와 눈이 마주쳐 빨려 들어갈 듯이 바라보았다.

정신을 차리고 보니 서로 얼굴을 가까이 마주 대고 있었다. 입술이 닿기 직전에 제정신이 돌아와 당황해서는 잡고 있던 손을 놓았다. 그 후로는 아무 일도 일어나지 않았지만 아쉽다는 듯 자신의 입술을 만지작거리던 그녀의 얼굴을 잊을 수가 없다.

둘이 함께하는 시간을 조금씩 줄여나가면 자연스레 헤어질 수 있을 것이란 생각은 오산이었다. 이치노세를 만나지 못하는 날 혼자 시간을 보내며 그동안 그녀의 존재가 내게 얼마나 구원이었는지를 절실히 깨달았다.

분명 그녀도 같을 것이다. 함께 있는 시간이 제한되자 나도 그녀도 함께하는 시간을 소중히 여기게 되었고, 그 외의 시간은 소홀히 대했다. 지금은 이치노세와 만나는 날이 크리스마스보다도 특별하게 느껴진다. 며칠만 만나지 못해도 이렇게 가슴이 찢어질 듯 아픈데, 견우와 직녀처럼 1년에 한 번밖에 못 만난다는 건 제정신으로는 할 수 없는 행동이 아닐까.

서로를 의식하게 되면서 애타는 나날을 보내는 동안 우리는 언제 무슨 일이 일어나도 이상하지 않을 만큼 급격히 가까워지고 말았다. 이치노세는 함께 있는 시간을 늘리려고 '아직 돌아가고 싶지 않다'고 말하고, 나는 얼굴에 감정이 드러나지 않도록 평온을 가장한다.

두 사람 모두 이런 거 어설픈 연극임을 잘 알고 있다. 서로 상대의 마음을 떠보는 단계는 이미 예전에 지났다. 어느 한 사람이 한 발만 아주 살짝 내디뎌도 우리 사이에 놓인 얇고 약한 벽은 어이없이 무너질 것이다.

결국 이치노세와의 관계를 끊지 못한 채 6월이 지나갔고 내 수명은 이제 반년도 채 남지 않았다.

수명을 넘기고 세 번째 맞는 7월 4일. 일요일. 맑음.

이날, 동네 역에서 이치노세와 만나기로 했다.

"이번 일요일에 어디든 놀러 가요."

이치노세가 말을 꺼냈다. 그녀와의 거리를 좁히는 행동

은 더 이상 하지 말아야 한다는 걸 잘 알면서도 나는 주저 없이 제안을 받아들였다. 그러고 보니 그녀가 고등학교에 다닌 뒤로는 별로 놀러 가지 않았다. '마지막 추억을 만든다 생각하고 즐겁게 놀면 되지'라고 나 자신에게 말했다. 하지 만 그 말을 듣는 쪽의 나는 또 이런 일이 생겼을 때 거절할 자신이 없었다.

"늦어서 미안해요."

뛰어온 이치노세에게 인사한 후 역으로 걸음을 옮기려 다 다시 한번 그녀를 쳐다보았다. 이치노세는 어깨가 드러 난 흰색 상의에 검은색 데님 반바지를 입고 있다. 평소와는 완전히 다른 스타일을 한 그녀는 산뜻하고 성숙해 보였다. 굉장히 잘 어울렸지만 저렇게 다리를 내놓고 다녀도 되는 걸까 하고 쓸데없는 걱정을 하고 말았다.

"왜요?"

"왠지 오늘은 평소와 다르구나 싶어서."

"그래요? 어제 쇼핑 가서 친구가 골라줬어요. 약간 부끄 럽지만 오랜만에 아이바 씨랑 데……, 아니 외출하는 거니 까."

수줍어하며 웃는 그녀를 나는 똑바로 바라보지 못했다.

현재 시각은 오전 9시. 이제 전철을 타고 가까이에 있는 유명한 동물원에 가려고 한다.

　동물원에는 초등학교 때 소풍으로 가본 게 전부였다. 그 말을 했더니 이치노세가 놀라면서 "그럼 동물원에 가요"라고 제안했던 것이다.

　전철을 타고 가는 동안 딱히 대화를 나누지 않았지만 몇 번이나 서로 눈이 마주쳤다.

　역 개찰구를 나가자 1분도 걸리지 않아 동물원이 보였다. 입구 정문에는 커다란 코끼리 동상이 서 있다. 그것을 본 이치노세가 "코끼리 형상이네요"라고 말하며 웃었다(코끼리象와 형상像을 나타내는 한자의 일본어 발음이 같아서 한 말장난).

　입장료를 내고 정문으로 들어갔다. 우선 입구에서 쭉 뻗은 길을 따라 걸었다. 화창하고, 너무 덥지 않아서 산책하기에 딱 좋은 날씨다. 구불구불 굽은 길을 걸어가는 동안 주위의 시선이 이치노세에게 쏠리고 있다는 걸 알아차렸다. 정작 본인은 깨닫지 못했지만, 데이트하던 남성이 이치노세를 바라보다가 옆에 있는 여자친구에게 머리를 쥐어박혔다.

　아프리카원이라고 크게 쓰여 있는 간판을 지나자 동물들이 시야에 들어왔다. 이치노세가 그늘에서 쉬고 있는 서벌을 찾아내기도 하고, 기린과 얼룩말이 나란히 식사하는 모습을 관찰하기도 하고, 우리에게 얼굴을 보여주지 않고 돌아앉아 있는 치타를 바라보기도 하며 걸어갔다.

동물원의 상징인 라이온버스가 이 구역에 있기에 타보 기로 했다. 얼룩말 무늬가 그려진 버스를 라이온버스라고 부르는 건 조금 이상하다는 생각이 들었지만.

버스가 달리기 시작하자 차내 스피커에서 사자의 습성 과 사자에 관한 토막 지식을 설명하는 안내 방송이 흘러나 왔다. 수면 시간이 하루 15시간이라고 하자 옆에 앉은 이치 노세가 "아이바 씨 같아요"라고 조그맣게 속삭이며 웃었다. 혹시 몰라서 밝혀두지만, 나는 하루에 15시간이나 자지 않 는다.

사자가 버스로 다가왔다. 차체가 얼룩말 모양이라 다가 오는 건가 싶어 조마조마했는데 버스 바깥쪽에 매달아놓은 고깃덩어리를 먹으러 온 것뿐이었다. 이치노세는 가까이 다가오는 사자에게 손을 흔들다가 사자가 창에 얼굴을 들 이대자 들었던 손을 움츠리며 무서워하고 있다. 그런 그녀 의 옆구리를 손가락으로 쿡 찔렀더니 비명을 지르며 벌떡 일어섰다. 버스에서 내린 뒤 내 옆구리를 쿡쿡 찔러대는 그 녀에게 여덟 번 정도 사과했다.

"오오, 라쿤이 있네."

"아이바 씨, 저건 레서판다예요."

아시아원 구역에는 레서판다와 꽃사슴이 있었다. 긴 코

로 먹이를 집어 먹는 코끼리, 선명한 빛깔을 뽐내는 잉꼬, 나무 구멍 속에서 잠자고 있는 날다람쥐, 하품을 하는 눈표범 등 다양한 동물을 보면서 돌아다녔다.

이치노세가 공중에서 줄타기하는 오랑우탄을 올려다보는 동안, 나는 그 옆에 "오랑우탄은 혼자서 살아가는 동물이다"라고 쓰인 설명판을 보고 있었다.

그때 이치노세가 쿡쿡 내 어깨를 찔렀다.

"왜 그래요? 어두운 얼굴을 하고."

"아니, 이걸 읽고 있었어. 다음은 어디로 갈까."

"저쪽에 올빼미가 있는 것 같던데 가볼래요?"

그렇게 말하고는 내 손을 잡아끈다. 이 손은 언젠가, 내가 아닌 다른 누군가의 손을 잡아끌겠지. 그 누군가를 보지 않고 일생을 마치고 싶다. 동물원에 와서 무슨 생각을 하는 거냐.

이번이 이치노세와의 마지막 외출이 될지도 모르는데.

동물원 안에 있는 카페에서 점심을 먹고 나서 지도를 보며 곤충원으로 향했다.

돔 형태로 만들어진 곤충원 건물은 상공에서 보면 나비 모양이라고 한다.

"역시 관둬요."

카페를 나온 뒤부터 이치노세가 계속 내 옷을 잡아당겼

다. 곤충을 싫어하는 그녀의 제지를 무시하고 그대로 곤충원 안으로 들어갔다. 내 옷자락을 꽉 쥔 그녀도 함께.

건물 외관대로 내부는 커다란 유리를 끼운 돔으로 되어 있었다. 온실이어서 따뜻했고 곳곳에 나무와 꽃이 심겨 있다. 천장을 올려다보지 않으면 실외라고 착각할 정도였다.

이 거대한 열대식물원 내에 2천 마리나 되는 나비가 서식하고 있다고 한다. 안내에 따라 걷기만 하는데도 다양한 종류의 나비가 시야로 날아들었다. 한 번도 본 적 없는 나비도 많았고 꽃의 꿀을 빨대 같은 입으로 빨아들이는 모습도 관찰할 수 있었다.

사람을 잘 따르는 나비는 때때로 어깨에 앉기도 했다. 보기만 하는 건 아무 문제 없었던 이치노세는 나비가 어깨에 앉을 때마다 몸이 굳어서는 내게 도움을 청했다.

나비가 그녀의 주위를 날아다니는 광경은 무척 신비로워 보였다.

그러고 보니 사신은 우리를 '날개 없는 나비'에 비유했지. 하지만 지금의 이치노세는 더 이상 날개 없는 나비가 아니다. 확실히 앞으로도 달라질 것이다. 많은 사람을 만나면서 시야가 넓어지면 눈앞에 있는 그녀도 달라질 게 분명하다. 내게 품고 있는 마음과 함께. 이제 내가 없어도 그녀는 혼자 어디까지든 날아갈 수 있다.

……이렇게 강한 척해보지만, 이내 미련이 잔뜩 남은 상상을 하고 만다.

만약 수명을 내놓지 않았더라면 우리는 어떤 관계가 되었을까.

사신과 거래하지 않고 자살도 하지 않은 채 1년 후 크리스마스에 또다시 다리에 있었다고 하자. 그곳에 이치노세가 왔다가 내가 있는 걸 보고 자살을 포기하고 돌아간다. 그리고 나중에 다시 다리 위에서 그녀와 만난다. 눈이 마주치지만 이야기를 나누지는 않는다. 그 뒤로도 우리는 자살하려는 타이밍이 우연히 겹쳐 그 다리 위에서 몇 번이나 더 만난다. 그런 날들이 반복되다가 예기치 못한 기회에 대화를 나누고 둘이서 함께 놀러 다니는 사이가 된다.

그리고 우리는…….

생각해봐야 시간 낭비다. 우로보로스 은시계가 없었다면 지금의 관계는 이루어지지 않았다. 이제 와 이런 망상에 빠진들 수명이 되돌아오는 것도 아닌데.

곤충원을 나온 우리는 오스트레일리아원 쪽으로 발길을 옮겼다.

엎드려 있는 캥거루의 사진을 찍고 에뮤의 알을 만져보기도 하며 동물원을 구경하는 동안에 하늘이 발그스름하게 물들었다.

마지막으로 코알라관이라고 쓰인 건물로 들어갔다.

어슴푸레한 통로를 지나 코알라가 있는 넓은 공간을 유리 너머로 들여다보았다. 코알라가 포착될 만한 가느다란 나무는 많았지만 가장 중요한 주인공이 보이지 않는다. 잘 찾아보니 코알라 한 마리가 나뭇가지를 붙잡고 앉아 등을 보이고 있었다.

가까이에 있던 사육사의 말을 들어보니 얼마 전에 친구가 죽어서 혼자 남았다고 한다. 넓은 공간에 한 마리밖에 없는 광경이 적적하게 느껴졌다.

"코알라, 혼자 쓸쓸해 보였어."

정문 쪽으로 걸어 나가다가 이치노세가 툭 내뱉었다.

아까 사육사는 국내에 있는 코알라 수가 적어 다른 코알라를 데려오기가 어렵다며 안타까워했다. 그 코알라는 혼자 그곳에서 지내야 할지도 모른다.

그런 생각을 하고 있는데 이치노세가 내 손을 잡았다.

"갑자기 왜 그래?"

"나는 이제 혼자가 아니야, 하고 갑자기 안심이 돼서요."

미소를 지으며 손에 꾸욱 힘을 준다.

"다행이야. 너한테 친구가 생겨서."

"무슨 소리예요?"

"만약 내가 죽어도 그 코알라처럼 외톨이가 되지 않……."

도중에 이치노세가 "아이바 씨" 하고 말을 가로막았다.

"농담이라도 그런 말 하지 마요."

저녁노을이 비친 이치노세의 얼굴은 당장이라도 울음을 터뜨릴 듯 불안해 보였다.

"만약에 말이지. 진지하게 듣지 말라니까" 하고 웃었지만 이치노세는 고개를 떨구었다.

"아이바 씨가 없어진다니······, 생각만 해도 두려워요."

"엄살이 심하네. 내가 없어져도 잘해나갈 수 있잖아."

이치노세는 고개를 가로저으며 부정했다.

"더 이상 소중한 사람을 잃는 건 싫어요. 그리고 나는 아이바 씨를······."

그다음 말을 할까 말까 망설이는 그녀의 머리를 헝클어질 정도로 세게 쓰다듬었다.

"그런 심각한 얼굴 하지 마. 학교에도 잘 적응하고 있고 나 같은 거 내버려 두고 놀면 돼. 나중에 청춘을 즐겼더라면 좋았을걸, 하고 후회해도 그땐 이미 늦으니까."

여느 때처럼 농담 섞인 말투로 자연스럽게 말한 걸까, 나도 잘 모르겠다.

잠깐 뜸을 들인 후 이치노세가 "아이바 씨" 하고 상냥한 목소리로 말했다.

"저, 후회 같은 거 안 해요."

결코 큰 목소리는 아니었다. 하지만 자신감으로 가득 차 있었다.

"아빠도 자주 말씀하셨어요. '문병 안 와도 되니까 친구들하고 놀다 오거라' 하고요. 하긴 아빠 말대로 친구와 놀았더라면 애들한테 괴롭힘당하지 않았을지도 몰라요. 하지만……, 후회는 하지 않아요."

몇 초인가 침묵했다가 이치노세는 "그러니까" 하고 말을 이었다.

"아이바 씨에게 폐가 되지 않는다면 계속 곁에……, 있고 싶어요."

이치노세와 눈이 마주쳤다. 부끄러운 듯 어색한 웃음을 보였다.

소용없었다. 억누르고 있던 감정이 가슴 밑바닥에서 터질 듯한 기세로 치고 올라왔다.

나만이 볼 수 있는 그 미소를 언제까지나 독점하고 싶다.

깨달았을 때는 이미 "나도"라는 말을 입 밖으로 내고 말았다.

"나도, 함께 있고 싶어."

절대로 해서는 안 되는 말인데, 멈출 수가 없었다.

"올해도 함께 불꽃놀이를 보러 가고 싶고 크리스마스도 함께 보내고 싶어. 올해뿐만 아니라 내년에도 그리고 후년에도."

말해버렸다. 상대에게 부담스러울 수도 있는 말을 하고 말았다.

"저기요……, 아이바 씨?"

"왜, 뭐?"

"……부끄러워요."

그런 말을 하게 만들어놓고 반응이 그거냐, 싶어 웃음이 나왔다.

"정말로 함께 있어도 돼요?"

그럼, 하고 대답했다.

"거짓말 아니고?"

거짓말 아냐, 라고 대답하자 이치노세는 "약속한 거예요?" 하고 다짐하며 내 얼굴을 쳐다본다.

"어, 약속해. 무슨 일이 있어도 이치노세 앞에서 사라지거나 하지 않아."

그녀의 눈을 보면서 끝까지 똑똑히 말했다. 그러고 나서 우리는 눈을 맞추지 못하고 서로의 그림자를 보며 걸었다. 거짓말이 아니라, 정말이었다면 얼마나 좋았을까.

이대로 함께 있을 수 있다면 얼마나 행복할까.

그럴 수 있지 않았을까, 싶은 날들을 상상해봐야 몽상으로 끝날 뿐이다.

더 일찍 관계를 끊었어야 했다. 반년밖에 남지 않았기 때문에, 조금은 함께 있어도 용서받을 수 있을 거라고 생각했다. 마지막쯤이야 마음 가는 대로 해도 된다고? 멍청한 놈.

내가 죽으면 이치노세가 얼마나 슬퍼할지는 처음부터 알고 있었잖아. 맨 마지막에 인생 최대의 오점을 만들면 어떡하냐.

나는 이치노세의 손을 놓고 주머니에서 우로보로스 은시계를 꺼냈다. 시간을 되돌려 오늘 일어난 일을 없었던 것으로 만드는 거다. 그리고 다음에 만날 때는 확실하게 이별을 고하자.

어떤 방법으로 헤어지든 이치노세는 슬퍼하겠지.

하지만 이대로 있다가는 더욱 힘들게 할 뿐. 무엇보다 사별만은 절대로 피해야 한다. 아버지를 여의었을 때와 똑같은 슬픔을 다시 겪게 하고 싶지 않다.

단호히 말했어야 했다. 그런 당연한 일, 훨씬 전부터 알고 있었다. 그런데 말하지 못했다. 줄곧 두려웠다. 그녀와의 관계를 끊어내기가.

이제 시간이 얼마 없다. 더 이상 도망쳐서는 안 된다.

이치노세, 미안해. 나는 눈을 감고 우로보로스 은시계에 그녀의 행복을 빌었다.

"아이바 씨, 왜 그래요?"

눈을 뜨자 이치노세가 눈앞에 있다. 주위의 경치가 조금
도 달라지지 않았다.

"아니, 아무것도 아냐."

다시 한번 시도해봤지만 변화가 없다. 어떻게 된 일일까.
여러 차례 시도해봐도,

— 시간이 되돌아가지 않는다.

✽ / 3

수명을 넘기고 세 번째 맞는 7월 18일. 일요일. 맑음.

이날, 낮부터 혼자 공원 잔디밭에 가 있었다. 이치노세와
불꽃놀이를 본 바로 그곳이다.

중앙에 자리한 커다란 나무 밑에서 비눗방울을 분다. 동
실동실 날아가는 비눗방울을 멍하니 바라보면서 한숨을 내
쉬었다.

시간을 되돌리지 못하게 된 지 2주, 그녀와의 관계를 아
직도 끊지 못하고 있다.

그 뒤 몇 번이나 시도했지만 전혀 반응이 없다. 게다가
은시계 뚜껑을 열어보니 시곗바늘이 사라지고 없다. 시계

판만 남아 있어 평범한 시계로도 사용할 수 없다. 시간을 되돌릴 수 없게 된 원인도 아직까지 알 수가 없다.

회중시계는 고장 나기 쉽다는 말을 들었지만 백 엔 숍에서 파는 싸구려 손목시계와는 다르다. 수명과 맞바꿔 손에 넣은 시계이니만큼 '망가져서 곤란한데' 하고 끝낼 일이 아니다.

사신에게 클레임을 걸고 싶지만 그쪽에서 나타나지 않으면 불평 한마디 할 수가 없다. 날 관찰하고 있다면 내가 만나고 싶어 한다는 것쯤 알고 있을 텐데도 모습을 나타내지 않는 사신에게 짜증이 났다. 하지만 이게 바로 사신의 노림수였다면 계략이 적중한 것이다.

아니면 사신의 신변에 무슨 일이 생긴 걸까. 그런 녀석이다. 뒤에서 누군가에게 찔렸다 해도 전혀 놀랍지 않다. 사신의 신변에 생긴 어떤 일이 원인으로 작용해 우로보로스 은시계를 사용할 수 없게 된 거라면 수명이 되돌아올 가능성도 있을지 모른다고, 약간은 기대했다.

하지만 수명을 내놓았을 때 덮쳐온 상실감은 지금도 남아 있다. 그날부터 무언가가 결여된 상태 그대로 변함이 없다. 그러니 수명도 반년밖에 남지 않은 상황 그대로일 것이다.

사신이 어떻게 되었든 이치노세와의 관계를 끊어내야

하는 건 변함없다.

돗자리 위에 누워서 나뭇잎 사이로 비치는 햇빛을 받으며 생각한다. 어떻게 이별의 말을 꺼내야 할까. 아무리 생각해도 그녀가 납득할 만하고 무난한 이별 방법이 떠오르지 않는다.

각오를 했는데도 이 모양이다. 그러잖아도 심각한 문제인데 시간마저 되돌릴 수 없게 되어 한층 더 꼬이고 말았다. 그런 약속을 하고 난 뒤다. 이치노세에게 '다시는 만날 수 없어'라고 말했다가는 틀림없이 최악의 이별이 될 것이다.

이런 사태가 벌어질 줄 알았더라면 시간을 되돌릴 수 있을 때 행동했어야 한다.

결국 아무 결론도 내지 못한 채 저녁이 다 되어 집으로 돌아왔다. 문을 열려는데 현관문이 잠겨 있지 않았다. 낮에 나올 때 문을 안 잠갔나 의심하기에 앞서, 이치노세가 와 있을지 모른다는 기대감에 마음이 요동쳤다. 하지만 오늘은 친구와 놀기로 해서 못 온다고 했던 게 떠올랐다. 복도는 완전히 캄캄하고 모든 방에 불이 꺼져 있다. 역시 문 잠그는 걸 잊고 나갔나 보다, 낙담했다. 그런데 거실에 어렴풋이 사람의 그림자가 보였다. 불안한 손놀림으로 전등을 켰다.

"와버렸네요."

눈앞에 있는 것은 이치노세……가 아니라 사신이었다.

평소와 달리 귀여운 목소리를 내려 하는 것 같았다. 하지만 사신의 본래 목소리를 알고 있는 내 귀에는 갑자기 인형이 말하기 시작한 것처럼 섬뜩하고 공포스럽게 들릴 뿐이다. 탁자에는 사두었던 포테이토 칩이 봉지만 놓여 있다. 멋대로 먹지 말라고.

"뭐가 '와버렸네요'냐! 불법 침입이지."

"그런 무서운 얼굴 하지 마세요. 예행연습이에요."

"무슨 예행연습이라는 거야. 그보다는 시간이 되돌아가지⋯⋯."

사신이 집게손가락을 내 입가에 가져다 댔다.

"이야기는 나중에 합시다. 오늘은 보여주고 싶은 게 있어요."

그대로 택시를 부르라고 명령하더니 쉴 틈도 없이 나를 밖으로 데리고 나갔다.

택시를 타고 가는 동안 시간을 되돌릴 수 없게 된 이유를 묻고 싶었지만 아무래도 운전기사 앞에서 물어볼 수는 없어 아무 말 없이 창밖으로 경치만 바라보았다.

잠시 후 집에서 약간 떨어진 곳에 있는 패밀리 레스토랑 앞에 내렸다. 문이 열린 순간, 사신이 도망치듯 내리는 바람에 택시 요금은 내가 낼 수밖에 없었다.

"보여주고 싶은 게 있다며?"

급경사진 계단을 오르며 묻자 "금방 알게 될 겁니다"라고 대답했다.

1층이 주차장이고 2층에 입구가 있는, 어디에나 흔히 있는 패밀리 레스토랑이다.

이런 데서 뭘 보여주려는 걸까. 패밀리 레스토랑이라면 집 근처에도 있다. 일부러 이곳을 택한 이유는 택시 요금을 많이 내게 하려고?

"어서 오십시오!"

가게 안으로 들어서자 점원이 활기찬 목소리로 외치며 가볍게 고개 숙여 인사한다. 그 점원과 눈이 마주친 순간, 사신이 보여주고 싶은 게 무엇인지 단박에 이해했다.

"아이바 씨……, 어떻게 여기에……?"

웨이트리스 차림을 한 이치노세가 눈앞에 서 있었다. 프릴이 달린 흰색 유니폼을 입은 이치노세의 눈이 휘둥그레졌다. 당황한 모습을 감추지 못한 건 나도 마찬가지였다.

"너……, 아르바이트하고 있었어?"

아르바이트를 하고 있다는 건 전혀 몰랐다. 아니, 애초에 아르바이트를 하고 싶다고 말한 적도 없다. 대체 언제부터……. 게다가 오늘은 친구와 노는 거 아니었어?

이치노세는 고개를 살짝 끄덕인 후 부끄러운 듯 "자리로 안내하겠습니다"라고 말했다. 빈자리로 안내하면서 이치노세는 몇 번이나 내 쪽을 쳐다봤다. 사신과 마주하고 앉자, 그녀의 시선이 사신을 향해 있다는 걸 알았다.

"메뉴를 결정하시면 버튼을 눌러주세요."

도망치듯 가버리자 사신이 킥킥 웃음을 터뜨렸다.

"모르고 있었지요? 그녀, 얼마 전부터 여기서 일하고 있어요."

이치노세가 패밀리 레스토랑에서 아르바이트한다는 건 상상해본 적도 없다. 하지만 왜, 나한테 아르바이트한다는 얘길 안 했을까.

언제나처럼 내 속마음을 꿰뚫어 보고 있겠지. 사신이 대답했다.

"당신에게 줄 선물을 사려고 아르바이트를 시작한 겁니다. 기특하지요."

사신은 감탄한 기색을 보이고는 "내가 폭로해버렸지만요" 하고 천박하게 웃었다.

이제 관계를 끊으려 하고 있는데 선물이라니.

"날 괴롭히려고 이곳에 데리고 온 거야?"

"그럴 리가요. 나는 당신을 도우려는 것뿐입니다."

"나를 돕는다고?"

"그렇습니다. 수명을 내놓은 걸 후회하고 있는 당신을 돕기 위해서죠."

사신은 분명히 그렇게 말했다.

내가 후회하고 있다고? 바로 부정하려는데 사신이 먼저 "다시 한번 말하죠. 당신은 후회하고 있어요"라고 밉살스럽게 웃으며 말했다.

"당신은 최근에 몇 번이나 '수명을 내놓지 않았더라면 이치노세 쓰키미와 계속 함께할 수 있을 텐데'라고 생각했지요? 그건 틀림없이 수명을 팔아넘긴 데 대한 후회입니다."

사신이 말한 대로 수없이 생각하기는 했다. 하지만,

"남은 수명이 반년이 아니라면, 이라고 생각했을 뿐이야. 은시계의 힘이 없었다면 이치노세를 만나지도 못했을 거고. 그저 상상에 지나지 않아."

"아니죠, 당신은 석연치 않아 했어요. 요즘 당신은 우로보로스 은시계가 없었더라도 그녀와 만났을지 모른다고 망상에 빠지지 않았던가요?"

머릿속을 들여다보고 있다는 데 불쾌감을 느끼며 반론했다.

"상상은 했지만, 한 번이라도 엇갈리면 자살하고 끝났겠지. 지금과 같은 관계가 되었을 거라고는 도저히 생각할 수 없어."

"정말입니까? 그녀가 자살하는 미래밖에 없었을 거라고 자신 있게 말할 수 있나요?"

"……"

분명 우연이 겹치면 다른 미래가 펼쳐졌을 수 있다고 생각했다. 그런 망상을 할 때, 이미 후회하고 있는 거였다고 한다면 어쩔 수 없다.

"뭐, 나는 당신이 후회하든 말든 상관없지만요. 다만 우로보로스 은시계는 당신이 '후회했다'고 판단했어요."

"은시계가 판단했다고?"

"우로보로스 은시계는 수명을 넘긴 걸 후회한 인간은 더 이상 따르지 않아요."

"그 말은……, 후회하면 시간을 되돌릴 수 없게 된다는 뜻인가?"

그렇습니다, 하고 사신은 태연히 말했다.

"진작 말해줬어야지" 하고 화를 냈지만 사신은 "저는 분명히 충고했고, 당신이 절대로 후회하지 않는다고 자신만 만하기에 말하지 않은 겁니다"라며 조금도 미안해하지 않았다.

"대개는 중요한 순간에 시간을 되돌릴 수 없게 되어 패닉 상태가 되지요. 당황해서 어쩔 줄 모르는 모습을 관찰하는 것이 묘미인데 당신은 정말 너무 재미가 없어서 실망했어요."

"난 말이야, 시간을 되돌릴 수 없게 된 탓에 이치노세와 약속을 해버렸다고!"

처음부터 알았다면 그런 부끄러운 말은 하지 않았을 텐데.

"그러고 보니 그녀에게 '널 좋아해. 평생 곁에 있어 줘', 뭐 이런 말을 했더군요."

전부 알고 있으면서 일부러 연극하는 듯한 말투로 내 흉내를 냈다.

"그렇게까지 말하지는 않았어."

"같은 말 아닌가요?"

사신은 호출 벨을 연속으로 누르고 "그래서 사과하는 뜻으로 도우러 온 겁니다" 하고 기분 나쁜 웃음을 지었다.

주문을 받으러 온 이치노세는 사신을 곁눈으로 흘끔 쳐다본다.

나는 하이라이스를 그리고 사신은 달팽이 오븐구이를 주문했다. 이치노세가 다시 한번 확인하기 위해 "주문은 이걸로⋯⋯"라고 말을 꺼냈을 때였다.

"있잖아, 자기야. 내일도 집에 가도 돼?"

닭살 커플도 하지 않을 간지러운 말을 한 건, 눈앞에 앉아 있는 사신이었다. 억지로 귀여운 목소리를 내나 본데, 역시 안 어울린다.

"뭐? 너, 대체 무슨 말을 하는⋯⋯, 아얏!"

테이블 아래에서 정강이를 냅다 걸어차였다.

"매일 만나지 못하는 거 난 싫어. 더 자주 만나고 싶어, 자기야."

미치겠다, 제발 그만 좀 해. 마음을 읽으니 듣고 있을 거 아냐, 그만둬.

이치노세는 새파랗게 질린 얼굴로 아무 말 없이 자리에서 물러났다.

"갑자기 왜 그러는 거야!"

"그녀와의 인연을 끊을 구실을 만들어드린 겁니다. 감사해야죠."

사신이 무슨 말을 하는지 몰라, 다시 곰곰이 생각했다. 그리고 얼어붙었다.

"……설마, 여자친구가 생겼다는 이유를 대고 헤어지자는 말을 하라는 거야?"

그렇습니다, 하고 사신은 의기양양한 표정으로 말했다.

"……당신이 여자친구라니 농담이라도 끔찍하군."

"나도 당신같이 기개 없는 사람은 취향이 아닙니다만."

주위에는 담소를 나누는 가족과 고등학생 무리가 있었는데 우리 테이블에만 이상한 공기가 흘렀다.

"대체 그런 어설픈 연극을 누가 믿기나 하겠냐고!"

"믿고 말고요. 그녀는 자리를 안내하기 전부터 나를 연인이 아닐까 의심하고 있었으니까요. 게다가 내 명연기까지

봤으니 지금쯤 패닉에 빠져 있겠죠."

설마! 하고 의심했으나 새파래진 표정을 보인 건 사실이다.

"애초에 당신이 겁쟁이라서 이 사태를 초래한 겁니다."

"……겁쟁이?"

"네, 당신은 겁쟁이예요. 자신이 관계를 끊을 용기가 없으니까 그녀가 떠나가도록 유도하려고 했지요. 처음부터 그녀가 당신에게 품은 호감을 똑바로 마주하고 적절한 말로 거절했더라면 이렇게 되지는 않았을 겁니다."

"초기에 그렇게 행동하지 못한 게 잘못이라는 건 나도 알아. 하지만 그건 결과론이야. 이치노세가 상처받지 않게 하려면 조금씩 거리를 두는 수밖에 없었다고."

학교생활에 적응할 때까지는 섣불리 일을 만들고 싶지 않았다, 고 머릿속에서 변명을 한다.

"거리를 두다가 마지막에는 어떻게 하려 했던 거지요?"

대답이 궁색해져 "이사를 한다든가 여러 방법이 있지"라고 말했다.

"그때 만약 그녀가 연락처를 물으면 어떻게 하려고요?"

"그때는……."

"그녀를 방패로 삼지 마십시오. 어떤 식으로 헤어지든 그녀는 상처 입을 거라는 걸 잘 알고 있잖아요? 연락할 수 없다 해도 그녀는 계속 당신을 기다릴 겁니다."

하염없이 주인을 기다리다 죽은 충견 하치 공△처럼 말이죠, 하며 혼자 웃는 사신을 무시하고 내가 어떻게 해야 할지를 생각했다.

정말 이런 식으로 헤어져도 괜찮은 걸까. 다른 방법은 없는 걸까.

"뭐, 당신 인생이니까 남은 시간을 그녀와 보낸다고 해서 질책하는 사람은 아무도 없을 겁니다. 당신은 수명을 넘겨준 걸 후회하는 가엾은 겁쟁이니까요."

사신은 "다만" 하고 말을 이었다.

"그녀는 친아버지를 잃었으니까요. 당신까지 잃는다면 분명 그때는 다시 일어서지 못할 겁니다. 자신의 인생을 구할지 아니면 그녀의 인생을 구할지, 선택은 당신에게 달렸어요."

이치노세가 아닌 다른 점원이 음식을 가져왔고 사신은 태평스럽게 달팽이를 먹기 시작했다. 나는 음식이 잘 넘어가지 않아 절반 정도 먹다가 손을 멈췄다.

그 후 사신은 "화장실 좀" 하고는 자리를 뜬 채로 돌아오지 않았다.

한참 지나서야 두 사람의 음식값을 계산하고 혼자 걸어 돌아왔다.

침대 위에 누워서 자문자답을 되풀이한다. 결론이 나 있는 문제를 수없이 생각하고 또 생각했다. 오후 8시경, 현관 문 열리는 소리가 들렸다.

거실로 들어선 이치노세가 "저 왔어요"라고 중얼거리듯 말한다.

"무슨 일이야?" 하고 묻지 않아도 알 수 있는 질문을 던 졌다.

이치노세는 "오늘 같이 있던 여성……, 아이바 씨 여자친 구예요?" 하고 중간중간 말을 잇지 못하며 겨우 목소리를 짜내 물었다.

입을 다물고 있는 나를 이치노세가 뚫어져라 바라보았 다. 단 몇 초의 침묵에 이치노세의 눈동자에 서서히 눈물이 맺혀갔다. 정적에 휩싸인 방 안에 코를 훌쩍거리는 소리가 희미하게 들려온다. 이치노세는 눈동자에서 흘러나오는 눈 물을 손가락으로 닦으며 가냘픈 목소리로 "눈치채지 못해 미안해요. 나, 이런 거 잘 몰라서" 하고 웃어 보였다. 그녀가 최선을 다해 만들어낸 웃음이 너무 아프고 금세라도 무너 질 듯 위태로워 보여서 시선을 돌리고만 싶다.

"아니야……, 그 사람은 그냥 아는 사람인데 짓궂은 장난 을 친 것뿐이야."

부정하고 말았다. 그래도 그녀의 표정은 밝아지지 않는다.

"그럼……, 계속 만나러 와도 돼요?"

나는 말문이 막혔다. 이다음 한 발을 내디딜 수가 없다. 항상 그랬다. 중요한 순간에 한 발을 내딛지 못한다. 수명을 팔아넘긴 그날도 마찬가지였다. 아무것도 달라지지 못했다. 주먹을 꼭 쥐고 이를 꽉 물고서 입을 움직여 말을 내보내는 거다.

"이제 오지 않았으면 해" 하고 딱 잘라 말했다.

이치노세는 눈물을 닦던 손을 멈추더니 아래로 떨구었다.

"전에 우리가 타고 있던 엘리베이터에 어떤 회사원이 탔잖아. 그때 이상하게 여긴 모양이야. 생각해봐, 너도 학교에서 이상한 소문이 돌면 난처할 거고, 그러니까……."

괴로운 나머지 이렇게 마구 갖다 붙여도 거짓말로 그녀를 속일 수 있을 리 없다.

"……밖으로 놀러 가는 건 괜찮아요?"

"아니, 조심하는 게 좋…… 겠지."

"……그렇겠죠. 그럼 가끔 전화하는 것도?"

"전화도……, 안 했으면 해."

마음을 비우고 말을 이었지만 흘러넘치는 죄책감을 억누를 수 없었다.

"미안해"라는 말이 저절로 나왔다.

눈물이 그녀의 뺨을 타고 내려와 바닥에 떨어지는 소리

가 들려왔다. 귀로 듣고 있는 건지는 알 수 없다. 하지만 소리가 들려왔다.

아무 말 없이 시간만 흘러간다. 그리고 마지막은 느닷없이 찾아온다.

"그동안 신세 많이 졌어요. 잘 지내세요."

현관으로 걸어가는 뒷모습을 보고 나는 다시 자문자답을 되풀이한다.

이걸로 된 걸까? 이런 식으로 헤어진다고? 정말로?

지금이라면 아직 늦지 않았다. 뒤에서 끌어안고 지금까지의 일을 전부 털어놓으면 그녀는 분명 이해해줄 것이다. 지금이 마지막 기회다.

주마등처럼 이치노세와의 추억이 되살아났다. 공주님 안기로 번쩍 안아 올려 패밀리 레스토랑까지 뛰어갔던 일. 함께 영화 보러 간 일. 게임 센터에서 게임 대결을 펼친 일. 아쿠아리움에서 돌아오는 길, 그녀의 환한 웃음을 보았던 일. 공원에서 비눗방울을 불던 일.

싫다, 이렇게 헤어지는 건.

"이치노세!"

불러 세웠다는 사실을 깨달은 것은 그녀가 현관 앞에서 뒤돌아본 뒤였다. 눈물로 범벅이 된 그녀의 얼굴을 보고 제정신이 들었다. 나는 아직도 그녀를 울리려 하는 건가.

수명이 반년도 남지 않은 인간 때문에 그녀가 또 상처를 입어야 하는가.

"잠깐 기다려."

전부터 준비해두었던 봉투를 손에 들고 현관 앞에서 이치노세에게 건넸다. 터질 것처럼 두툼한 봉투 안에 들어 있는 건, 지폐 다발이다.

"이것만 있으면 집에 있기 싫을 때 어디서든 시간을 보낼 수 있을 거야."

하지만 이치노세는 받지 않았다. 그날처럼.

"위자료 같은 이런 돈 필요 없어요."

그녀는 오열하며 말했다. 이치노세의 눈에서 눈물이 넘쳐흐른다.

"사양하지 않아도 돼. 지금까지 요리를 만들어줬잖아. 그 사례로……."

달래듯이 말했지만 이치노세의 눈물은 멈추지 않았다.

"난……, 돈을 원한 게 아니라고요!"

그날과 똑같이 손으로 봉투를 뿌리치고 도망치듯이 집에서 뛰쳐나갔다. 바닥에 떨어진 충격으로 봉투에 들어 있던 지폐가 마구 흩어졌다. 바로 신발을 신고 손잡이에 손을 뻗었지만, 결국 잡을 수 없었다. 그녀가 사라진 집 안은 음산할 정도로 고요했다.

이제야 후회하고 있는 자신을 깨달았다.

가슴에 느껴지는 이 아픔이야말로 수명을 팔아넘긴 데 대한 후회겠지.

🦋 / ᄇ

수명을 넘기고 세 번째 맞는 8월 2일. 월요일. 비.

이치노세가 이 집에 오지 않은 지 2주가 지났다. 나는 그날부터 거의 집에 틀어박혀 있다. 외출은 단 몇 번, 식료품을 사두려고 가까운 편의점에 다녀온 게 전부다. 식사는 컵라면과 냉동식품으로 해결하고 가끔 피자 같은 걸 배달시킨다. 바닥에 떨어져 있는 지폐를 주워서 그대로 배달원에게 건넨다. 어떻게 보일지, 그런 건 이제 하나도 신경 쓰이지 않는다. 자고 일어나고 먹고, 또 자고 일어나고 먹고를 반복하는 나날. 아무런 의욕도 생기지 않는다.

우로보로스 은시계를 사용할 수 있다 해도 시간을 되돌릴 일은 없을 것이다. 시간을 되돌려봤자 이치노세와 만날 수 없는 시간이 늘어날 뿐이다. 톡톡 빗소리가 들려왔다.

요즘은 매일 옛날 일이 떠오른다.

아직 어렸을 때 나는 스스로 강한 인간이라고 착각했다.

태어난 직후에 버려진 나는 어린 시절 보육원에서 자랐다. 그곳에서는 울지 않았고 떼도 쓰지 않았다. 생활 지도원 선생님 말을 안 듣는 아이를 볼 때마다 내가 더 어른에 가까운 존재라고 자부했던 기억이 난다. 하지만 실제로는 누구보다 공상을 많이 하고 바보 같은 아이였다.

책, 애니메이션 같은 창작물에 쉽게 영향을 받았다. 히어로나 불가사의한 힘의 존재를 믿었던 건 아니지만 노력과 인내는 반드시 보상받는 세상이라고 생각했고 가족의 연이라든가 부모 자식 간의 사랑에는 특별한 무언가가 있다고 믿었다.

아이들을 배려한 것일까, 보육원에는 가족을 주제로 한 그림책이 없었다. 따지고 보면 가족이나 부모와는 인연이 없는 환경이었던 셈이다. 하지만 부모 자식 간의 사랑을 주제로 한 애니메이션을 우연히 보고는 그것을 동경에 가까우리만치 믿어왔다.

가족의 인연은 끊어도 끊기지 않을 만큼 강하게 이어져 있다고 굳게 믿었던 나는, 언젠가 부모님이 날 데리러 오지 않을까 하고 기대했다. 주위 어른들도 "너는 버림받은 아이란다" 하고 친절하게 가르쳐주지 않아서 어리석게도 혼자 망상만 키워나갔다.

어느 날, 나와 동갑인 아이가 울고 있었다. 부모님이 보고 싶어서 운 모양이었다. 울고 있던 아이에게는 부모님이 있었고 아마 입원 중이거나 어떤 다른 이유로 보육원에 맡겨졌던 것 같다. 젊은 여선생님은 울음을 그치지 않는 아이를 달래면서 이렇게 말했다.

"착하게 굴면 곧 엄마가 데리러 올 거니까 참아보자."

나한테 하는 말이 아닌데도 나는 그 말을 곧이곧대로 받아들였다. 계속 기다리기만 하는 생활이 괴로웠는지도 모른다. 착한 아이가 되는 것도 일종의 노력이라고 믿고 그날부터 선생님의 짐을 들어드리고 우는 아이를 달래주었다. 그렇게 하면, 착한 일을 하면 언젠가는 반드시 부모님을 만날 수 있다고 믿고 그날을 애타게 기다렸다.

하지만 나를 데리러 온 사람은 부모님이 아니라 양부모님이었다.

"앞으로 잘 부탁해."

상냥하게 웃어 보이는 양부모님을 보며 당시 다섯 살이던 나는 당황했다. 이 사람들과 사이가 좋아지면 친부모님을 배신하는 것 같은 기분이 들었다. 게다가 당시 나는 양자를 맞아들이는 일이 어떤 것인지를 이해하고 있었다. 기대에 넘친 웃음을 보여주는 양부모님이 두려웠다. 진짜 부모님이 데리러 왔을 때 이 사람들의 웃는 얼굴을 망가뜨릴지도 모른다. 상상만 해도 가슴이 조여들었다. 그래서 나는 양부모님과 거리를 두기로 했다. 양부모님은 정확히 내가 원하는 것을 주었다. 하지만 나는 그들의 성의를 계속 무시했다. 제대로 대답하지 않거나 양부모님이 오면 다른 방으로 가버리는 행동을 일삼는 동안 그들도 내게 거리를 두기 시작했다. 조금도 따르지 않는 내가 꽤 난감했을 것이다.

그 후 초등학교에 입학하자마자 바로 친구가 생겼다. 그 무렵에도 선생님을 도와드리거나 결석한 반 친구의 집에 프린트물을 갖다주러 가는 등 선행을 쌓아간 덕분에 반에서 인기를 끌었다. 칠석날 다른 소원을 적어야 했던 그 사건을 제외하면 2학년 때까지 문제없이 지냈던 걸로 기억한다. 문제가 일어난 것은 3학년이 된 지 얼마 지나지 않아서였다.

당시 친구들 사이에서 남의 집 초인종을 누르고 도망치는 놀이가 유행했다. 나를 포함한 다섯 명 가운데 초인종을 누르는 역할을 할 사람을 정해 모르는 집 초인종을 누르고 도망치는 장난을 매일같이 했다. 솔직히 나는 하고 싶지 않았지만 혼자만 반대할 용기가 없어서 그냥 애들이 하자는 대로 따라 했다.

초인종을 누르던 순간의 그 께름칙한 기분을 잊을 수가 없다. 비유한다면 길가에 떨어져 있던 매미를 밟았을 때와 비슷했다. 지금까지 쌓아온 선행이 물거품이 되는 것 같았고, 마치 살인을 저지른 것 같은 죄책감이 몰려왔다. 초인종을 누르는 역할을 맡은 날 밤에는 이불 속에서 한없이 사죄했다. 또다시 초인종 담당을 맡기 전에 어떻게든 해야 한다는 마음에, 한 가지 방법을 생각해냈다.

다음 날 초인종 누를 사람을 정할 때 자청해서 손을 들었다. 우리가 하던 방법은 다른 네 명이 어느 정도 멀리 간 것을 확인한 뒤에 초인종 담당이 벨을 누르고 도망치는 것이었다. 나는 네 명을 미리 멀리 도망가게 하고서 벨을 누르는 시늉만 하면 체면도 지키고, 나쁜 장난도 하지 않은 채 넘어갈 수 있겠다고 생각했다.

실제로 이 방법은 성공이었다. 여럿이서 달리기 때문에 발소리가 크게 울려 먼저 달아난 네 명에게는 초인종 소리가 들리지 않았다. 아무도 초인종이 울리지 않았다는 사실을 눈치채지 못했다. 이렇게 싫증 날 때까지 놀이를 계속하려고 매일 초인종 당번을 자청했다.

하지만 얼마 못 가 초인종 누른 척하기는 최후를 맞이했다. 원인은 누르는 시늉을 너무나 성실하게 했기 때문이었다. 초인종을 누르는 척하는 모습을 다른 반 아이가 목격하고는 담임 선생님에게 일러바쳤던 것이다. 교무실에 불려가 무지하게 야단을 맞았다. 누르기 담당을 가장 많이 했던 내가 가장 크게 혼났지만 모두의 앞에서 '벨을 누르는 시늉만 했다'고 말할 수 없어서 끝까지 가만히 있었다. 이 일은 양부모님의 귀에도 들어갔고 집에 돌아가자마자 꾸지람을 들었다. 얼굴이 시뻘겋게 달아올라서 야단을 치는 양부모님 앞에서 나는 그저 입을 꾹 다물고 있었다. 덮어놓고 설교하는 양부모님에게 가슴 밑바닥에서부터 원망이 마구 솟구쳤다.

— 친부모도 아닌 주제에.

어렸다. 야단맞는 데 익숙하지 않았던 탓도 있다. 그 자리에서 사실대로 말하고, 그래도 '처음부터 그만두지 않았던 게 잘못이야' 하고 야단맞았다면 나쁜 짓을 하지 않았다는 내 마지막 카드가 없어져 마음에도 상처를 입었을 것이다. 내가 해명하지 않아도 이해해주길 바랐다. 그래서 마음속으로만 '나는 잘못하지 않았어'라고 계속 외쳤다.

양부모님이어서 야단치는 것이다. 만약 친부모님이었다면 야단치기 전에 앞뒤 사정을 물었을 게 틀림없다. 애초에 진짜 부모님이었다면 상의도 할 수 있었을 거라 여겼고, 그래서 어쩌지 못하는 분노를 가정환경 탓으로 돌려 자신을 지키려 했다. 아마 그 밖에도 여러 가지 이유가 있었을 것이다. 변명할 여지가 조금이라도 있으면 그것을 튼튼한 방패로 삼아 자신의 마음을 지키려고 하는 인간. 단지 나는 그 방패를 너무 과신하고 존중했다. 방패가 녹슬지 않도록 자신이 주위의 그 누구보다 불행한 인간이어야 한다고 생각하기 시작했다.

그날부터였다. 양부모님에게 반항적인 태도를 취하게 된 것도, 가족 단위로 다니는 사람들을 볼 때마다 질투에 사로잡히게 된 것도. 그렇게 불행한 인간을 연기하는 동안 정말로 불행한 인간이 되었다.

친구 집에 갈 때마다 생각했다. '왜 아무것도 하지 않는 그들에게는 부모가 있고, 나는 보상받지 못하는 것일까?' 가족의 존재를 당연하게 여기는 그들에게 질투가 났다. 그들은 양부모님에게 '귀염성 없는 아이'라고 싫은 소리를 듣고 있는 나와는 살아가는 세계가 다르다.

학년이 올라가면 교실에서의 대화 내용도 달라진다. 5학년 무렵부터 아이들은 부모에 대한 불평을 쏟아냈다. 나에게는 자학하는 척하면서 자랑하는 말로밖에 들리지 않았기에 '부모가 있는 것만 해도 얼마나 좋아'라고 몇 번이나 말할 뻔했다.

점점 친구들과도 거리를 두게 되었고 문득 깨달았을 때는 혼자 고립되어 있었다. 그리고 초등학교 마지막 여름방학이 시작되기 전, 고립되어 있다는 데 위기감을 느끼기 시작했다. 그렇지만 이대로는 안 된다고 초조해해봐야 이제와 양부모님과 사이가 좋아질 리도, 친구가 돌아올 리도 없다. 그때라도 내가 먼저 다가갔다면 어떻게든 상황이 달라졌을지 모르지만 당시의 나는 현실과 마주할 정도로 강하지 못했다.

중학교에 들어갈 무렵에는 부모님에게 버림받은 사실을 인정하게 되었다. 하지만 이미 늦었다. 오랫동안 고립되어 있던 탓에 친구를 어떻게 사귀어야 할지 몰라 중학교에서도 줄곧 혼자였다. 특별히 왁자지껄 떠드는 반 아이들과 친해지고 싶은 것도 아니고 혼자 지내는 데도 익숙해졌기 때문에 고립된 채로 있어도 좋다고 마음을 고쳐먹은 시기가 있었다.

그런데 얼마 지나지 않아 느닷없이 외로워지고 고독감을 느끼기 시작했다. 그저 강한 척했을 뿐이다. 마음을 터놓을 상대가 있었으면 했다. 많은 친구를 바란 것도 아니다. 지금까지 내가 겪은 일을 전부 말할 수 있는 유일무이한 존재에게 기대고 싶었다. 하지만 사랑받고 싶어 한들 아무도 마음 써주지 않는다.

결국 아무 변화도 만들지 못한 채 중학교 3년을 마치고 고등학교에 진학했다. 고등학생이 되었다고 해서 달라질 건 없었다. 생활이 바뀌지도, 친구가 생기지도 않은 상태로 세월이 흘러갔다. 졸업할 때까지 달라질 건 없겠지, 하고 단념했다.

　하지만 그런 내게도 이야기 상대가 생겼다. 교외학습 때 이동 중이던 버스에서 멀미가 나는 바람에 차 안에 남아 쉬고 있었다. '단체 행동 안 하고 혼자 있으니 편하네'라고 멀미를 참으며 생각했지만 나 말고도 버스에서 쉬고 있는 학생이 또 한 명 있다는 것을 알았다. 같은 반 여학생이었는데 그녀도 차멀미에 약했다. 차로 이동할 때마다 두 사람 다 멀미가 나서 함께 행동하는 시간이 많아졌고 서로 격려할 때는 약간 기뻤다.

　이 일을 계기로 학교에서도 그녀와 대화를 나누게 되었다. 그녀도 고등학교 진학과 동시에 이사를 왔기에 친구가 없었다. 워낙 숫기가 없긴 했지만 천성이 어두운 편은 아니어서 친구가 있다 해도 놀랍지 않을 아이였다. 고립되어 있던 우리는 쉬는 시간이 되면 바싹 붙어서 얼굴을 마주 보며 소소한 대화를 나눴다. 대화라고 해봐야 나는 이야깃거리가 없어 그녀의 이야기를 듣기만 할 뿐이었다. 하지만 대화를 나누는 동안 그녀에게 마음이 끌렸다. 나 자신도 너무 쉽게 마음이 간다고 생각했으나 중학교에서 보낸 3년을 생각하면 끌리지 않는 게 더 이상하다. 그로부터 한참 후에 나는 어리석은 생각을 떠올렸다. 그녀에게라면 내 성장 과정을 이야기해도 좋을 거라고 생각한 것이다. 동정이라도 좋으니 부모님에게 버림받은 내게 그녀가 마음 써주길 바랐다.

한심한 생각이다. 하지만 억누르기 힘들 정도로 애정에 굶주려 있었다. 그때까지는 남에게 진심을 드러내본 적이 없었다. 한 번쯤은 신뢰할 수 있는 사람에게 털어놓고 싶었다.

그녀와 가까이 지내는 동안 몇 번이나 그 말이 목구멍까지 올라왔다. 그 횟수는 이루 다 셀 수가 없다. 하지만 털어놓을까 고민하는 동안 그녀의 주변에 다른 사람이 늘어갔다.

다른 아이들도 그녀의 매력을 알게 된 것이다. 쉬는 시간이 되면 그녀의 자리를 둘러싸듯 반 아이들이 모여들었다. 먼 존재가 되어버린 그녀를 나는 멀찌감치 떨어진 자리에서 바라보았다. 그녀는 오래전부터 쭉 학급 아이들과 어울리고 싶었을 것이다. 나와 대화를 하고 싶었던 게 아니다. 나는 그저 짝사랑을 했을 뿐이다.

흔히 있는 이야기다. 내게는 상대가 첫 번째지만 상대에게는 아무것도 아닌 관계. 내가 가장 소중한 상대가 된다는 건 있을 수 없는 일이었다. 들려오는 대화 내용으로 알 수 있었다. 중학교 시절이나 가족과 놀러 갔던 일 등 추억도 모두 즐거운 일뿐이었다. 그에 비해 나는 그녀의 이야기를 가만히 듣기만 했을 뿐이고, 얼마 후에는 어둡기만 한 내 이야기를 털어놓으려고 했다. 부모님에게 버림받고 학교에서 외톨이였던 이야기를 누가 듣고 싶어 하겠는가? 내가 다시 고립된 건 당연한 결과다.

거리를 걷고 있으면 부모님의 손을 잡고 가는 아이들이 눈에 들어왔다. 아무런 장점이 없어도 가장 소중한 존재가 될 수 있는 관계. 나는 그렇게 대가를 바라지 않는 사랑을 줄곧 동경해왔다. 하지만 이미 손에 넣을 가망은 없다. 지금부터 노력할 여력도 남아 있지 않았다. 유일하게 남은 것은 신품과 다름없이 눈부시게 빛나는 방패뿐. 이 방패를 무언가에 사용할 수 있을 리도 없다.

— 이런 인생을 계속할 의미가 있을까.

고등학교 1학년 여름, 나는 자살을 생각하기 시작했다.

다리를 찾아갈 때마다 뛰어내리려 했지만 마지막 한 발짝을 내디딜 수가 없었다. 살아 있으면 무언가 좋은 일이 일어날지도 모른다고, 조금은 기대해봤지만 아무 일도 일어나지 않았다. 그저 지루하고 고통스러운 시간만 흘러갈 뿐이었다.

그리고 고3 크리스마스에 사신을 만났다. 수명과 맞바꿔 우로보로스 은시계를 손에 넣은 나는 꿈꿔오던 생활을 실현했다. 하지만 오래가지는 못했다. 이상적인 생활이 실현되었어도 마음이 만족스럽지 못한 까닭은 고독을 메울 수 없었기 때문이다. 시간을 되돌린다 해도 그것만은 절대로 이룰 수 없다고 처음부터 체념하고 있었기에 달리 시계를 사용할 방법을 생각해내지 못했다.

— 죽고 싶어 하는 소녀를 만나기 전까지는.

처음에는 무척 애를 먹었다. 백만 엔을 주려 했던 그 한 가지 일로 완전히 미움받게 된 나는 이치노세의 뒤를 쫓아 다녔다. 내 이야기를 제대로 들으려고도 하지 않았지만 그 저 뒤를 따라갔다.

이치노세가 걷다 지쳐 공원 그네에 앉으면 나도 옆에 앉아 꾸준히 설득했다.

"……어떻게 내 행동을 알고 있는 거예요?"

"자살을 포기하면 말해줄게."

"됐어요. 말해주지 않아도 되니까 더는 방해하지 마세요."

겨우 대화를 나누게 되었는가 싶었더니, 이 모양이다.

이런 상태로 정말 자살을 방해할 수 있을지 불안했고 몇 번이나 그만두려고도 했다. 하지만 구급차가 다리 쪽으로 달려가는 모습을 발견하면 나도 모르게 정신 나간 사람처럼 그녀의 생사를 확인했다.

이치노세의 자살이 보도된 기사에는 '불효자'라든가 '요즘 젊은이들은 목숨을 너무 가볍게 생각해' 등 자기들 마음 대로 쓴 댓글이 달려 있었다. 한편으로는 '고민을 털어놓을 사람이 없었나 보네'라든지 '도망쳤어도 됐는데' 같은 댓글도 보였다.

내가 보기엔 전부 요점을 빗나간 의견이다.

'누군가에게 상담해서 해결될 문제였다면 이미 자신이 해결했겠지.'

'애당초 도망칠 곳이 있었다고 생각하지 마.'

댓글 창에 쓰고는 시간을 되돌리려고 할 때였다.

— 도망칠 곳이 없을 땐 만들면 돼.

"또 왔어요?"

"오늘은 어디든 놀러 가지 않을래?"

"……네?"

잠깐이라도 괴로운 일을 잊을 수 있도록 이치노세를 데리고 놀러 가기로 했다.

처음에는 조용한 장소가 좋을 것 같아서 등산을 제안했지만 불평만 들었다. 전망대에 놓인 유료 망원경을 들여다보는 사이에 사라지지를 않나, 휴게소 찻집에 들어가도 주문하려 들지 않았다. 이런 일을 해봤자 정말로 의미가 있을까 싶어 포기하려고 했다. 하지만 안미쓰(젤리처럼 생긴 한천과 과일, 팥소를 넣은 일본의 전통 디저트)를 먹는 그녀의 얼굴이 너무도 행복해 보여서 조금만 더 애써보기로 했다.

그때부터 여기저기 데리고 다니는 동안 자연스럽게 대화가 늘어났다. 그녀를 위해서라고 생각했지만, 이치노세와 지내는 동안 나 역시 괴로운 생각에서 벗어날 수 있었다.

나도 이치노세에게 구원받았던 것이다.

이렇게 나는, 그녀의 자살을 스무 번이나 막을 수 있었다.

이치노세가 자신의 이야기를 전부 털어놓고 자살을 그
만두겠다고 했을 때는 정말 기뻤다. 둘이서 함께한 시간이
내 인생에서 유일하게 자랑스러운 보물인 것은 틀림없다.

다만 한 가지 마음에 걸리는 건 그런 식으로 헤어진 일이
다. 오산이었다. 고등학교 때처럼 이치노세도 쉽게 멀어져
갈 것이라고 생각했다. 그런데 이치노세는 아무리 시간이
지나도 내게서 떠나려 하지 않았고 나 역시 그녀가 사랑스
러워져서 놓고 싶지 않았다.

내 나약함이 이런 결말을 초래하고 말았다. 최후의 최후
까지 형편없었다는 생각이 든다. 이런 내가 그녀에게 해줄
수 있는 일은 이제 거의 남아 있지 않다.

만약 나를 향한 이치노세의 감정이 조금이라도 남아 있
다면, 내가 죽었다는 사실을 알게 하고 싶지 않다. 알리지
않으려면 어딘가 시체가 발견되지 않을 만한 장소에서 죽
어야 한다. 그래서 나는 그녀를 위해 자살해야만 한다. 내가
사랑한 이치노세 쓰키미가 계속해서 평온하게 지낼 수 있
다면 이 정도는 아무것도 아니다.

그리고 아무쪼록— 나를 잊기를.

오늘도 그녀의 평온을 진심으로 기도한다.

제5장

죽고 싶어 하는 청년

🦋 / 1

수명을 넘기고 세 번째 맞는 8월 21일. 토요일. 흐림.

커튼을 열자 회색빛 하늘이 깔려 있었다. 잔뜩 찌푸린 흑백의 경치가 눈부시다.

이렇게 바깥 경치를 내다보는 게 얼마 만인가.

거실은 먼지로 잔뜩 뒤덮여 있고 텔레비전과 리모컨 위도 희끄무레하다. 부엌에는 컵라면을 비롯해 일회용 용기와 나무젓가락이 아무렇게나 뒹굴고 있다. 생동감이 빠져나간 집 안을 둘러보고 한숨을 내쉬었다.

이런 집에 이치노세가 왔었다고 생각하자 왠지 거짓말 같다.

'난……, 돈을 원한 게 아니라고요!'

그로부터 한 달, 나는 아직 자살하지 못했다.

334

시체가 발견되지 않을 장소에서 죽어야 한다. 생각해낸 방법은 산속에서 목을 매든가 바닷가 절벽에서 뛰어내리는 두 가지다. 어느 쪽이든 편히 죽을 수는 없을 것이다.

수명이 다하기 직전에 사람들의 눈에 띄지 않는 장소로 가면 괴로워하지 않고 끝낼 수 있을지도 모른다. 하지만 사신은 구체적으로 어떻게 죽는지 알려주지 않았다. 결국 고통을 겪을 수도 있고 크리스마스가 되기 전에 몸을 움직이지 못하는 상태에 빠질지도 모른다.

이치노세가 모르게 하기 위해서라도 자살할 수 있을 때 자살해야 한다고 생각했다. 그런데 나는 지금도 살아 있다. 죽지 않고 계속 살아가고 있다.

단단히 각오하고 멀리 떨어진 산에 가려고 한 적이 있다. 그런데 전철을 타고 가던 중에 그만 스마트폰의 사진 폴더를 열어보고 말았다. 동물원에서 찍은 사진을 마지막으로 한 번 더 보고 싶다는, 그런 안일한 이유였던 것 같다.

사진 폴더를 열었더니 전에 본 적 없는 사진들이 쭉 나타났다. 온통 내가 잠들어 있는 얼굴이었고 촬영 날짜는 제각각이었다. 자는 나를 배경 삼아 브이 자로 손가락을 펴들고 셀카를 찍고 있는 범인의 웃는 얼굴을 본 순간, 말로 표현할 수 없는 그리움이 왈칵 몰려들었다. 나도 모르는 사이에 역 벤치에 앉아 떨리는 손으로 스마트폰을 꽉 쥐고 있었다. 자살하겠다던 단단한 각오는 어딘가로 사라지고 애초에 자살하겠다는 생각 같은 게 있었는지 없었는지조차 알 수 없게 되었다.

집으로 돌아온 나는, 그때부터 자살하지 못한 채 오늘에 이르렀다. 다시는 이치노세를 만날 생각이 없다. 그녀도 날 만나고 싶지 않을 것이다. 여름방학도 끝나간다. 그녀라면 남자친구가 생겼을지 모른다.

더 이상 살아 있을 의미가 없는데, 여전히 나는 죽지 못하고 있다.

이것이 바로 생지옥이라는 걸까. 예전부터 별 볼 일 없는 인생이라고 생각했지만 이렇게까지 괴로운 적은 없었다. 그 무렵은 아직 행복했던 건지도 모른다.

샤워를 마치자 오후 5시가 지나 있었다. 외출복으로 갈아입고 지갑과 스마트폰을 주머니에 넣었다. 열쇠를 손에 들고 현관에 떨어져 있는 지폐를 몇 장 밟고서 신발을 신었다.

작년에 이치노세와 함께 보러 갔던 불꽃놀이 축제가 올해도 열린다. 오늘이 그날로, 내게는 마지막 불꽃놀이다. 유일하게 어릴 때부터 매년 손꼽아 기다리던 행사여서 죽기 전에 마지막으로 한 번 더 보고 싶었다.

현관문을 연 순간 후끈한 열기가 느껴졌으나 기온은 그렇게까지 높지 않다. 어두컴컴해진 집 안을 뒤돌아보자 두 번 다시 돌아올 일은 없을 거라는 기분이 들었다.

당장이라도 울 것만 같은 하늘 아래를 걸어갔다. 스쳐 지나가는 사람들의 손에는 우산이 들려 있다. 스마트폰으로 일기예보를 확인하니 저녁 무렵부터 폭우가 쏟아진다고 한다. 불꽃놀이가 중지될 가능성이 무척 높았지만 집으로 되돌아가지는 않았다.

공원에 가까워질수록 사람들이 늘어났고 하늘은 어두워졌다. 주위에서 비가 내리지 않았으면 좋겠다거나 행사가 중지되면 어떻게 할지 의논하는 소리가 들려왔다. 날씨 때문에 작년보다 인파가 적은 듯했다.

공원에 들어서기 전부터 뚝뚝 떨어지기 시작한 비는 그칠 기색이 없다. 그치기는커녕 점점 더 빗줄기가 굵어지더니 행사가 열릴 잔디밭에 다다랐을 무렵에는 일기예보대로 폭우가 쏟아졌다.

우산을 갖고 오지 않은 나는 차가운 비를 뒤집어쓴 채 순식간에 흠뻑 젖었다.

"오늘 불꽃놀이 축제는 폭우가 내리는 관계로 중지되었습니다."

곳곳에 매달린 스피커에서 행사 중지를 알리는 안내 방

송이 흘러나왔다. 주위에 선 사람들이 그럴 줄 알았다고 이야기하는 목소리가 들려왔다. 아쉬워하는 어린아이들을 아빠가 "내년에 또 오면 되니까"라며 달래주고 있다.

줄줄이 출구로 나가는 사람들의 행렬을 따라갔다. 작은 우산을 든 아이의 손을 잡고 걸어가는 부모, 하나의 우산을 함께 쓰고 이제 어디로 갈지 의논하는 커플. 주위 사람들이 모두 우산을 쓰고 있는 가운데 흠뻑 젖은 사람은 나뿐이었다. 저 사람들 눈에는 혼자만 우산을 쓰지 않은 내 모습이 초라해 보이겠지. 그야말로 날개 없는 나비처럼 이질적인 존재가 되어 있을 게 분명하다.

우산을 쓰고 있어도 뒷모습으로 알 수 있다. 아니, 우산을 쓰고 있기 때문일지도 모른다.

저마다 돈독한 관계를 과시하고 있는 듯하다. 그 속에서 혼자 흠뻑 젖어 있는 나는 뭘까.

아무도 자신의 우산 속으로 들이지 않는다. 당연하다. 모르는 남자에게 우산을 내어줄 사람이 어디 있겠는가. 나 같아도 다른 사람을 씌워주지 않을 것이다.

하지만 한 명 정도는 우산을 내밀어줄 사람이 있어도 좋을 텐데, 라는 생각이 들었다. 이치노세와 놀러 다니면서 조금은 세상이 너그러워진 기분이 들었었다. 그렇게 차갑던 세상이 쪼끔은 좋아진 듯이 느껴졌다. 하지만 그건 단지 착각이었고 지금 이것이 현실이다. 아무도 도와주지 않는다.

억수같이 쏟아지는 비를 맞는 동안 고독감이 고양감으로 바뀌어갔다.

— 지금이라면 무슨 일이든 할 수 있을 것 같다.

필시 나는 불꽃놀이를 보고 싶었던 게 아니다. 이 광경을 보고 싶었던 거다. 이렇게 비참한 생각을 하며 내 인생을 단념하고 싶었다. 파멸을 원하는 감정을 끄집어내려고 우산을 갖고 나오지 않았다. 무의식중에 줄곧 진심으로 오늘을 기다려왔다.

자살하려면 오늘밖에 없다. 이 기회를 놓치면 언제까지나 계속 도망치게 된다.

이치노세의 웃음을 떠올렸다. 마지막으로 한 번 더 보고 싶었는데, 아쉽기만 하다.

이제 나는, 자살한다. 공원을 나설 때는 결심이 굳어졌다.

하지만 그와 동시에 비가 그치고 말았다. 그런데 빗소리는 조금 전처럼 계속 들려온다. 앞을 봐도 비는 계속해서 거세게 쏟아지고 있다. 머리 위를 올려다보자 우산이 씌워져 있다. 나는 누군가의 우산 속으로 들어와 있었다.

누구지?

그런 거 생각할 필요도 없었다.

나를 우산 속으로 들여줄 사람은, 이 세상에 단 한 명밖에 없으니까.

"역시 아이바 씨로군요?"

하얀 우산을 받쳐 든 이치노세가 내 얼굴을 말끄러미 보고 있다.

"너……, 왜 여기에."

"누가 할 소리인지 모르겠네요. 쫄딱 젖어서는."

어이없어하며 손수건을 꺼내 내 얼굴을 닦아준다.

"혼자 왔어?"

"네. 아이바 씨도요?"

"보면 모르니."

"분명히 여자친구한테 차이고 우산도 뺏겼나 보다 했죠."

이치노세는 쿡 하고 웃으며 손수건을 접어 넣었다.

"아니, 그 사람은 그냥 아는 사람이라니까."

우산 밖으로 나가려 하자 그녀가 젖은 손을 잡고는 놓으려 하지 않았다.

"집까지 바래다 드릴게요."

우산을 강하게 떠맡기듯 건네주기에 그만 반사적으로 받아들고 말았다. 이치노세는 흠뻑 젖는 것도 개의치 않고 팔짱을 꼈다. 차가워진 몸에 그녀의 체온이 따스하게 전해져 왔다.

"……학교 친구들이 보기라도 하면 오해받아."

"난 오해받고 싶은걸!"

장난스럽게 웃는 이치노세는 예전과 똑같이 과감히 몸을 기대왔다. 그 반칙적인 동작에 어찌할 방도가 없어 결국 팔짱을 낀 채 아파트까지 걸어왔다.

약간 안심했다. 활기찬 모습을 본 것도 그렇지만, 틀림없이 날 미워하고 있을 거라고 생각했기에 예전처럼 대해주는 그녀의 모습에 내심 안도했다.

"조심해서 돌아가."

더 이상 함께 있다가는 다시 예전 생활로 돌아가게 될지 모른다. 그래서 아파트 입구에서 작별을 고했다. 하지만 이치노세는 내 뒤를 따라왔다.

"집에 두고 온 물건을 가져가려고 하는데, 안 돼요?"

두고 간 물건을 본 적은 없지만 그녀가 사용하던 그릇이나 칫솔 같은 건 그대로다. 갑자기 쫓아냈으니 집에서 사용할 만한 물건이 있을지도 모른다.

결국 엘리베이터를 타고 따라 올라온 이치노세를 집 안으로 들였고 그 길로 현관에 떨어져 있는 지폐와 부엌에 놓인 컵라면 용기를 들키고 말았다.

"아이바 씨, 밥은 제대로 먹고 있는 거예요?"

"어떻든 상관없잖아. 그보다, 늦기 전에 얼른 물건 챙겨서 가."

"왜 상관이 없어요!" "잘 챙겨 먹지 않으면 쓰러진다고요!" 뒤에서 날아드는 잔소리를 무시하고 나는 샤워를 하러 욕실로 들어갔다.

샤워를 마치고 나와보니 이치노세가 가지 않고 있었다.

"안 갔어?"라고 말했지만 속마음은 정반대였다.

"미안해요. 두고 온 물건이 있다는 건 거짓말이에요. 이렇게라도 하지 않으면 못 들어오게 할 것 같아서."

소파에 편하게 앉아 있는 이치노세를 보며 한숨을 내쉬자 그녀는 천진한 얼굴로 웃으며 "그래서 오늘은 자고 가려고요"라고 당치도 않은 소리를 했다.

"그래서라니. 안 되는 게 당연하잖아. 대체 옷은 어떡할 거며."

"아, 내 물건이 있는 건 진짜예요. 언제든지 자고 갈 수 있도록 파자마랑 수건을 감춰뒀거든요. 무슨 일이 있을 때를 대비해서."

자랑이라도 하듯이 웃으며 평소 사용하지 않는 방의 벽장에서 못 보던 봉투를 꺼냈다. 무슨 일이 있을 때라니.

"샤워 좀 할게요" 하고 욕실 쪽으로 가려는 이치노세를 붙잡았다.

의지가 꺾일 듯했지만 꾹 참고 필사적으로 그녀를 돌려보내려 했다. 그런데 웬일인지 이치노세도 물러서지 않았다.

"아이바 씨가 말하지 않으면 소문나지 않아요."

이치노세는 이겼다는 듯이 우쭐대며 욕실로 향했다.

얼마 뒤 파자마를 입고 나오더니 "뭐 하고 놀까요?"라고 웃는 얼굴로 묻는다. 나는 "놀긴 뭘 놀아. 잘 거야"라고만 대답하고 침대로 들어갔다.

"모처럼 놀러 왔는데!"라는 불만 섞인 목소리가 들려왔지만 바로 방 안의 전등이 꺼졌다. 꼬물꼬물 이치노세가 이불 속으로 들어오기에 나는 순간적으로 등을 돌렸다.

"네 이불에서 자."

"캄캄해서 아무것도 안 보여요."

그녀가 웃으며 내 등에 머리를 대고 원을 그리듯 눌러댔다. 달빛이 비쳐 들어오는 방 안은 스무 번째 자살을 방해했던 그날 밤과 똑같은 풍경이었다. 달라진 게 있다면 그녀와의 거리뿐이다.

"아이바 씨, 그동안 어떻게 지냈어요?"

이치노세는 잠이 오지 않는지, 내 등에 손가락으로 그림을 그리며 이런저런 말을 건네왔다. "왜 혼자서 그렇게 비를 맞고 있었어요?"라든가 "왠지 기운이 없어 보여요"라면서.

나는 잠든 척하며 대답하지 않았지만 이치노세는 계속 떠들었다.

"요전번에 전철역에서 노란 선 바깥쪽에 서 있다가 역무원 아저씨한테 혼났지 뭐예요."

즐거운 듯이 말하는 이치노세에게 "왜 그런 짓을 한 거야!" 하고 반응하고 말았다.

"자살하는 시늉을 하면 혹시나 아이바 씨가 방해하러 오지 않을까, 생각했어요. 그런데 역무원 아저씨가 먼저 방해하지 않나, 다리 위에 몇 시간이나 있어도 오지 않고……. 솔직히 쓸쓸해요."

그러더니 이치노세의 부드럽고 따뜻한 몸이 내 등을 감싸 안았다.

"정말, 나 정말 자살할 거예요!"

유혹하는 듯한 목소리로 이치노세가 말했다.

"이제 자살하지 않기로 약속했잖아."

나는 그녀의 유혹을 거절하듯이 대답했다.

"먼저 약속을 깬 사람은 아이바 씨 아니에요?"

살짝 삐친 말투였지만 내 몸을 다정하게 끌어안는다.

"아이바 씨가 함께 있어 준다면 조금만 더 노력해볼까 하고 생각했을 뿐이지, 지금도 죽고 싶은 마음은 남아 있어요. 입시 공부를 도와달라고 한 것도 함께 있을 구실을 만들려는 거였고, 고등학교에 다니기 시작한 것도 칭찬받고 싶었던 것뿐이에요. 요리를 만든 것도 아이바 씨의 마음을 얻고 싶어서였을 뿐이고요. 그날부터 오로지 아이바 씨에게 칭찬밭으려고 애썼는데……, 정말 나쁜 사람이에요."

민망할 정도로 자신의 마음을 솔직히 표현하는 그녀가 사랑스러워 견딜 수가 없다. 지금 당장 돌아누워 꼬옥 안아주고 싶다. 하지만, 아무리 그래도 나는 참아야 한다.

"네가 생각하는 것처럼 나는 멋있는 사람이 아니야. 넌 아직 어려서 어른이 다 멋있어 보일지 몰라도 나같이 못난 어른 옆에 있으면 안 돼."

이치노세는 "또 아이 취급한다!" 하고 화를 냈고, 나는 "아이잖아"라고 대답했다.

"어쨌든 지금 넌 그저 착각하고 있을 뿐이야."

"자, 그럼 가르쳐줘요. 아이바 씨가 못났다고 하는 이유를 하나하나 다 말해봐요. 그러면 내가 멋있는지 못났는지 판단할게요."

그러고는 속삭이듯이 "아이바 씨의 못난 부분까지도 분명 좋아하게 될 거예요"라고 덧붙였다. 상심해 있는 지금의 나에게는 달콤한 유혹의 말이었다. 지금까지 경험한 적 없는 감정이 솟구쳐서 뭐든 다 털어놓게 될 것만 같다. 그래도 나는 입을 다물고 들썩이는 마음을 억눌렀다.

나는……, 나를 버린 부모님과는 다르다. 자신의 행복을 위해 소중한 사람의 인생을 엉망으로 만들지 않을 것이다. 지금까지 그렇게 살아왔다. 이제 와 되돌릴 수는 없다.

345

"……그런 걸 말할 것 같냐? 이제 잔다."

말을 꺼낸 것은 몇 분간 침묵이 흐른 뒤였다.

등 뒤에서 "언제든 말해줘요" 하고 다정한 목소리가 감겨왔다. 마음속에서는 풍파가 끊이지 않았고 그녀를 뿌리칠 만큼의 기력도 남아 있지 않았다.

그녀의 온기가 마음과 등으로 파고들면서 스르르 눈이 감겨왔다.

그날 나는, 죽고 싶어 하는 소녀에게 자살을 방해받았다.

🦋 / 2

수명을 넘기고 세 번째 맞는 8월 22일. 일요일. 맑음.

잠에서 깬 순간, 이치노세와 눈이 마주쳤다.

"잘 잤어요?"

위에서 들여다보듯 바라보고 있던 그녀가 싱긋 웃었다. 아무래도 자는 얼굴을 보고 있었던 모양이다. 자살할 절호의 기회를 놓쳤다는 초조함보다, 어젯밤의 일이 꿈이 아니었다는 사실에 안도하는 또 다른 내가 있었다. 앞으로 어떻게 해야 하나.

생각하는 것도 귀찮아서 다시 잠을 청하려고 이불 속으로 숨어 들어갔다.

"배고파요. 뭐 먹으러 가요."

그러더니 바로 이불을 휙 젖히는 바람에 다시 잠을 자기는 다 틀렸다. 아직 반쯤 잠이 덜 깬 상태인 몸을 간신히 이끌고 욕실로 갔다. 세수를 마치자 이치노세가 산책하러 가고 싶어 하는 강아지 같은 눈으로 쳐다본다. 어젯밤에는 아무것도 먹지 않고 잤기 때문에 나도 배가 고팠다. 할 수 없이 옷을 갈아입고 외출 준비를 했다.

이치노세는 내 손을 이끌 듯이 잡고는 패밀리 레스토랑으로 향했다.

시각은 아직 정오도 되지 않았고, 바깥은 무더웠다. 매미 우는 소리가 요란하게 들려왔다.

평소라면 이 더위에 절대 나가지 않았을 테지만 이치노세가 옆에 있기만 하면 어디까지든 걸어갈 수 있을 것 같았다. 이대로 쭉 그녀와 함께할 수 있다면 매일매일이 얼마나 행복할까. 은시계로 얻어낸 이상적인 생활쯤은 시시하게 느껴졌다.

우리는 가까운 패밀리 레스토랑에 들어가 구석 자리에 앉았다. 냉방이 빵빵한 가게 안은 비어 있었고, 점원에게 주문하자 바로 음식이 나왔다.

"아이바 씨는 항상 하이라이스를 주문하네요? 좋아해요?"

"그럴지도" 하고 애매하게 대답했다.

"그럼 다음에 만들어볼게요."

자신 있는 웃음을 지어 보이는 이치노세에게서 시선을 돌리고 하이라이스를 숟가락으로 뜨며 말했다.

"너와 만나는 건 오늘이 마지막이야."

흘끗 쳐다보며 안색을 살폈지만 예상과 달리 그녀는 웃고 있다.

"왜죠?"

"그건……, 다른 사람이 알게 되면 여러 가지로 곤란하니까."

이치노세는 "곤란할지도 모르겠네요"라며 큭큭 웃었다.

"아이바 씨를 만날 수 없다면 자살할까나!"

창밖을 내다보며 아무 상관 없다는 듯 일부러 내게 들리도록 중얼거린다.

"그런 말 농담으로라도 하지 마라."

"농담 아니에요. 아이바 씨를 못 만난다면 살아 있는 의미가 없는걸요."

부끄러워하는 기색도 없다. 천연덕스럽게 말하는 이치노세가, 자살하던 무렵의 그녀와 겹쳐졌다.

"날 방해하고 싶으면 아이바 씨가 죽을 때까지 감시해야 할걸요."

"그건 무리지. 어쨌든 만나는 것도 자살하는 것도 안 돼."

내가 이렇게 말하자 이치노세는 "거절하겠어요"라고 단호하게 말했다.

"지금까지는 미움받지 않으려고 숨겨왔지만 사실은 저, 제멋대로에 어리광쟁이거든요. 아이바 씨가 다른 여자랑 아르바이트하는 가게에 왔을 때는 정말이지 충격을 받은 데다 질투도 났어요. 다른 여자에게 빼앗길 바에는 더 적극적으로 다가갈 걸 하고 줄곧 후회되더라고요. 그래서 다음에 만나면 마음껏 응석 부리고 하고 싶은 말 다 해서 아이바 씨를 난처하게 만들기로 마음먹었어요."

이치노세는 오렌지 주스를 마시고 나서 "그래서" 하고 말을 이었다.

"아이바 씨가 안 된다고 해도 만나러 갈 거고 만나주지 않으면 자살할 거예요."

순진한 표정으로 웃으며 "각오하세요"라고 선전포고를 하는 바람에 나는 "마음대로 해"라고, 내심 좋으면서도 귀찮다는 듯이 말할 수밖에 없었다.

그다음 날 아침에도 잠에서 깨자 이치노세와 눈이 마주

쳤다.

"잘 잤어요?"

방긋 웃으며 깨우기에 여느 때처럼 이불을 뒤집어썼고, 또 여느 때처럼 이불이 휙 젖혀졌다. 내 손을 잡아끌면서 그녀는 즐거운 듯이 웃는다.

"오늘은 영화라도 보지 않을래요?"

"어차피 보고 싶은 것도 없을 거 아냐……."

이불을 집어 다시 뒤집어썼지만 또 빼앗겼다.

"같이 보고 싶은 영화가 있어요. 네? 가요."

아침부터 기운이 넘치는 이치노세가 내 볼을 손가락으로 살짝 찔렀다.

"알았으니까 찌르지 말라고."

"아싸!"

결국 이날도 이치노세의 손에 이끌려 영화를 보러 가고 말았다.

수명을 넘기고 세 번째 맞는 9월 15일. 수요일. 맑음.

이치노세는 그 뒤 매일 나를 찾아왔다.

여름방학이 끝나고 새 학기가 시작되어도 변함없이 찾아와, 결국 예전과 똑같은 상황으로 되돌아가고 말았다. 오지 말라고 해도 듣지 않을뿐더러 좀처럼 집으로 돌아가려고도 하지 않았다. 그녀를 쫓아낼 만큼 마음에 여유가 없어서 오늘까지 질질 생명을 연장해왔다. 그래서 나는 이날, 이치노세가 학교에 간 사이에 이별을 고하는 편지를 써두고 집을 나서기로 마음먹었다.

"만나주지 않으면 자살할 거예요"라고 이치노세는 말했다. 이대로 모습을 감추는 게 영 불안했지만 어차피 12월 26일에는 죽음을 피할 수 없으니, 그녀가 자살하지 않을 거라 믿고 일찌감치 집을 나서는 게 그녀를 위하는 길이라고 판단했다.

그런데 나를 깨우러 온 이치노세는 교복이 아닌 사복 차림을 하고 있었다.

"오늘은 학교에 안 가?"

그렇게 묻자 그녀는 "개교기념일이라 안 가요"라고 대답했다.

"아이바 씨, 오늘은 게임 센터에 가요."

두 손으로 내 팔을 잡고 억지로 끌어내려 한다.

"빨리, 빨리요!"

"내가 일어날 테니까 잡아당기지 마."

이치노세의 손에 이끌려 도착한 게임 센터는 예전에 그녀와 왔던 바로 그곳이다. 우리는 건 슈팅 게임기 앞에 서서 좀비를 쏘아댔다. 예전과 비교할 수 없을 정도로 호흡이 척척 맞아 차례차례 좀비를 물리쳤다. 그대로 최종 보스까지 치고 올라가 손에 땀을 쥐는 사투 끝에 무사히 클리어했다.

"해냈어요!" 하고 기뻐하며 이치노세가 나를 부둥켜안자 나도 기쁜 나머지 그녀를 끌어안았다. 다른 사람 눈에는 진상 커플로 보였을 것이다. 그러고 나서 레이싱, 다트, 배팅, 코인 게임을 하며 실컷 놀았다. 게임 센터를 나설 무렵에는 예쁜 노을이 하늘을 수놓고 있었다. 처음에는 게임 같은 거 내키지 않았는데 어느 사이엔가 자살하려던 것도 잊어버리고 노는 데 빠져들었다. 그러고 보니 다트 게임은 연속 패배다.

돌아오는 길에 들른 크레이프 가게에서 둘 다 초코생크림을 주문했다. 전에도 이렇게 크레이프를 먹으며 걸어갔지, 하고 옛 추억이 떠올랐다.

"얼마 전에 스페셜 프루트믹스를 먹었는데 맛있더라고요."

"맛있었으면 이번에도 그걸로 주문하지 그랬어?"

"제가 초코생크림을 시킨 데는 심오한 이유가 있거든요."

"심오한 이유?"

"아이바 씨와 같은 걸 먹고 싶었어요."

이치노세는 입에 생크림을 묻힌 채 웃었다.

수명을 넘기고 세 번째 맞는 9월 28일. 화요일. 맑음.

'이번에야말로 집을 나가야지' 하고 결심한 나는 이치노세가 깨우러 오기 전에 일어나 행동에 옮길……예정이었다. 그런데 아침에 침대 위에서 눈을 뜨자 몸이 이상했다. 몹시도 무겁게 느껴져 이불을 젖히자 이치노세가 내 위에서 쌔근거리며 자고 있었다.

"너……, 뭐 하는 거야?"

이치노세를 흔들어 깨웠다. 시간을 확인하니 이미 9시가 넘어 있었다. 스마트폰 알람이 울리지 않은 것보다도 이치노세가 학교에 가지 않고 아직 침대 위에 있다는 사실이 의아했다. 이날도 교복이 아니라 사복을 입고 있었다.

"학교에 안 가도 돼?"

"오늘은 개교기념일이라……."

"너희 학교는 1년에 개교기념일이 몇 번인 거냐!"

이치노세의 양 볼을 옆으로 잡아당기자 꽤 늘어났다. "오늘은 학교 가기 싫어"라고 가여운 소리를 내며 내 가슴에 얼굴을 묻는다. 그녀의 체온에 나도 졸음이 밀려와 집에서 나가겠다던 결심이 허무하게 꺾이고 말았다. 한참 그녀의 머리를 쓸며 어루만지고 있는데 내 가슴께에서 조그맣게 하품을 하며 잠에서 깨어났다.

"오늘은 아쿠아리움에 안 갈래요? 전에 아이바 씨랑 갔던 곳."

이치노세는 그렇게 말하고는 오늘도 내 손을 잡아당겼다. 전철은 마치 통째로 빌린 것처럼 한적하기만 했다. 주변에 아무도 없다는 것을 확인한 이치노세가 내 어깨에 머리를 기댔다. 그녀와 재회하기까지, 다시 이런 날이 올 거라고는 생각지 못했다. 꿈이라도 꾸는 듯한 기분으로 지금 이렇게 그녀와 함께 있다. 어깨에 느껴지는 그녀의 체온으로 현실이라는 것을 실감하는 동안 목적지에 도착했다. 아쿠아리움에 들어가자 이치노세가 팔짱을 꼈다. 나는 뿌리치지 않고 마치 커플처럼 관내를 돌아다녔다.

"저렇게 많으니 왕따당하는 애도 있을 것 같아요."

수조 안을 헤엄치는 정어리 떼를 바라보며 이치노세가 말했다.

"신기하네. 전에 왔을 때 나도 같은 생각을 했는데."

"만약 내가 정어리였다면 분명 왕따가 되었을 거예요."

"수영장에서도 헤엄치지 않았으니까."

이치노세는 "그런 의미가 아니라고요" 하고 심통 난 얼굴을 한다. 미안.

"정어리가 되어도 아이바 씨가 도와줄 거예요."

"너를 도와준다고 해봐야 정어리 두 마리가 살아남긴 어렵겠지."

반론했지만 이치노세는 "그렇지 않아요" 하며 고개를 가로젓는다.

"둘이서 서로 격려하며 살아가는 거죠. 나는 혼자 남지 않으려고 죽을힘을 다해 헤엄칠 거니까 아이바 씨는 그런 나를 칭찬해줘요."

"그거, 서로 격려하는 게 아닌데?"

"아이바 씨도 솔직해진다면 맘껏 칭찬해드리죠."

"그건 또 무슨 말이야."

하늘하늘 반사된 빛이 우리를 감싼다.

"정말로 정어리가 된다면 둘이서 헤엄쳐요."

"알았어 알았어, 정어리가 된다면 말이지."

커다란 정어리 떼를 올려다보며 그렇게 살아가는 것도 나쁘지 않겠네, 하고 생각했다.

수명을 넘기고 세 번째 맞는 10월 6일. 수요일. 맑음.

"아이바 씨, 이제 슬슬 말해줘도 되지 않아요?"

공원 잔디밭에서 둥둥 떠다니는 비눗방울을 바라보며 이치노세가 물었다.

"뭘?"

나무 그늘 아래 깔아놓은 돗자리에서 잔디를 향해 비눗방울을 불었다.

"아이바 씨의 못난 면이 뭔지 알려줘요."

"아직도 그걸 신경 쓰고 있었어?"

이날도 집에서 나가려고 했으나 이치노세와 아파트 복도에서 딱 마주쳐 그녀의 손에 이끌려 공원에 오게 되었다. 백조 보트를 타고 잉어에게 먹이를 주고 잔디밭에서 배드민턴을 치다가 비눗방울을 불었다.

두 달 후에 죽을 거라고는 생각할 수 없을 만큼 평온한 나날이 계속되고 있다. 하지만 평온한 나날을 보내는 만큼, 그녀가 학교를 쉬는 날이 눈에 띄게 늘어났다. 오늘도 그녀는 학교에 가지 않고 이렇게 나와 함께 있다.

"그보다 네가 걱정이다. 학교에서 뭔가 안 좋은 일이라도 있었던 거야?"

"없어요. 왜 그런 걸 물어요?"

"요즘 결석이 너무 많잖아."

이치노세는 "으음" 하고 고민하는 듯한 얼굴을 하더니 내 무릎에 머리를 누였다.

"아이바 씨랑 조금이라도 오래 같이 있고 싶은 것뿐이에요."

"학교 친구들하고 노는 게 좋잖아."

내 무릎 위에서 이치노세는 심드렁한 표정을 지었다.

"학교에 있으면 전보다 더 고독한 날이 많아요. 내가 등교 거부를 했었다는 걸 아는 사람은 아무도 없고요, 가족과 사이가 나쁘다는 것도 몰라요. 그러니까 친구가 생겨도 진짜 나를 아는 사람은 학교에 없는 거죠."

그녀의 입에서 학교생활에 관한 불만이 나온 건 이번이 처음이었다. 나도 비슷한 인생을 살아왔기에 그런 고민도 있겠구나, 하고 예상하기는 했다.

하지만 내가 걱정하는 건 그런 문제가 아니다.

입을 크게 벌리고 하품을 한 그녀는 "조금 졸려요"라고 중얼거리더니 눈을 감는다. 바람에 그녀의 앞머리가 흔들렸다. 평온하게 자는 얼굴을 바라보다가 나도 모르게 머리를 쓰다듬었다. 아직 잠에서 깨지 않은 그녀는 눈을 감은 채 살짝 미소 지었다.

수명을 넘기고 세 번째 맞는 10월 10일. 일요일. 흐림.

이날, 이치노세가 아르바이트하는 패밀리 레스토랑에 갔다. 그녀가 일하는 모습을 보러 간 건 아니다. 여기에 온 이유는 사람들을 만나 확인하고 싶은 일이 있기 때문이다. 웨이트리스 차림을 한 이치노세가 부끄러운 듯이 이쪽을 슬쩍 훔쳐본다. 그런 그녀를 눈으로 좇고 있는데 여고생 두 명이 말을 걸어왔다.

"아, 쓰키미 남자친구다."

"아이바 씨라고 했던가요? 여기서 뭐 하세요?"

말을 걸어온 두 사람은 전에 학교 앞에서 만난 적이 있는 이치노세의 친구들이다.

"뭘 하다니, 당연히 쓰키미를 보러 왔겠지", "그런가?" 하고 마주 웃는 두 사람에게 "남자친구는 아냐" 하고 정정해 주었다.

나는 이 두 사람에게 묻고 싶은 게 있었다. 그녀들과 만나기로 약속한 건 아니다. 이치노세의 말에 따르면 두 사람은 이 패밀리 레스토랑에 자주 오는 데다 휴일에는 웨이트리스 차림으로 일하는 이치노세의 사진을 찍으러 온다고 했다. 이치노세 본인은 부끄러우니까 하지 말라고 한다지만.

"두 사람에게 묻고 싶은 게 있는데" 하고 입을 열자 친구들이 관심을 보였다.

"뭐요, 뭐요?"

"쓰키미의 신체 사이즈?"

나는 "궁금하지만 그건 아냐"라고 대답하고는 그녀들에게 질문을 했다.

수명을 넘기고 세 번째 맞는 10월 12일. 화요일. 맑음.

이날은 헤어지자는 말을 적은 편지를 탁자 위에 올려놓

고 해가 뜨기 전에 집을 나서기로 마음먹었다. 편지에는 첫 전철을 탄다는 사실을 넌지시 알리는 문장도 적어두었다.

새벽 3시. 이치노세가 찾아올 시간대가 아니다. 평소에는 지갑과 스마트폰을 갖고 나갔지만 오늘은 아무것도 소지하지 않고 현관으로 걸어갔다.

신발을 신고 문을 열자,

─ 눈앞에 무릎을 안고 웅크린 채 잠든 이치노세가 있었다.

아파트 복도에서 자고 있는 여고생을 본다면 누구라도 놀랄 것이다. 하지만 나는 놀라지 않았다. 이럴 줄 알았기에 빈손으로 나왔던 거다.

나는 잠들어 있는 그녀를 흔들어 깨웠다.

"아이바 씨……?"

눈을 비비며 주위를 두리번거리더니 금세 상황을 파악한 듯했다.

"이건……. 그, 그게 말이죠." 필사적으로 해명하려는 그녀의 차가운 손을 잡고 우리는 산책에 나섰다. 걸어서 향한 곳은 예의 그 다리다. 여기라면 뭐든지 말할 수 있을 것 같았다.

강물 흐르는 소리, 벌레 우는 소리가 들려온다. 이른 새벽이라 다리 위에는 평소보다 깊은 정적이 감돌고 있었다.

바람에 이치노세의 길고 검은 머리카락이 건듯건듯 나부
꼈다.

난간에 손을 올리고 나서 그녀 쪽을 보지 않고 먼 곳의
경치를 바라보았다.

"가출……, 그래요 가출했어요!"

이제 생각났다는 듯이 변명하는 이치노세. 애쓰지 않아
도 돼.

"그럼 안으로 들어오지 왜."

"자고 있을 텐데 깨우기 미안해서요."

어색하게 웃는 이치노세에게 물었다.

"불꽃놀이 때 왜 그곳에 있었지?"

"……무슨 말이에요?"

이치노세는 되물으면서도 질문의 의도를 이미 눈치챈
것 같았다.

"네 친구들에게 들었어. 그날 패밀리 레스토랑에서 만나
기로 약속했다던데."

원래 이치노세는 친구들과 불꽃놀이를 보러 가기로 약
속했었다. 하지만 일기예보에 계속 비 표시가 있는 걸 보
고 행사 전날 불꽃놀이에는 가지 않기로 결정했다고 한다.
그 대신 세 사람은 패밀리 레스토랑에서 모이기로 했는데
당일 이치노세가 오지 않았다. 친구들과의 약속 시간은 우

리가 공원에서 만난 시각 조금 전이었고, 이치노세는 급한 일이 생겨서 못 나갔다고 나중에 친구들에게 사과했다고 한다.

이치노세가 패밀리 레스토랑에 가지 못한 건 당연하다. 그 시간에 내게 우산을 씌워주고 집까지 데려다주었으니까. 갈 수 있을 리가 없었다.

왜 이치노세는 약속 장소에서 멀리 떨어진 공원에 있었던 걸까.

답은 간단하다.

내가 그곳에 갈 거라는 사실을 사전에 알고 있었기 때문이다. 게다가 이치노세가 내 행동을 미리 읽은 건 그때뿐만이 아니다. 내가 집을 나가려 했다는 사실도 알고 있었다. 분명 오늘처럼 계속해서 문 앞에 쪼그리고 앉아 한밤중에 내가 나가지 않나 망을 보고 있었다. 그러다 아침이 되면 안으로 들어와 이렇게 말한다.

"오늘은 학교에 가기 싫어요."

그러고는 내 손을 이끌고 어딘가 놀러 다닌다.

한마디로 이치노세는, 내 행동을 미리 알고 있었고 의도적으로 자살을 방해했다.

나는 침묵을 지키고 있는 이치노세에게 물었다.

"사신이랑 언제 거래한 거야?"

그거 말고는 생각할 수 없었다. 아무리 오랫동안 함께 있었다 해도 연속해서 방해하기는 결코 쉽지 않다. 속마음을 읽거나 시간을 되돌리지 않는 한, 불가능하다.

이치노세는 "역시 들켰군요" 하고 담담하게 웃으며 주머니에서 회중시계를 꺼냈다. 우로보로스 은시계와 아주 비슷하게 생긴 그것은 뚜껑에 새겨진 우로보로스의 방향이 정반대라는 것 외에는 다른 점을 찾을 수 없었다. 내 은시계는 오른쪽을, 이치노세의 은시계는 왼쪽을 향하고 있다.

은시계 두 개를 나란히 놓자 두 마리의 용이 서로 꼬리를 물고 있는 것처럼 보였다. 이 모습은 전에 인터넷에서 본 적이 있다. 틀림없이 그 우로보로스 그대로였다.

내 추측이 맞았다. 우로보로스 은시계는 두 개 존재했던 것이다.

"불꽃놀이 축제가 있던 날이에요. 사실은 그날, 아이바 씨가 자살했어요."

자살한다 해도 바로 발견될 리 없다고 생각했다. 하지만 단 한 사람 통보해줄 수 있는 녀석이 있다. 마음을 읽을 수 있으니 어디서 자살할지 같은 건 손쉽게 알아냈을 테고, 아니면 자살하기 전에 미리 알려줬을 수도 있다.

처음부터 사신은 이 상황을 노렸을 것이다. 이제 와 생각해보면 그 녀석이 협력했을 리는 없다. 이치노세와 거래하기 위해서 내 애인 행세를 하고 우리의 관계를 끊은 것이다. 그녀가 죽고 싶어 하는 소녀로 돌아가게 하려고.

손에 든 은시계를 바라보며 이치노세가 말했다.

"사신이 이 시계를 보여줬을 때 모든 걸 알 수 있었어요. 아이바 씨가 갖고 있던 회중시계와 똑 닮았으니까요. 어떻게 내 행동을 미리 알 수 있었는지, 왜 내 앞에서 자취를 감추려 했는지 겨우 알게 된 거죠."

"거기까지 알았다면 왜 거래한 거야. 내 수명이 얼마 남지 않았다는 것도 알았을 텐데."

내가 그렇게 말하자 이치노세는 "당연하잖아요"라고 말하며 웃었다.

"아이바 씨를 한 번 더 보고 싶었으니까요. 이번에는 내가 아이바 씨의 자살을 방해하고 여기저기 함께 놀러 다니고 싶었어요."

수명을 내놓은 사람이라고는 생각할 수 없을 정도로 밝고 당당하게 말하는 이치노세에게서는 후회하는 기색이 조금도 엿보이지 않았다.

"그래도 그렇지……, 수명을 내놓으면서까지 거래할 필요는 없었잖아!"

"그렇게 말할 줄 알고 아무 말 안 했던 거예요. 사실은 아이바 씨의 수명이 다할 때까지 잠자코 있으려고 한 건데."

진지한 태도로 말하는 이치노세를 보며 나는 조용히 화를 냈다.

"이제 곧 죽을 사람을 위해서 수명을 포기하다니 제정신이야?"

"이제 곧 죽을 사람은 그런 거 신경 쓸 필요 없잖아요."

이치노세는 의기양양한 표정을 지으며 손가락으로 브이 자를 만들어 보였다.

"애초에 아이바 씨가 잘못한 거라고요. 남이 자살하는 걸 방해해놓고서 자기만 죽는 게 어딨어요? 나를 두고 가다니 비겁해요!"

도리어 화를 내는 그녀를 보며 나는 한숨을 쉬었다.

"너는 수명을 내놓은 걸 후회하지 않아?"

내 질문에 그녀는 얼굴 가득 웃음을 띠었다.

"전혀 후회하지 않아요. 전에도 말했지만 아이바 씨가 곁에 있지 않으면 살아갈 의미가 없으니까요. 그러니 후회 같은 거 절대 안 해요."

그렇게 우기는 이치노세를 앞에 두고 "바보같이……"라고 작게 중얼거렸다.

"뭐라고 말 좀 해봐요. 나는 이제 곧 죽을 사람이라서 무슨 말을 들어도, 아무리 아이바 씨가 미워해도 신경 안 써요. 어차피 내가 하고 싶은 대로 할 거예요."

그렇게 말하고 이치노세는 내 어깨를 손가락으로 찔렀다.

"그래서 말이죠, 아이바 씨."

이치노세 쪽을 돌아보자 거침없이 안겨들어 하마터면 쓰러질 뻔했다. 내 얼굴을 올려다보며, "나는 이제 곧 죽을 사람이니까……"라고 소곤거리더니,

얼굴이 가까이 다가온다.

그리고

우리의 입술이 포개졌다.

단 몇 초 사이에 일어난 일이었다.

그것만으로 온몸이 뜨거워졌다. 우리 사이에 있던 벽이 무너지는 것을 느꼈다. 마치 댐이 무너지듯이, 그녀에 대한 감정이 넘쳐흘렀다. 마음이 채워져 간다.

입술이 떨어지자 이치노세는 "이런 일도 이제 하나도 부끄럽지 않아요"라고 말하며 웃어 보였다. 순식간에 볼이 빨갛게 물들고 귀까지 빨개졌다.

"얼굴이 새빨개졌는데 그건 아니지."

이치노세의 손을 잡아당겨 끌어안았다.

"꺄악!"

무슨 일이 벌어진 건지 어리둥절해하는 듯했지만 바로 그녀도 꼬옥 마주 안아왔다.

"나 같은 걸 위해서 수명을 포기하다니, 후회해도 난 모른다고."

그녀의 머리를 쓰다듬으며 떨리는 목소리로 말했다.

"후회할 리가 없잖아요."

내 등을 어루만지며 이치노세가 다정한 목소리로 말했다.

"있잖아, 이치노세."

"네."

나와 이치노세의 체온이 서로 녹아들 듯이 뒤섞였다.

"내가 죽을 때까지 곁에 있어 줄래?"

"처음부터 그럴 생각이었어요."

나는 쭉 동경해왔다.

이런 나여도 가장 소중하게 생각해주는 사람을.

대가를 바라지 않는 사랑을.

지금 안고 있는 그녀는 그 이상의 것을 내게 주었다.

넘쳐흐르는 이 마음이야말로 내가 줄곧 꿈꿔왔던 것이리라.

그날, 침대 위에서 지금까지의 일을 하나도 숨김없이 전부 이야기했다. 어릴 때부터 오늘에 이르기까지의 일들을 모두 털어놓는 동안 이치노세는 줄곧 나를 부드럽게 토닥여주었다. 내 이야기를 다 들은 이치노세는 1년 전의 나처럼 "그냥 들어주는 것밖에 해주지 못했지만……"이라고 말했다. 하지만 나는 그걸로 충분했다.

나보다 어린 그녀의 품에서 울다니, 정말 못났다.

하지만 이치노세는 그런 나를 보고도,

"역시 아이바 씨는 못난 어른이 아니었어요"라고 말해주었다.

다음 날부터 자신을 속이는 일은 그만두고 솔직하게 살았다. 이제 우리 사이를 가로막는 벽은 없다. 그저 원하는 대로 그녀와 시간을 보냈다.

우로보로스 은시계로 시간을 되돌릴 때 소유주와 접촉해 있던 사람 역시 기억을 이어갈 수 있다. 이치노세와 몇 번이나 시간을 되돌려 최대한 함께하는 시간을 늘리고 있다.

손을 잡고 여기저기 외출도 하고 이치노세에게 기대기도 하고 응석도 받아주면서. 사람들 앞에서 키스도 하면서. 지금까지 나와는 인연이 없다고 생각해온 일을 이제 원하는 대로 하고 있다.

지금까지의 내 삶 중에서 가장 평온하고 행복한 시간이었다.

※ / 3

수명을 넘기고 세 번째 맞는 12월 25일. 토요일. 맑음.

우리는 마지막 남은 하루를 특별할 것 하나 없이 평범하게 보냈다. 평소와 다름없는 광경이다. 큰 사건이 일어나지도 않았고 눈이 오지도 않았다.

화창하고 온화한 겨울날에 걸맞게 하늘이 푸르다. 전 세계에서 1초에 몇 명이 죽는다거나 하는 일도 모두 잊게 하는 날씨다. 그래서 내가 죽는다는 것 또한 실감 나지 않는다.

공원 잔디밭을 찾은 우리는 햇빛이 비치는 자리에 돗자리를 깔았다. 나는 돗자리 위를 뒹굴며 바로 옆에서 비눗방울을 불고 있는 이치노세를 바라보았다. 공기가 차가운 만큼 내리쬐는 햇살이 포근하고 따사롭다. 졸음이 몰려와 하품이 나왔다.

"그렇게 자고서 또 졸려요?"

이치노세는 상냥하게 미소 지으며 아이를 재우듯이 내 머리를 쓰다듬었다.

"이상하게 졸린데."

몸을 일으켜 양손을 들고 기지개를 켰다.

우리가 지금 보내고 있는 이 시간은 올해 두 번째 맞이한 12월 25일이다. 첫 번째 12월 25일에 이치노세의 은시계를 사용해서 시간을 되돌렸다. 오후 11시 반에 24시간을 되돌렸으니 이제 내일 오전 11시 반까지는 시간을 되돌릴 수 없다. 다시 말해 은시계의 효력이 살아날 즈음이면 나는 죽어 있을 것이다.

현재 시각은 오후 3시를 넘어가고 있다. 수명이 다할 때까지 이제 몇 시간밖에 남지 않았다. 일단 내일 오전 11시 반이 되면 오늘 오전 11시 반으로 되돌릴 수는 있다. 하지만 시체에 접촉해 시간을 되돌려본들 죽은 자의 기억까지 계승될 거라고는 생각하기 어렵고, 죽은 기억이 없다 해도 두 번 죽기는 싫다.

이치노세와 이런 이야기를 나누고 더는 연장하지 않기로 했다.

"안 잘 거면 아이바 씨도 같이 불어요."

비누액이 들어 있는 핑크색 용기와 빨대를 건네받아 비눗방울을 불었다. 그녀가 날린 비눗방울과 섞여 무지갯빛 방울이 둥실둥실 떠다닌다.

생의 마지막 날을 어떻게 보낼지는 예전부터 수없이 얘기해왔다. 하지만 뭔가 특별한 일을 할 것도 아니어서 평소처럼 보내고 있다. 어디든 멀리 나가서 놀 생각도 해봤지만 전날 쌓인 피로가 말끔히 가시지 않았다. 크리스마스이브였던 전날에는 둘이 유원지에 다녀왔다. 가뜩이나 체력이 약한 우리가 둘 다 너무 즐거워 무리했다가 기진맥진해져서 집에 돌아왔다. 목욕을 하고 침대 위에서 이야기를 나누다 잠이 들었다.

우리가 일어난 시각은 오후 1시가 지나서였다. 몇 시에 잠들었는지는 기억나지 않았다. 시간상 멀리 다녀올 여유가 없는 데다 피로도 풀리지 않은 상황이었다. 침대에서 빠져나가기도 귀찮아서 응석을 부리는 이치노세를 상대해주며 첫 번째 12월 25일을 보냈다.

그리고 오후 11시 반에 시간을 되돌릴 수 있을 만큼 되돌렸지만 유원지에 다녀온 날 생각보다 빨리 잠들었는지 두 사람 모두 일어나지 않은 시간으로 돌아가고 말았다. 그 결과 두 번째 12월 25일도 오후 1시가 지날 때까지 꿈속에 있었다.

인생의 마지막 날을 반나절 이상 잠을 자며 보내게 될 줄은 생각지도 못했다. 이렇게 시간을 보내는 사람은 나밖에 없을 것 같다. 거대한 운석이 지구에 충돌할 거라는 사실을 알면서도 학교나 회사에 가는 사람은 설마 없겠지.

대부분은 미련이 남지 않도록 평소와 다른 행동을 취할 것이다. 하지만 나는 평소와 같은 하루에 만족했다. 느긋하게 비눗방울을 불고 있지만 이치노세와 함께하는 것만으로도 충분하다. 솔직하게 살기 시작한 그날부터 하고 싶은 말이 있으면 전부 이야기하고, 가고 싶은 곳이 있으면 찾아가며 둘이서 하고 싶은 일을 마음껏 했다. 그래서 조금도 여한이 없었고 이제 와 새삼 뭔가를 하고 싶지도 않았다.

이제 죽는 건 두렵지 않다. 실감이 나지 않을 만큼 공포가 사그라들었다.

다만 이치노세를 혼자 남기고 가는 것은 불안했다. 그녀의 수명은 아직 2년 반이나 남아 있다. 이런 그녀를 혼자 두어도 괜찮은 걸까. 언젠가 나처럼 수명을 내놓은 걸 후회하지는 않을까. 만약 그녀가 사신과 거래하지 않았더라면 나는 비참하게 죽었을 것이다. 그녀를 말려들게 한 데 책임감을 느꼈지만, 당사자인 그녀는 후회하기는커녕 신경도 쓰지 않는다. 그 증거로 그녀의 은시계는 효력을 잃지 않았다. 기특하다고 할까, 그런 그녀이기에 더욱더 마지막까지 웃으며 지내길 바라고 있다.

천진한 표정으로 비눗방울을 부는 이치노세를 보고 있으면 가슴이 옥죄어든다. 그녀의 머리를 마구 쓰다듬자 매끄럽던 머리칼이 부스스 헝클어졌다. 그런데도 싫어하는 내색 없이 수줍게 웃을 뿐이다.

"갑자기 왜 그래요?"

"지금 실컷 만져둬야지."

"실컷 만져요."

가까이 다가온 이치노세가 비눗방울을 내려놓고 손을 잡는다.

"있잖아요, 아이바 씨."

"응?"

"실은 아이바 씨한테 비밀로 하고 미래에서 시간을 되돌렸어요. 놀랍게도 내일이 돼도 아이바 씨는 죽지 않았어요, 라고 말한다면 믿겠어요?"

"믿지 않아. 있을 수 없는걸."

그렇게 대답하자 이치노세는 "믿어줘요" 하고 불만스럽게 말했다.

죽는다는 실감은 아직 나지 않지만 계속 살 수 있다고도 생각하지 않는다. 이치노세와 키스를 나눈 그날부터 꿈같은 나날이 계속되었고 지금도 꿈이 아닌가 하고 조금은 의심하고 있다.

이런 행복한 나날을 보내고 있으면 벌이 내려도 어쩔 수 없다는 기분이 든다.

"만약에, 만약에 말이에요. 만약 내일이 되어도 살아 있다면, 하고 싶은 일 있어요?"

멀리서 공놀이를 하는 가족을 보며 생각한다.

"또 둘이서 어디든 놀러 가고 싶어."

"좋아요. 만일 죽지 않는다면 또 놀러 가요."

내 어깨에 기대며 흥미진진하게 "그거 말고 다른 건요?"
라고 묻는다.

"별로 없는데. 너랑 같이 있을 수 있다면 그걸로 좋아."

"……그건 그거대로 기쁘지만요, 그 밖에 더 없어요?"

"그러는 넌 하고 싶은 일 있어?"

"물론 있죠. 고등학교를 졸업하면……, 아이바 씨랑 같이
살고 싶어요!"

살짝 부끄러워하면서도 생기 넘치는 표정을 짓고 있다.

"죽지 않는다면 말이지"라고 대답하자 웃음을 흘리며
"아싸!" 하고 좋아한다.

"기왕이면 반려동물도 키워요."

"반려동물을 키우려 해도 아파트라서 개라든가 고양이
는 기를 수 없지."

"개랑 고양이가 아니라 햄스터나 우파루파 같은 거!"

"우파루파는 냄새가 날 거 같아서 싫은데."

"피이―" 아쉬워하는 이치노세를 보고 나는 웃으며 "농
담이야" 하고 달랬다.

"그리고 또 어디든 놀러 가거나, 아니면 집에서 놀아요."

"결국 우리는 하고 싶은 게 같네."

"같지 않아요. 언젠가 우리 둘이 결혼하는 거예요. 그리
고……."

그대로 입을 다문 이치노세의 얼굴이 점점 빨개졌다.

"그리고?"

그다음 얘기를 재촉하자 이치노세는 머뭇거리며 부끄러운 듯이 입을 열었다.

"······아이도 낳고."

나도 부끄러워져서 고개를 돌렸지만 시선이 향한 끝에 하필 아이를 데리고 나온 가족이 있어 더 민망했다.

"우, 우리는 가정에서 별로 행복하지 못했잖아요. 그래서 둘이 제대로 된 가정을 만들 수 있지 않을까 하고 생각했어요."

만약 정말로 이치노세와 가정을 꾸린다면, 하고 상상한다.

"행복한 가정이 되겠지."

나도 모르게 이렇게 말해버렸다.

"분명히 전 세계에서 최고로 행복한 가정일 거예요."

"세계 최고라!"

"세계 최고예요."

이치노세는 부드럽게 미소 지었다. 그 후에도 우리는 오지 않을 미래를 상상하며 이야기를 계속했다. 하늘이 캄캄해질 때까지, 쭈욱.

공원을 나설 무렵에는 기온이 뚝 떨어져서 손을 꼭 잡고 돌아왔다.

돌아오는 길에 "저녁은 어떻게 할래요?"라고 묻기에 나는 "집밥이 먹고 싶어"라고 말했다. "나한테 맡겨요" 하는 자신만만한 대답이 돌아왔다.

슈퍼마켓에서 식재료를 사서 집으로 돌아온 게 오후 7시경이었다. 그때부터 이치노세가 만들어준 하이라이스를 먹고 목욕을 한 후 침대 가장자리에 걸터앉아 계속 손을 잡고 있었다.

정적이 깃든 방 안에서 우리는 처음 만난 날부터 오늘까지의 일을 돌아보며 이야기를 나눴다.

하고 싶은 얘기를 다 했다고 생각했는데 마지막이다 보니 이야기가 끊이질 않았다. 서로 칭찬하고 감사의 말을 주고받는 동안 시간이 흘러갔다.

오후 11시가 지난 뒤에도 여전히 시간은 흘러갔다. 평소보다 시간이 빠르게 흐르는 느낌이다.

끝이 다가오면서 우리는 몇 번이고 키스했다.

오후 11시 50분. 둘이서 스마트폰 화면을 바라본다.

"……이제 10분 남았네요."

이치노세가 쓸쓸한 얼굴로 말했다.

"아이바 씨, 무섭지 않아요?"

"무섭지 않아."

죽는 건 무섭지 않다.

"정말? 강한 척하는 거 아니고요?"

"아냐."

그녀를 또 외톨이로 만드는 것만이 두려웠다.

"있잖아, 이치노세."

"네."

"미안해."

그녀를 끌어당겨 머리를 어루만졌다.

"끝까지 지켜주지 못해서."

이치노세가 지켜보는 가운데 마지막을 맞이할 수 있다는 데 안도했지만, 역시 그녀가 살아 있기를 바랐는데, 하고 이제 와 후회가 밀려왔다.

그래도 이치노세는 "미안해하지 말아요" 하고 상냥하게 웃으며 내 등을 보듬어주었다.

"줄곧 혼자 무서웠어요. 혼자서 어쩔 줄 모르던 내게 아이바 씨는 마음 붙일 곳을 만들어주었죠. 여러 번 나를 구해줬어요."

이치노세의 체온이 전해져 왔다. 이 온기도 이제 2년 반 뒤면 사라지는 것인가.

"그래도 말이야. 네가 더 행복해지길 바랐어. 수명을 내놓지 말고 다른 인생을 살아갔으면 좋았을걸."

내 양 볼을 잡아당기고는 이치노세가 "무슨 말 하는 거예요?"라고 말하며 웃는다.

"충분히 행복해요. 다시 한번 아이바 씨를 만날 수 있다면 목숨 따위 싼 거라고 생각했어요. 게다가 내가 이렇게 하지 않았다면 아이바 씨가 외톨이가 되었을 테니까."

나를 위해 수명을 포기하고 '싸다'고 말할 수 있는 사람은 그녀뿐이다.

죽고 싶어 하는 소녀를 만나 나는 구원받았다.

"이치노세는 강해. 후회하지 않을 수 있다니."

"전에도 말했잖아요. 후회 같은 거 하지 않는다고."

"아, 동물원에서 돌아오는 길에 말했었지."

그녀의 은시계는 오늘까지 몇 번이나 시간을 되돌렸다. 시곗바늘이 사라지지 않고 내가 살아 있는 시간을 연장해주었다. 그 사실이 기쁘기도 하고 슬프기도 했다.

잠깐 뜸을 들이더니 이치노세가 깊은 속내를 털어놓았다.

"줄곧 내 인생이 싫었어요. 괴로운 일만 생겨서 왜 나는 이런 일을 당해야만 하는 걸까 원망했고요. 평생 내 인생을 저주하며 살아가게 될 거라고 생각했어요. 하지만 이런 인생이 아니었다면 아이바 씨와 만나지 못했을 거잖아요. 그렇게 생각하면서부터는 내 인생이 좋아졌어요."

그 순간 스윽, 하고 저주 같은 것이 사라졌다.

"그렇……지. 이런 인생이 아니었다면 너와 만날 수 없었겠지."

"맞아요. 아이바 씨도 전에 말했죠? 내가 학교에 잘 다니고 가족과도 사이가 좋았다면 우린 만나지 못했을 거라고."

이치노세는 내 머리를 부드럽게 어루만졌다.

"아이바 씨가 지금까지 살아 있어 줘서, 나도 살 수 있었어요."

그녀의 말에 가까스로 내 인생을 용서할 수 있을 것 같았다. 가치가 없다고 생각했던 과거에도 확실한 의미가 있었던 거야. 무엇보다 내 인생에 의미를 준 것은 눈앞에 있는 그녀다.

"이치노세, 고마워. 그리고 사랑해."

나는 중얼거리듯이 말했다.

"무슨요. 나도 사랑해요."

이치노세가 속삭이듯 말했다.

얼굴이 가까워지고 입술이 맞닿았다.

우리가 나눈 가장 긴 키스였다. 입맞춤을 하는 동안 나는 다시 한번 상상한다.

수명을 포기하지 않고 평범한 인생을 보냈더라면 어떻게 되었을까.

몇십 년을 살든 이치노세와 만나지 못했을 것이다. 이상적인 생활을 보냈다 하더라도 내 곁에 이치노세는 없다. 기적적으로 이치노세와 만났다 해도 자살을 막지는 못했겠지.

이렇게 만날 수밖에 없었다. 수명을 내놓은 사람끼리 만났기에 우리는 세상에 둘도 없는 관계가 될 수 있었다. 분명 이것이 최상의 인생이리라.

수명을 내놓은 것을 후회하고 말고의 이야기가 아니다. 그녀와 만나지 못했더라면 내 인생은 구원받지 못했을 것이다. 입술을 떼었을 때는 그렇게 확신했다.

시곗바늘이 11시 55분을 가리키기 전에, 이치노세의 눈동자에서 똑똑 눈물이 떨어지기 시작했다. 눈물을 보이지 않으려고 내 가슴에 얼굴을 묻었다. 나는 부드럽게 머리를 쓰다듬어주었다.

울음을 그칠 기색이 보이지 않고 시간은 계속 흘러갔다. 내게 남은 시간은 이제 5분도 채 되지 않는다.

죽기 전에 눈물 정도는 닦아줘야겠다고 생각하며 티슈를 뽑으러 일어나려 했다.

왼손을 뒤로 짚고 일어서려는 순간, 손가락 끝에 뭔가 차가운 것이 닿는 감촉이 느껴졌다. 무척이나 차갑다. 놀란 나는 뒤돌아 왼손을 쳐다봤다. 손가락이 침대 아래로 감춰져 있어 손끝에 닿은 차가운 물체가 보이지 않았다. 약간 두려운 마음으로 집어 침대 아래에서 꺼내는데, 잡았을 때 그것이 뭔지를 알았다. 먼지를 뒤집어쓴 우로보로스 은시계였다. 뚜껑에 새겨진 우로보로스의 방향으로 보면 이치노세의 시계가 아니라 내가 갖고 있던 시계가 틀림없었다.

왜 침대 아래에 떨어져 있었을까.

시간을 되돌리지 못하게 된 뒤부터는 갖고 다니지 않고 방에 아무렇게나 내버려 두었다. 하지만 마지막으로 본 게 언제인지 아무리 기억을 떠올리려 해도 생각나지 않았고, 침대 아래로 떨어뜨린 기억도 없다. 의아하게 여기면서 우로보로스 은시계를 바라보았다.

그때였다. 내 손에서 우로보로스 은시계가 굴러떨어졌다. 그리고 깨달았을 때는 이미 온몸에서 힘이 다 빠져나가 옆으로 쓰러져 있었다. 이치노세가 당황해서 나를 부축하려 했지만 그대로 쓰러졌다.

"아이바 씨! 괜찮아요?" 하고 필사적으로 불렀다.

나는 대답하려 했으나 목소리가 나오지 않았다. 점차 그녀의 목소리가 멀어져 갔다.

내 왼손을 꽉 쥐고 뭔가 부르는 것 같았지만 아무것도 들리지 않는다. 잡은 손의 온기도 느껴지지 않는다. 비처럼 이치노세의 눈에서 눈물이 뚝뚝 떨어지는 것이 보였다.

이것이 죽는 것인가.

눈꺼풀이 점점 무거워졌다. 흐느껴 우는 그녀의 모습이 희미해진다.

지금까지의 추억이 되살아났다. 주마등이란 거로군. 내가 보는 주마등은 비참할 거라고 생각했다. 하지만 온통 이치노세와의 추억뿐이다.

나는 그녀의 눈물을 닦아주려고 마지막 힘을 짜내어 오른손을 뻗었다. 하지만 내 손은 그녀의 얼굴에 닿지 않았다. 힘이 다 빠진 오른손은 우로보로스 은시계 위로 떨어졌고 더는 움직일 수 없었다. 의식이 옅어지는 와중에도 어떻게 하면 그녀가 울음을 그칠지만을 생각했다.

최소한 그녀를 위로해줄 시간만이라도 있다면······.

그녀가 눈물을 그칠 때까지 시간이 얼마나 필요할까. 한 시간이나 두 시간으로는 부족하겠지.

그래······, 하루만 더 있다면······.

천천히 눈이 감겼다.

🦋 / 4

목소리가 들려온다. 내 이름을 부르는 목소리가.

"아이바 씨! 아이바 씨!"

익숙한 목소리에 눈을 떴다. 내 몸 위에 이치노세가 올라와 있다. 그녀의 눈에서 흘러나오는 눈물이 내 볼 위로 떨어졌다. 어떤 상황인지 얼른 파악이 되지 않았다. 일어나 앉으려 하는데 이치노세가 울며 매달리는 바람에 뒤쪽 벽에 머리를 쾅 찧었다. 벽에 부딪힌 머리를 누르면서 흐느껴 우는 이치노세를 바라보다가 내 마지막 순간을 떠올렸다.

하지만 우리가 있는 곳은 천국도 아니고 지옥도 아닌, 낯익은 침대 위다. 머리맡에 놓인 스마트폰으로 일시를 확인한다. 12월 25일 오후 1시를 지나고 있다.

그게 꿈이었다고는 생각할 수 없다. 애초에 꿈이었다면 이치노세는 왜 울고 있겠는가.

"시간을 되돌린 건가?"

이치노세에게 물었지만 내 가슴께에서 머리를 옆으로 가로저을 뿐이었다. 그녀의 등을 쓸어내리며 시간이 돌아온 원인이 무엇인지 생각했다. 아무리 기다려도 이치노세는 울음을 그치지 않았고 원인도 알 수 없었다. 그러고 보니 마지막에 그녀를 위로해주려고 하루만 더 시간이 있었으면 하고 간절히 바랐던 기억이 났다. 그렇다면…….

침대 아래로 손을 뻗어 더듬더듬 우로보로스 은시계를 찾았다. 우로보로스 은시계를 집어 올려 뚜껑을 열자 과연 짐작대로였다.

시간을 되돌릴 수 없게 된 뒤 어딘가로 사라졌던 바늘이 제자리로 돌아와 있었다.

바늘은 11시 59분 57초에서 멈춰 있다.

이 은시계의 힘으로 내가 죽기 직전에 시간이 되돌아간 것이 틀림없다. 흐느끼고 있는 이치노세를 보니, 끝까지 내 손을 쥐고 있어서 그녀의 기억도 함께 이어진 것이리라.

어떻게 우로보로스 은시계가 효력을 되찾은 걸까.

이치노세의 말을 듣고 수명을 내놓은 걸 후회하지 않게 되었기 때문일까?

생각해봐도 답은 나오지 않았다. 이치노세는 내 가슴에 얼굴을 묻고 끝없이 울고 있다. 이번에야말로 미련이 남지 않도록 나는 이치노세를 다독이는 데 집중했다. 그녀가 울음을 그칠 때까지 세 시간도 더 걸렸다. 그리고 울음을 그친 후에도 그녀는 내 팔을 꼭 잡은 채 떨어지려 하지 않았다.

그런 인생의 마지막을 체험한 후다. 두 사람이 함께 있는 이 시간이, 1초 1초가 소중해서 떨어질 수 없었다. 계속 이대로 있고 싶다.

한동안 아무 말도 없이 끌어안고 있었다. 방 안은 고요했고 시계의 초침 소리만 들려왔다. 하지만 이 방에는 시계가 없다. 익숙한 초침 소리는 이치노세의 가방에서 들려오고 있었다.

가방에서 우로보로스 은시계를 꺼내 든 이치노세가 당황해하며 달려왔다.

"아이바 씨, 내 시계……, 바늘이 움직여요."

분명히 바늘이 움직이고 있다.

이치노세의 시계는 내일 오전 11시 반까지 사용할 수 없을 텐데. 왜 바늘이 움직이는 걸까. 우리는 머리를 갸웃거리며 생각했다.

"바늘이 움직이고 있다면 시간을 되돌릴 수 있다는 거죠?"

"시험해봐야 알겠는걸."

"그럼 시험해봐요."

이치노세의 손을 쥐자 한순간에 풍경이 달라졌다.

우리는 제트코스터를 타고 있다. 옆에 앉은 이치노세가 내 손을 꼭 쥐고 있다. "철커덕 철커덕" 소리를 내며 천천히 위로 올라가는 제트코스터는 전날인 크리스마스이브에 우리가 탔던 놀이기구다.

우리는 서로 얼굴을 마주 보았다.

"시간이 돌……"

다음 순간, 제트코스터가 급하강했고 이치노세는 비명을 질렀다.

"어째서 시간이 되돌아간 거지?"

제트코스터에서 내리며 중얼거렸다.

"혹시 시계 주인과 함께 시계의 기억도 이어지는 거 아닐까요?"

손에 든 우로보로스 은시계를 바라보면서 이치노세가 말했다.

"시계의 기억이 이어진다고?"

이치노세는 "전부터 신경이 쓰였는데 말이죠"라고 말을 꺼내더니 이야기를 계속했다.

"시간을 되돌리고 나서 36시간 후에 24시간을 되돌리면, 그때부터 또 36시간이 지날 때까지는 사용할 수 없잖아요?"

"그렇지" 나는 끄덕였다.

"하지만 그거 모순 아닌가요? 그대로 24시간 전으로 돌아간다면 24시간이 지난 후에 시간을 되돌리는 게 가능해지는 거잖아요. 시간을 되돌릴 수 있는 상태가 될 때까지, 되돌리기 전 시각에서 바늘이 멈춰 있을 것이고 우리의 기억과 마찬가지로 시계에 관한 정보, 즉 효력을 되찾을 때까지의 경과 시간도 이어받는 게 아닐까요?"

생각해보니 목숨과 교환한 사람밖에 사용할 수 없다거나, 거래를 후회하면 더는 시계를 사용하지 못한다는 등 시계 소유자와 관련된 부분이 많다. 어쩌면 마지막으로 시간을 되돌린 뒤 경과한 시간도 기억과 함께 이어받는 걸지 모른다.

"그렇다면 아이바 씨의 시계와 함께 기억을 이어받은 제 시계도, 마지막에 사용하고 나서 24시간 경과한 상태로 되돌아간 게 되는 거죠."

내가 죽어갈 때 그녀의 은시계는 마지막으로 시간을 되돌린 시점에서 24시간 이상 지나 있었다. 그때부터 내 은시계로 시간이 되돌아가고, 경과 시간이 그대로 이어지고 있었다면 그녀의 은시계는 도합 36시간이 경과한 셈이 된다.

"만약 가설이 맞는다면 나하고 이치노세의 시계를 사용하면……,"

"영원히 시간을 되돌릴 수 있어요!"

뛰어올라 내 품에 안기는 이치노세를 꼭 끌어안았다.

이치노세는 당장이라도 울음을 터뜨릴 것처럼 기뻐했지만 나는 여전히 믿지 못했다.

"……그런 행운이 가능할까."

살 수 있을지도 모른다는 희망을 믿지 못했던 건, 그 은시계를 건네준 인물을 떠올렸기 때문이다. 사신이 이 사실을 깨닫지 못했을 리가 없다.

양부모님과 처음 대면했을 때 느꼈던 공포심이 떠올랐다. 지금 이렇게 기뻐도 결국은 허사로 끝나고 마는 게 아닐까. 다시 현실에서 배신당하는 게 아닐까. 그렇다면 지금 기

뻐하고 있는 그녀를 더욱 슬프게 하는 일이다. 이런저런 생
각을 하는데 이치노세가 양 볼을 힘껏 잡아당겼다.

"아이바 씨? 또 이상한 생각하고 있죠?"

"이, 이봐. 그만……."

"그런 건 시험해보지 않으면 알 수 없다니까요!"

볼을 꼬집던 손을 놓고 이치노세는 두 손으로 내 손을 감
싸듯 쥐었다.

"우리가 생명을 연장하려면 이 방법밖에 없으니까, 마지
막이니만큼 믿어보기로 해요."

다정하게 미소 짓는 이치노세는 어딘가 자신감에 차 있
다. 그것이 사람을 안도하게 한다.

대체 누가 어른인지 모르겠네.

그녀에게 용기를 얻어 한 발 내디뎌볼까 하는 마음으로
입을 열었다.

"믿지 않으면 아무것도 시작되지 않으니까."

내가 그렇게 말하자 이치노세는 "맞아요"라며 웃었다.

결과부터 말하자면 그녀의 가설대로였다. 내 은시계로
24시간을 되돌린 직후에 이치노세의 은시계로 24시간을
또 되돌리는 거다. 합계 48시간을 되돌려도 36시간 후에는
두 시계 모두 능력을 되찾게 된다. 다시 말해, 두 개의 은시

계가 있으면 12시간씩 영원히 되돌릴 수 있다. 우로보로스 은시계는 우리처럼 두 개가 만나야 비로소 하나가 되는 시계이다. 그렇게 해서 제 이름값을 톡톡히 하는 것이다.

그때부터 두 개의 은시계를 사용해 시간을 계속 되돌리는 날들이 시작되었다. 수없이 시간을 되돌려 둘이서 여러 곳을 다녔다. 몇십 번 반복해도 퇴색되지 않는 날들이 이어졌다.

이치노세가 사신과 거래한 날부터 12월 25일까지의 4개월을 몇 번이나 반복하는 동안에 우리는 계절을 하나 잊었다. 끝없이 반복되는 4개월이라는 시간은 누가 옆에서 본다면 빠져나올 수 없는 미궁처럼 비칠지 모른다. 하지만 우리는 함께 지낼 수만 있다면 아무래도 좋았다. 몇천, 몇만 번 반복할 생각으로 시간을 끊임없이 되돌렸다.

— 우리 앞에 사신이 나타나기 전까지는.

어느 날 낮이었다. 둘이 다리 위를 걸어가고 있을 때 뒤쪽에서 목소리가 들려왔다.

"당신들은 몇 번……, 시간을 되돌려야 직성이 풀리겠어요?"

뒤돌아보니 사신이 서 있었다. 지금까지는 밤이나 태풍

이 몰아칠 때 같은, 항상 밖이 어두울 때만 만났기 때문에 대낮에 만난 사신은 신선해 보이기까지 했다.

그런데 그 이상으로 신선하게 느껴진 것은 사신의 표정이었다. 사신은 지금까지 보인 적 없는, 어이가 없다는 표정으로 우리를 보고 있다.

그 무렵에는 우리도 몇 번이나 시간을 되돌렸는지 기억하지 못했다. 나도 이치노세도 우리 좋을 대로 지내고 있었기에 날마다 즐거웠지만, 우리를 관찰하고 있는 사신 입장에서는 참을 수 없었을 것이다. 여느 때보다 더 창백해 보였다.

"계속해서 시간을 되돌릴 거예요."

만족스러운 표정을 한 이치노세가 사신에게 손가락으로 승리의 브이 자를 만들어 보였다.

"글쎄요, 그게 가능할까요."

못마땅한 얼굴로 사신은 그날을 재현하듯이 말했다.

"오늘은 충고하러 왔습니다."

우리를 똑바로 응시하며 사신이 말을 이어나갔다.

"이대로라면 당신들은 후회하게 될 겁니다."

"이치노세나 내가 후회하기라도 한다는 건가?"

"그렇죠. 지금은 서로를 위해 시간을 되돌리고 있지만 삶을 포기하고 싶어졌을 때, 당신들은 어떻게 될까요?"

상상해보았지만 아무래도 삶을 포기하는 자신을 떠올릴 수 없었다. 만약 그런 날이 찾아온다면 아마 이치노세가 없어졌을 때 정도일 것이다.

"우로보로스 은시계는 두 개를 사용해야 무한 반복이 성립됩니다. 한쪽이라도 사용할 수 없게 되면 그걸로 끝이지요. 한쪽을 활용하기 위해 마지못해 시간을 되돌려 연명하는 일은 책임감만으로 살아가는 것과 다름없습니다. 결국은 귀찮아지지 않겠어요? 그 은시계를 손에 넣지 않았다면 당신들은 만나지 못한 채 혼자서 편하게 죽을 수 있었으니까요. 수명만 내놓지 않았더라면 말이죠."

그 말을 듣고 우리는 반박했다.

"말도 안 돼."

"있을 수 없는 일이에요."

그녀와 만난 것을 후회하다니, 절대로 있을 수 없다.

두 사람의 반응을 보더니 사신이 물었다.

"당신들은 왜 그렇게 단언할 수 있는 거지요? 두 사람은 줄곧 죽고 싶어 하지 않았나요? 앞으로도 죽고 싶은 마음이 들지 않을 거라고 어떻게 장담할 수 있습니까?"

사신의 물음에 이치노세가 대답했다.

"죽고 싶어진다 해도 아이바 씨가 방해할 테니까 괜찮아요."

웃으며 대답한 이치노세는 내 팔을 껴안고 "게다가 위로 해줄 거고요."라고 덧붙였다.

이치노세에게 향해 있던 사신의 시선이 내게로 향했다.

"어이, 사신. 이제 다 알고 있잖아."

이제 수명을 팔아넘길 때의 내가 아니다. 지금의 내게는 살아야 할 이유가 있다.

물론 사신이 말한 대로 앞으로 또다시 죽고 싶어지는 일이 생길지 모른다. 그래도 옆에 그녀가 있어 준다면 나는 내 목숨을 하찮게 여기지 않을 것이다.

"후회할지 안 할지는 마음을 읽으면 알 수 있지, 그렇지 않나?"

교차하는 시선을 피하지 않고 나는 사신의 눈을 또렷이 응시했다.

강물 흐르는 소리가 상쾌하게 들려왔다.

우리에게서 시선을 돌린 사신은 아쉽다는 듯이 말했다.

"무슨 말을 해도 소용이 없겠네요."

이치노세는 나를 쳐다보며 활짝 미소 지었다. 나도 그녀에게 미소로 답했다.

"단, 이대로 끝없이 시간을 되돌리는 걸 못 본 척할 수는 없습니다."

다리 위로 바람이 불어 이치노세의 길고 검은 머리카락

이 나풀거렸다.

"우로보로스 은시계를 돌려받도록 하지요."

사신의 발언에 두 사람 모두 반사적으로 대답했다.

"돌려받는다고?"

"그 말은 곧……."

우리는 손을 꼭 잡고 사신의 다음 말을 기다렸다.

사신은 엉뚱한 곳을 바라본 채, 분명히 말했다.

"수명을 돌려드리겠어요."

에필로그
———— ✳

　어떤 소녀의 자살을 방해하고 있다.

　그 소녀는, 언제나 내 곁에 있다.

　그 소녀는, 자꾸 응석을 부린다.

　그 소녀는, 어딘가로 사라져버릴 것만 같아 내버려 둘 수가 없다.

　자살을 방해하기는 무척 쉽다.

　그녀의 곁에 있어 주고 휴일이 오면 데리고 놀러 가기만 하면 된다.

　그날은 무척 화창하고 평온하게 푸른 하늘이 펼쳐져 있었다.

　"맑아서 다행이야", "맞아요" 하고 옆에 있는 그녀와 대화를 나눈다.

　4월 모일. 역 플랫폼에서 전철이 오기를 기다리고 있었다.

우리가 서 있는 장소는 플랫폼 끝⋯⋯이 아니라, 플랫폼의 한가운데보다 약간 앞쪽이다. 휴일이라 주위에는 아이를 데리고 나온 부모나 커플이 전철을 기다리고 있었다.

눈앞에서 부모와 아이들이 사사로운 대화를 나누고 있다. 아빠에게 안긴 여자아이가 손을 흔들기에 우리도 손을 흔들어주었다. 뒤쪽에서는 초등학생들이 활기차게 장난치고 있다. 옆줄에서는 커플이 꽁냥꽁냥거리며 주위의 시선을 잡아끌고 있었다.

나는 그들에게서 시선을 돌려 옆에 있는 그녀를 보았다.

그녀의 이름은 이치노세 쓰키미.

고등학교 2학년생이 된 그녀는 지금도 "같이 있을 수 없다면 죽는 게 더 나아요"라고 말한다. 등까지 길게 늘어뜨린 검은 생머리는 결이 곱고 매끄러워서 머리를 쓰다듬기에 좋다. 가냘픈 편이지만 여전히 식욕이 왕성하다. 키가 조금 더 자라서 키스하기에 편해졌다. 어른스럽지만 둘이 있을 때는 꽤 제멋대로고 어리광을 부리며 무척 애교스럽다.

쓰키미의 옆얼굴을 바라보고 있는데 전철이 통과한다는 안내 방송이 흘러나왔다.

"열차가 통과합니다. 주의하십시오"라는 글자가 전광판에도 표시되었다.

나는 쓰키미의 손을 꽉 잡았고 그녀도 내 손을 마주 쥐었다.

이렇게 하면 달리는 전철 앞으로 뛰어들어 자살할 염려는 없다. 어차피 그녀는 내 어깨에 기대어 있고 뛰어내릴 마음도 없는 것 같다. 굉음을 울리며 전철이 맹렬한 속도로 눈앞을 지나갔다. 아무 일도 없이 전철이 통과하자 쓰키미가 내 손을 휘익 잡아당긴다.

"그러고 보니 전에 갔던 동물원에 새로운 코알라가 온대요."

"한 마리만으로는 쓸쓸해 보였으니까. 조만간 또 가볼까?"

우리는 매주 여기저기 놀러 다닌다.

조금 멀리 떨어진 테마파크에도 가고 등산을 하기도 한다. 때로는 다양한 축제에 참가하거나 아쿠아리움에 가서 해파리를 바라보기도 한다. 휴일은 반드시라고 해도 좋을 정도로 밖에 놀러 나가고 있다.

오늘도 쓰키미가 갑자기 "바다에 가고 싶어요"라고 말했다. 그녀의 작은 소망을 이루어주기 위해 아침부터 이렇게 전철을 기다리고 있다.

연착한 전철을 타고 7인용 좌석에 나란히 앉았다. 쓰키미가 내 어깨에 기대오기에 나도 모르게 머리를 쓰다듬었다. 시간을 끊임없이 되돌릴 때 사람들 눈을 의식하지 않고 지내다 보니 완전히 습관이 되었다. 남들 눈에는 닭살 커플로 비치겠지. 실제로 그렇지만.

한 번은 죽음을 각오했던 두 사람이다. 이제 와 남들이 어떻게 생각하든 신경 쓰지 않는다. 오히려 지금까지 지나치게 신경 써왔다.

우리는 지금, 진정한 의미에서 살아 있다.

수명이 되돌아왔다거나 무한 반복의 시간 속에서 빠져나왔다거나, 그런 말이 아니다.

훨씬 전부터 멈춰 있던 시곗바늘이 움직이기 시작한 것이다. 바늘이 움직일 때까지의 여정이 길고도 험난했다.

하지만 되돌아보면 위화감이 있다. 쓰키미의 자살을 스무 번이나 방해했고, 죽기 직전에 시간이 되돌아왔으며, 사신이 수명을 돌려주었다.

지금까지 그 어떤 일도 순탄하지 않았거늘 수명을 내놓은 뒤로는 너무 순조롭게 흘러가는 것 아닌가, 라고 생각했다. 순조롭게 흘러가고 있으니 신경 쓸 필요 없지만 그래도 신경이 쓰이는 까닭은 중요한 분기점에는 반드시 사신이 있었기 때문이다.

사신이 쓰키미에게 우로보로스 은시계를 건네지 않았다면 시간을 무한 반복하지 못하고 나는 죽었을 것이다. 스무 번째 자살을 막으려 했을 때만 해도 플랫폼에 쓰키미가 없다는 사실을 사신이 알려주었다. 사신은 괴로워하는 모습을 관찰하고 싶었을 뿐, 내 목숨을 노린 것이 아니었다.

애초에 스스로 사신이라고 밝혔을 뿐이지 그 녀석의 정체는 아직도 모른다. 사신의 언동으로 미루어 짐작해볼 때, 쓰키미에게 은시계를 건넨 건 내 노력을 헛수고로 만들고 싶었기 때문이며, 수명을 포기할 계기를 만들어주려고 어설픈 연기를 한 것일 수도 있다.

하지만 결과적으로 우리는 화해했고 두 개의 은시계로 끊임없이 시간을 되돌렸다.

스무 번째 자살을 막았을 때는 또 어떠했던가.

내가 다리에 도착했을 무렵에는 쓰키미의 다리가 얼어붙어 한계에 다다라 있었다. 만약 사신의 조언이 없었다면 역 플랫폼을 계속 찾아다녔을 거고 어쩌면 자살을 막지 못했을 것이다. 그때 쓰키미를 구하지 못했다면 나는 얼마나 자신을 책망했을까.

그것이야말로 사신이 바라는 전개가 아니었을까.

사신의 기대가 빗나간 것뿐일까. 무언가 다른 의도가 있었던 것일까.

아니면 그녀를 도와주도록 나를 유도한 것일까.

이에 관해서는 쓰키미와 여러 차례 이야기했다. 쓰키미가 "혹시 연분을 맺어주는 신은 아니었을까요?"라고 말하기에 반사적으로 "그건 아니야" 하고 부정했다.

하지만 어쩌면……, 이라는 생각이 이따금 들기도 한다.

그런 생각이 고개를 내미는 것은, 수명을 되돌려줄 때 본 사신의 표정이 어울리지 않을 정도로 순수했기 때문이다.

그 후로 사신은 우리 앞에 나타나지 않았다.

"바다다!"

모래사장에 다다르자 쓰키미가 양손을 번쩍 들어 올리며 어린아이처럼 좋아했다.

하얀 파도가 해변으로 밀려온다. 이제 막 봄에 들어선 참이라 아직은 바람이 약간 차다.

우리는 모래 위를 걸었다. 우리가 걸어간 자리에 발자국이 또렷이 남아 있다.

쓰키미는 "크기가 엄청 다르네요"라고 말하며 발자국의 크기를 비교한다.

"여름이 오면 수영하고 싶어."

"그거 좋네요. 또 와요."

이렇게 미리 일정을 정하는 것도 쓰키미와 만나기 전까지는 상상조차 할 수 없는 일이었다. 하지만 우리가 살고 있는 세상은 그대로고 우리도 크게 달라지지 않았다.

요전번에도 나는 쓰키미를 화나게 하고 말았다.

"이제 시간을 되돌리지 않아도 되니까 나와 함께 있을 필요도 없어. 만약 곁에 있는 게 싫어지면 언제든지 말해줘."

이런 말을 했다가 엄청 야단맞았다.

"수명을 넘기고도 후회하지 않았는데 싫어질 리가 없잖아요!"

쓰키미는 그렇게 똑 부러지게 말하더니 내 볼을 있는 힘껏 잡아당겼다. 미안.

그녀는 그녀대로 "학교 가기 싫어"라는 말을 월요일부터 금요일까지 아침마다 읊어댄다. 머리를 쓰다듬으며 "무리해서 가지 않아도 돼"라고 말하면 이러니저러니 하면서도 준비해서 학교에 간다. 그래서 지금은 문제없이 잘 다니고 있다.

당분간은 아직 돈이 남아 있으니 괜찮지만 나도 언젠가는 일을 해야만 한다. 쓰키미처럼 "회사 가기 싫어"라고 투정을 부릴지도 모른다.

지금도 우리는 세상이 살기 힘들다고 생각하고, 가능하다면 타인과 얽히고 싶어 하지 않는다. 쓰키미가 없는 세상이라면 죽어도 좋다고 생각하고 있으며 쓰키미도 내가 없다면 죽어도 좋다고 생각하는 것 같다.

뒤집어 말하면 이렇게 어디든 놀러 갈 수 있는 동안은 살아 있고 싶다.

서로 자살하지 않도록 방해하면서, 살아 있는 것이다.

우리의 사랑은 공의존일지도 모른다. 누군가는 서로 의존하는 관계가 좋지 않다고 하지만, 나는 뭐가 나쁘다는 건지 이해되지 않는다.

그렇게 말하는 녀석은 주위에 사람이 많거나 진정한 의미에서 누군가를 사랑해본 적이 없는 사람일 것이다. 우리처럼 함께 살아가고 싶어 하는 사람이 있는가 하면, 그렇지 않은 사람도 세상에는 많을 것이다.

그걸로 좋다. 그렇게 살아가는 방법밖에 우리는 알지 못한다.

"쓰키미, 사랑해."

나는 그녀를 외톨이로 만들지 않기 위해서 이 말을 선사한다.

"응? 갑자기 왜 그래요?"

"불현듯 말하고 싶어서."

"갑자기 그러는 건 좋지 않아요."

쓰키미는 쑥스러워하며 내게 말을 선사한다.

"나도 많이 좋아해요."

목적지도 없이 그저 모래사장을 걸어간다.

이 낯간지러운 행복에 익숙해지는 날이 올까. 지금은 아직 모르겠다.

하지만 옆에 그녀가 있어 주는 동안은 나도 이렇게 계속 걸어가리라.

　그러니까 나는, 앞으로도 계속,

　죽고 싶어 하는 소녀의 자살을 방해하고 함께 놀러 다닐
것이다.

작가의 말
———————✳

"이대로 죽을 수 있다면 좋을 텐데."

몇 년 전, 제가 아는 한 여성이 이렇게 중얼거렸습니다. 그때 저는 적당히 어물쩍 넘어갔는데, 그게 두고두고 후회되었습니다. 따뜻한 위안의 말을 건네지 못했다는 것도 원인이었지만 무엇보다 그녀와 비슷한 심정이었기 때문입니다. 그날이 기일이라고 해도 그다지 난처하지 않을 정도로요.

저는 고등학교를 졸업한 후 대학에 진학하지도 않고 일도 하지 않으면서 그저 내키는 대로 살고 있었습니다. 이 후기를 쓰고 있는 지금도 상황은 다르지 않습니다.

'사신에게 수명을 넘겨준 것도 아닌데 왜 그렇게 한심하게 살고 있는 거지?'라고 생각할지도 모르지만 이것이 제 나름대로 깊이 고민한 끝에 최선이라고 선택한 삶의 방식이었지요. 이렇게 자포자기식으로 삶을 바꾸고 나서야 비로소 제 인생이 즐겁게 느껴졌습니다.

그러던 어느 날, 한 여성과 만납니다. 그 여성은 노력가 인데도 삶이 버거워 보였고 예전의 저와 닮은 데가 있었습니다. 그래서 저도 모르게 마음이 느슨해진 것이었겠지요.

둘이 외출했을 때 저도 모르게 '예전의 자신 이야기'를 하고 말았습니다. 마음이 편했다고는 하지만 저로서는 가볍고 단편적인 이야기밖에 털어놓지 않았습니다.

하지만 제 이야기를 들은 그녀는 당장이라도 울 것 같은 표정을 지었지요. 딱히 '죽고 싶다'고 한 것도 아닌데 "죽으면 안 돼요"라고 말해주더군요.

그런데 저는 "이대로 죽을 수 있다면 좋을 텐데"라는 그녀의 말에 대충 얼버무릴 수밖에 없었습니다. 사실은 그녀를 격려해주고 싶었지만 인생을 단념했던 인간의 말에 무슨 설득력이 있겠나 싶어 그만두었던 것입니다.

그래서 제가 할 수 있는 일이 뭐 없을까 생각한 끝에 소설을 쓰기 시작했습니다. 이야기를 통해 그녀에게 기운을 북돋아 주고 싶었습니다. 설득력 없는 말보다는 낫겠지, 하고요.

물론 '소설을 썼으니까 읽어보세요'라고 그녀에게 직접 말할 수는 없어서 '상을 받아 책으로 출간된다면 그때 읽게 하자' 이런 망상을 했습니다.

지금 되돌아보면 그때는 정신이 어떻게 되었던 것 같습니다. 하지만 저는 무척 진지했지요. 소설 쓰는 법을 기초부터 배우고 필사적으로 노력해 글을 썼습니다.

하지만 결국 그녀에게 제 책을 읽게 한다는 꿈은 상을 타기 전에 무너지고 말았습니다. 그때부터 저 역시 생활이 크게 바뀌었고 자포자기 상태가 되어 돈을 마구 써대는 동안, 모아두었던 돈이 바닥날 지경에 이르렀지요. 아무래도 이제 슬슬 정신 차려야겠다고 생각했습니다. 이 작품이 상을 받게 되었다는 연락을 받은 건 바로 그때였습니다.

'살아 있으면 어떻게든 된다' 같은 말을 원래부터 무척 싫어했지만, 구사일생으로 구원받은 이상 조금은 믿어야 할지도 모르겠습니다.

이 책은 그렇게 아슬아슬하게 인생을 살아가는 인간이 쓴 이야기입니다. 설득력은 없을지 모르지만 그래도 기운을 북돋울 수 있다면 좋겠습니다.

세이카 료겐

어느 날,
내 죽음에 네가 들어왔다

초판   1쇄 발행 2022년 5월   9일
초판 79쇄 발행 2024년 10월 22일

지은이　　　세이카 료겐
옮긴이　　　김윤경

책임편집　　안희주
디자인　　　어나더페이퍼
책임마케팅　김서연, 김예진, 김소희, 김찬빈, 박상은, 이서윤, 최혜연, 노진현,
　　　　　　　최지현, 최정연, 조형한, 김가현, 황정아
마케팅　　　최혜령, 유인철
경영지원　　백선희, 권영환, 이기경
제작　　　　제이오

펴낸이　　　서현동
펴낸곳　　　㈜오팬하우스
출판등록　　2024년 5월 16일 제2024-000141호
주소　　　　서울시 강남구 테헤란로 419, 11층(삼성동, 강남파이낸스플라자)
이메일　　　info@ofh.co.kr

ⓒ 세이카 료겐

ISBN 979-11-91043-72-3 (03830)

모모는 ㈜오팬하우스의 출판브랜드입니다.